由衷盼望,

世上每一位女性都可以怀抱更远大、

更无限的梦想。

成为忒弥斯

BECOMING THEMIS

女律师的征程

尚真 编

编者的话

十二月的上海，寒冽的冬风裹挟着淡淡的湿气，渗透了城市的每一个角落。我坐在桌前，轻轻敲击着键盘，一行行文字在屏幕上缓缓铺展，"女律师"三个字跃然其上，紧接着，思绪如潮水般涌动，"女律师究竟是怎样的？"这一疑问，悄然成为引领故事的开篇。

当我在网络中搜寻"女律师"三个字时，仿佛打开了一扇通往多彩世界的门扉。映入眼帘的，不仅有那些在职场上熠熠生辉、光鲜亮丽的女性身影，更有如女大法官露丝·巴德·金斯伯格般的传奇人物。她们以卓越的法律才华和不屈不挠的精神，成为行业的标杆。

还有那些被影视作品精心塑造的律政俏佳人，她们不仅拥有过人的智慧与勇气，更在法庭上展现了非凡的辩论技巧和正义感，让人过目难忘。更不必提《令人心动的 offer》法律季中，那些才华横溢的导师与实习生们，她们用行动诠释了女律师的多元面貌，从青涩到成熟，每一步都闪耀着奋斗与梦想的光芒。这些形象，如同一幅幅生动的画卷，在我心中缓缓展开。我对"女律师"这一职业有了更加深刻和多元的理解。

于是，让我们以更加贴近现实、充满力量的笔触，来描绘这些女律师的优秀、勇气、毅力与成功。她们，不再是遥不可及的小说角色，也不是空洞无物的心灵慰藉，而是活生生的，就在你我身边的人物，是"你、我、她"的缩影。

本书荣幸地汇聚了来自十二家优秀律所的杰出女合伙人，她们携手执笔，共同编撰。本书首先深度剖析了女性律师的成长历程，从她们初入法律行业时的懵懂与迷茫，到经历职业生涯的转折，在矛盾中找到了属于自己的使命与热情，并坚定不移地选择深耕于这片法律的沃土。书中还详细记录了她们在职场征途中如何直面挑战、勇于克服重重困难，更深刻剖析了这些经历如何深刻地塑造了她们的人生观与职业观，使之成为更加坚韧、睿智且富有同情心的法律人。书里也讲述了女性律师们如何巧妙地运用自身优势，在职场竞争中脱颖而出，展现了女性在法律领域的无限可能。

特别地，本书还深入探讨了女性律师在现代社会与法律行业中的独特机遇，鼓励她们抓住时代脉搏，积极探索新领域，如涉外法律事务的处理，展现了她们在国际舞台上的风采与智慧。同时，也强调了平衡工作与生活的重要性，分享了保持身心健康、实现事业成功的秘诀。

在法庭上，女性律师以其敏锐的洞察力、严谨的逻辑思维和非凡的应变能力，成就了一个又一个精彩的案例与策略，充分展示了她们的专业技巧与非凡魅力。书中通过具体案例，深入剖析了女律师如何在实践中践行职业道德的核心要素——善良与正义，为弱势群体发声，传递了法律的温度与人性的光辉。

此外，本书还生动描述了女性律师如何通过团队合作，发挥个人优势，实现团队与个人的双赢局面，展现了她们在团队中的领导力与协作精神。更有女性律师跨界融合，将法律与娱乐领域巧妙结合，为客户提供更加全面、创新的法律服务，拓宽了法律服务的边界。

在诉讼与非诉讼的实战中，女性律师以其丰富的专业知识和实战经验，为客户争取到了最大的权益，展现了她们作为法律卫士的坚定立场与卓越能力。而她们从跟随者到成为引路人的角色转变，更是传承了法律精神，启发了无数年轻律师的梦想。

最后，本书还深入分析了律师事务所如何营造支持女性发展的文化氛围，为女性律师的成长提供肥沃的土壤。一位女性律师从普通律师晋升为合伙人的心路历程，以及她在此过程中所面临的挑战与取得的成就，为所有女性法律从业者树立了榜样，激励她们不断追求卓越，实现自我价值。

在繁忙的都市中，这些女律师以非凡的智慧和坚韧不拔的意志，穿梭于法庭内外，捍卫着正义与公平。她们的身影，在堆积如山的案卷中显得格外挺拔，每一次的深思熟虑，都是对法律精神的深刻诠释；每一次的据理力争，都是对正义追求的执着坚守。

她们，或许曾是青涩的法学新秀，在无数次挑战与磨砺中，逐渐成长为独当一面的法律精英。面对困难和压力，她们没有退缩，而是以更加坚定的步伐，勇往直前，用实际行动证明了女性同样能在法律领域绽放光彩。

还有那些在职场上游刃有余的女律师，她们不仅精通法律，更懂得人情世故。她们以敏锐的洞察力和高超的沟通技巧，为客户排忧解难，赢得了广泛的赞誉与尊敬。在她们身上，我们看到了智慧与美丽的完美结合，更感受到了那份源自内心的力量与勇气。

更重要的是，这些女律师的成功并非偶然，而是她们不懈努力、持续学习和勇于挑战自我的结果。她们用自己的经历告诉我们：无论什么性别，只要有梦想、有追求、有勇气、有毅力，就能在这个多彩的世界里，书写属于自己的辉煌篇章。

因此，让我们向这些现实中的女律师致敬，是她们让这个世界变得更加美好与公正。她们的故事，是激励我们前行的力量；她们的身影，是照亮我们梦想的光芒。

金斯伯格曾说过："在每一个做决定的场合都该有女性的存在，无一例外。"所以不仅仅是在最具权利意识的法律行业，在其他行业奋斗的女性也如星辰般璀璨，这些女性用实际的行动力，用自己的成就，为未来的女性开拓了新的天地。我们憧憬着这样一个未来：当提及某个职业时，人们首先想到的是这个职业本身所承载的意义与价值，而非附加在前的性别标签。女律师、女医生、女记者的称谓，终将淡化于历史的长河，留下的只是纯粹的"律师""医生""记者"，这些职业名词背后，不再有性别的界限，只有对专业精神的共同追求与尊重。

最后，从冬天到夏天，历经300天，十二位优秀的律师将她们的经历和经验浓缩在这将近二十万字的文稿中，分享给正在努力、拼搏且永不放弃的勇敢的女性们。

本书编者

序 言

共鉴"她"时代的法律风华

在这个日新月异的时代,每一份职业都以其独有的方式书写着时代的篇章,而律师们更是以其智慧与勇气,在法治的洪流中屹立不倒。我有幸因上海社会科学院出版社编辑妹妹的一通电话,与这部汇聚了十二位出色女律师心路历程的纪实作品结缘。当"女律师"这三个字跃入耳畔,我的心中不禁涌起一股暖流,那是对同行姐妹的深切敬意,也是对女性力量在法律界璀璨绽放的无限期许。

翻开书页,十二篇章共同勾勒出一幅幅律师职业生涯的蜕变画卷。这些故事,不仅仅是个人成长的印记,更是每一位法律追梦人共同经历的磨砺与蜕变。它们细腻而真实,或许对于我这个在法律职场摸爬滚打多年的"老人"而言,某些细节已略显平淡,但正是这些真实,如同涓涓细流,滋养着那些正站在法律职业门槛上,怀揣鸿鹄之志的新人们。它们告诉我们,无论志向多么高远,都需脚踏实地,从每一件小事做起,从每一次挑战中汲取力量,方能在纷繁复杂的法律世界中稳步前行。

尤为令我动容的是，这些故事的讲述者均为女性。她们的笔触，温柔而坚定，字里行间透露出对人生意义的深刻思考、对职业选择的无悔坚守，以及对内心本真的不懈追求。我们共同经历过迷茫与开悟，共同在挑战中学会成长，更在成长中学会了如何以更加广阔的视角审视问题，以更加坚韧的心态面对困境。这，或许就是我们法律人共有的职业精彩所在。

值得注意的是，随着时代的进步，女性律师在上海乃至全国的比例正稳步上升，截至2024年6月，上海女律师数量已近两万，占据了律师行业的半壁江山。这一数字的背后，是无数女性同胞对法律事业的热爱与执着，是她们以特有的理解力、表达力与共情力，在法律工作中展现出的独特魅力。她们用细腻、敏锐而又坚韧的性格，处理着一桩桩复杂案件，推动着法律服务向更加细致、全面的方向发展。她们的活跃与成长，不仅丰富了律师行业的多元色彩，更为我国法治建设的进程注入了强大的动力。

然而，我们也应清醒地看到，女性律师的合伙人，特别是管理合伙人比例仍存在很大提升空间，能走到合伙人这个层级，每位女律师都需要直面很多这个行业特有的挑战与取舍。由衷地为每一位在这个法律战场持续奋斗的女性律师感到骄傲，未来有很长的道路需要我们持续展现"她力量"的无穷魅力！

在此，我愿与这十二位女性律师一同，向所有在法律领域默默耕耘的女性同胞致以最高的敬意。愿这本书能成为一盏明灯，照亮那些正在探索法律职业道路的新人们前行的方向；愿我们都能在这条充满挑战与机遇的旅途中，不忘初心，砥砺前行，共同书写属于"她时代"的法律风华。

《令人心动的 offer·第一季》带教律师、
2008 年上海市十佳公诉人、事务所合伙人、
现企业法务负责人：

作者简介

韦海英 上海数科（虹桥国际中央商务区）律师事务所高级顾问。业务领域：刑事、房地产、公司业务等；联系方式：lawyer01why。

胡沙 上海识刻律师事务所合伙人律师。业务领域：专注于不良债权和执行领域，长期专注于执行领域的理论实务问题的研究与分析，提供执行全流程法律服务。联系方式：13026879340。

梁晓静 上海隽宜律师事务所党支部书记/执行主任。业务领域：擅长科技企业、文化创意产业相关的法律服务。联系方式：15757129230。

白芳榕 上海德禾翰通律师事务所高级合伙人律师。业务领域：公司法、投融资、重大商事争议解决。联系方式：13916874084。

马晓白 上海汉盛律师事务所高级合伙人律师。业务领域：国资国企、建筑房地产、广告媒体、私募基金、保险理赔、知识产权保护、劳动争议、消费维权、破产清算等。联系方式：18516577466。

刘涵 上海澜亭律师事务所合伙人律师。业务领域：婚姻家事，民商事诉讼；联系方式：18930924746。

易学 北京中凯（上海）律师事务所合伙人律师。业务领域：擅长以刑事辩护、民事控告为主，在刑事案件、建筑工程行业有着丰富的项目经验，具有大量实战经验。同时也为长期合作私人客户提供全流程婚姻家事法律服务。联系方式：17621588187。

钱佳仪 上海隽宜律师事务所主任律师。业务领域：国内外文化传媒方面，对于境内外投融资纠纷、合同纠纷等案件具有丰富的法律实务经验。联系方式：JENNYVRRA。

杨颖 上海中联（西安）律师事务所合伙人。业务领域：负责民商事，公司法务等业务；联系方式：15929779669。

邹茜雯 上海市锦天城律师事务所资深律师。福布斯环球联盟国际化领军人物、"海鸟普法项目"创始人；华东政法大学、上海政法学院校外导师、财联社智库专家；个人专著《离婚财产分割与共同债务承担司法实务》，被国内各大图书馆、高校法学院收录，入选2022年度上海市律师协会文丛，其文章先后在最高人民法院司法案例研究院、法治实务、山东高院、上海律师等平台发表，共计四十余篇。业务领域：家事、继承、财富管理类案件，疑难复杂案件居多；联系方式：

lawyerzou001。

叶盈盈 北京市中闻（上海）律师事务所合伙人律师；最高人民检察院民事案件咨询专家、上海律师协会婚姻家事专业委员会委员、中闻婚姻家事与家族企业传承研究中心副理事长、中闻上海婚姻家事专委会主任。业务领域：在婚姻家事继承纠纷类、公司股权纠纷、合同纠纷、外商投资及民商事仲裁诉讼等领域都具有丰富的实务经验和理论研究知识。联系方式：13816039302。

何丛 北京市盈科律师事务所主任律师；现任汕头分所主任。业务领域：长期专注于劳动法实务与理论研究。联系方式：316426492@qq.com。

目 录

1　编者的话
5　序言
9　作者简介

1　第一章　在路上
3　十五年，一场心灵成长的奇妙旅程
25　一路向前的女律师
47　女合伙人

77　第二章　择途
79　跨越北半球11469公里的机遇
101　诉讼还是非诉讼不是一道选择题

123　第三章　征途
125　策略与技巧：法庭上的较量
147　紧握正义之矛：女律师的手也一样温暖有力

167　第四章　前途
169　披荆斩棘寻出路，乘风破浪求答案
185　重新出发，从心出发
203　站在巨人肩上，渐变前行

225　第五章　新的征程
227　"衡"与"恒"
247　命运给予我们的不是失望之酒，而是机会之杯

第一章

在路上

十五年，
一场心灵成长的奇妙旅程

韦海英

克鲁普斯卡娅曾说过:"选择职业对于加入劳动大军的青年具有重大的意义,因为从事符合自己兴趣和能力的劳动,比从事违反自己本性的劳动要使人愉快得多。"

假如你是今年毕业即将走出法学院大门的一名大学生,对即将步入的社会生活,满怀着憧憬与期待。眼前的世界犹如一幅五彩斑斓的画卷,为你展现了各种可能的职业道路。在这个充满机遇与挑战的就业环境中,有几个尤为引人注目的选择摆在了你的面前。

A. 你可以选择成为一名正直的检察官

B. 选择成为将委托人合法利益放在首要位置的律师

C. 选择成为为企业保驾护航的法务

那么,刚刚迈出校门准备踏入社会的你,准备选择哪一条路作为自己的职业方向呢?

我,一个已经工作十五年,也拥有过上述全部职业经历的女性法律从业者,将为你分享我的经历,希望它能对你产生一些启发。

黑格尔说:"只有经过长时间完成其发展的艰苦工作,并长期埋头沉浸于其中的任务,方可有所成就。"

十五年前的盛夏,我们身着庄重的学士服,欢笑着将象征着学业完成的"方形帽"高高地抛向蓝天,那一刻,标志着我在中国政法大学度过的四年充实而难忘的求学生涯画上了圆满的句号。手中紧握的法学学位证书所带来的那份温热尚未散去,我便迫不及待地打包了几件行李,心怀激动与憧憬,踏上了前往南京的列车。那一刻,我正式踏上了人生旅程中的第一段职业征途,步入了江苏省基层检察院公诉科,以书记员的身份开始了法律职业生涯。

我勇敢地踏入了这片全然陌生的地方,心中溢满着对未知的勇气与向往。这片土地,仿佛拥有千变万化的容颜,时而温婉如江南水乡,柔情似水,令人沉醉;时而又展现出它凌厉不羁的一面。冬日里,凛冽的寒风似能刺透心扉,让人深刻体会到严寒的彻骨;而夏日,是另一番景象,潮湿闷热,几乎让人难以喘息。作为一个常年在北方学习生活的人,初来乍到,适应这里的环境对我来说是一种挑战。

初次步入检察院,映入眼帘的是一座以洁白瓷砖镶嵌的庄严建筑,其上镶嵌着复古蓝玻璃,门楣悬挂着古朴雅致的木质牌匾,流露出岁月的沉淀与历史的厚重。步入这扇通往正义的大门，内部的景象虽与外界的古朴相呼应，却也别有一番风味。楼梯由坚实的水泥筑就，楼道虽略显幽暗，却透露出一种沉稳与内敛。桌子上配置着全新的电脑，周围的同事们正以那浓厚的乡音交流着，眼前的景象既熟悉又陌生。随着电脑的开机，标志着我人生中的第一份工作正式拉开序幕。

来到这里之后，我发现此地的公共交通系统并不完善，难以满足日常频繁穿梭于法院与检察院之间的需求，为了更有效率地完成工作，不会骑自行车的我，只能用最快的速度掌握这门技能，并花费三百元购入了人生中第一辆自行车。在此后近三年的时间里，那辆小自行车便成了我的生活伙伴，无论喜怒哀乐，有它陪伴，我便不再感到孤单。置身于这座宁静的县城之中，我的生活圈虽质朴无华，却也自有一番韵味。除了日常光顾的苏果超市，周遭或许少了些都市的繁华喧嚣，但正是这份宁静，让我得以在忙碌的工作之余，寻觅到一份独特的乐趣。

每当夕阳西下，我便骑上那辆自行车，它带着我穿梭在县城的街巷之间，抵达那片静谧的湖畔。湖畔的风，轻柔地拂过脸庞，仿佛能吹散所有的疲惫与烦恼。我静静地坐在岸边，望着天边渐渐染上的金红，夕阳如同熔金般倾泻而下，将湖面装扮得波光粼粼，美不胜收。那一刻，时间仿佛凝固，所有的喧嚣与嘈杂都随风而去，只留下我与这自然之美静静相守。

这份看日落的乐趣，不仅让我暂时忘却了工作的压力，更让我在平凡的生活中找到了心灵的慰藉与安宁。

然而，相较于质朴的办公和生活环境，更为令人畏惧的是恶劣的天气。冬天去看守所提审，由于提审室没有任何取暖设备，且与外部环境直接相连，每当犯罪嫌疑人被带进提审室时，一阵刺骨的穿堂风便呼啸而过。待到冗长的提审过程结束，我已冻得够呛。所幸，再恶劣的生存环境也抵不过办案带来的热情，对于我来说，似乎没有什么事情比办案更有意义了，这种精神上的满足，使我更加坚定不移地将法律事业作为毕生追求的职业。

"正义的事业能够产生坚定信念和巨大的力量"，而事实也确实如此。公诉工作，承载着法律的尊严与神圣使命，它不仅是正义的守护者，更是公平天平上那不可或缺的砝码。每当公安机关把侦查完毕的案件和犯罪嫌疑人移交到检察院公诉部门手中时，公诉人便肩负起了审查全案、抽丝剥茧的重任。他们需以严谨的态度，对每一个细节进行深入核查，辨明犯罪嫌疑人的行为是否构成犯罪、罪行轻重如何界定，以及所判刑罚是否恰如其分地体现了罪责刑相适应的原则。这一系列复杂而艰巨的任务，如同解开一个个精心布置的谜题，要求公诉人不仅具备深厚的法律功底，还需拥有敏锐的洞察力和公正无私的职业精神。每一个犯罪嫌疑人及被害人的背后都是一个个家庭，公诉人肩上的责任重大，因为他们所做的每一个决定，都将深刻影响这些鲜活个体的命运，以及他们背后家庭的安宁与幸福。这是一项充满正义感的事业，不容丝毫的马虎与轻率。

入职不久之际，我便有幸接触并参与了人生中的第一起案件——一起看似简单的盗窃案。我的初始任务是进行阅卷，并撰写电子阅卷笔录以供承办检察官审阅。卷宗包含两本，一本为文书卷，一本为证据卷。当我打开文书卷时，这部分是关于犯罪嫌疑人的主体身份、到案经过以及一系列程序性文书的基础材料。这些文件为案件提供了必要的背景信息和法律框架。而当我翻开证据卷时，我被其中翔实的内容所震撼。从犯罪嫌疑人的供述与辩解，到被害人的陈述、证人的证言以及各类书证，每一份证据都如同拼图的一块，共同构建着案件的全貌。我深知，制作阅卷笔录不仅仅是一个简单的记录过程，更是通过这些证据去还原事实真相的旅程。阅完卷之后的另一项重要工作是结合事实和法律确定审查起诉的思路。

在办完几起简单的刑事案件后，上级让我主办了另一起相对疑难复杂的案件，那是一起农民使用伪造发票骗取新型农村合作医疗基金报销款的案件，涉案人员共8名，其中4人涉嫌罪名为诈骗，另外4人涉嫌罪名为非法制造、出售非法制造的发票。为了办好这起案件，我投入大量时间，制作了超过100页的阅卷笔录，仔细审查了海量的物证和近万张伪造发票。在历经24天的全面审查后，我代表检方向法院提起公诉。此案的核心争议在于，仅凭查获的大量过期空白发票这一单一证据，能否直接认定4人涉及非法制造、出售非法制造发票的犯罪情节达到"严重"程度。对此，我们准备了充分的证据，在庭审中证明了伪造发票的年份并不影响其实际流通和使用。最终，法院采纳了我们的公诉意见，并在判决中进行了阐述。这起案件不仅让我得到了上级的肯定，也让我对法律工作的成就感与价值感有了更为深切的体悟，让我对这份职业充满了无比的热爱与敬畏。

在未曾进入检察院工作前，许多人心目中的体制内的工作，尤其是检察机关与法院，常被蒙上一层神秘而高远的面纱，仿佛是遥不可及的圣殿，充满了无限的憧憬与向往。然而，真正深入公诉工作之后，我才深感其中的艰辛与不易。墙上悬挂的未结案件时间表是常态，卷宗归档、网络受限，加班至深夜成了家常便饭，周末也常被工作电话打扰。

而我们的"团建"时光，实则是对复杂案件的深度研讨。餐后，团队成员围坐一堂，氛围既温馨又充满挑战。首先，由部门负责人简述案情，随后由承办人详细汇报，每个人都要以事实为依据，讲述完整故事，确保每个论点都有坚实的证据支撑。随后的讨论环节，则是智慧火花的集中绽放。案件中的微妙疑点、激烈的争议焦点被逐一摆上桌面，仿佛一场精心筹备的小型辩论赛悄然上演。从晨光初照到夕阳西下，时间在这里仿佛凝固，只留下思维的激流在每个人心中翻涌。我们或质疑、或反驳、或补充，每一个观点都力求以事实为舟，以法律为帆，驶向真理的彼岸。

在记忆尤为深刻的一次"团建"中，我们围绕着一桩特殊案例展开了深入的探讨——一位年迈的老人不慎种植罂粟。经公安机关查获，其所种植罂粟的数量早已超过刑事立案追诉的标准，但这个老人此前并没见过也没种过罂粟，对于一个主观上对罂粟这种物品本身缺乏基本认知的人是否应当追究其刑事责任？这成为全科室讨论的热点。在另一个案例中，在一个偶然的场合下，一位年轻人与一位老年人发生了一场口角争执，情绪失控的两人不慎发生了身体碰撞，导致老人不慎跌倒，重重地坐在了地上。事发后，老人认为只是轻微的跌倒无伤大雅，他选择了默默回家。然而，晚餐后不久，老人的身体状况急转直下，家人见状立刻意识到问题的严重性，紧急将老人送往医院救治。但遗憾的是，尽管医护人员全力以赴，最终还是未能挽回老人的生命。虽然老人的死亡原因是因其自身基础疾病引起，但自身基础疾病的引发又与中午的推搡行为存在一定的关联性，那么这位青年是否应当对老人的死亡承担刑事责任？每一次的深入讨论，都远非单纯案例剖析的层面，它们如同一扇扇窗，引领我们窥见更为广阔的社会现实与深邃的人性世界。在这里，"法与人"的交织成为核心议题，我们探讨法律如何在尊重人性、保障人权的同时，发挥其规范行为、维护秩序的功能；而"法与社会"的关联揭示了法律作为社会规则的基石，如何随着社会的变迁而不断演进，又如何反过来影响并塑造着社会的面貌。

这样的讨论，不仅让我们的专业素养得到了提升，更让我们的心灵得到了洗礼与升华。我们学会了以更加全面、深刻的视角去审视法律与社会、人与法之间的复杂关系，也更加坚定了追求法治、维护正义的信念与决心。

歌德说："一个人怎样才能认识自己呢？绝不是通过思考，而是通过实践。"

办案的经验是需要靠实践积累的，随着各种类型案件的办理，我的办案能力也有了显著的提升。在体制内的工作经历里，印象最深刻的莫过于 2010 年所参办的涉黑案了。那是新中国成立后当地的第一起涉黑案件，卷宗有 61 本，罪名数 10 项，涉案人数 10 余人，这起案件我们在做足准备后就提起了公诉。

开庭第一天，天气并不算十分晴朗，我们早早到达庭审现场，于公诉席前悉心整理着案件资料。同时，目光不经意间掠过这方略显紧凑的法庭空间。法庭规模虽不甚宏大，却足以容纳四十余位旁听者。然而，随着开庭时刻的临近，这有限的席位竟迅速被渴望了解真相的目光所填满，更有不少家属，怀揣着复杂的心绪，试图挤入这已略显拥挤的空间，无奈只能驻足门外。整个法庭，被一层厚重的情绪所笼罩，空气似乎都凝固了，每一声细微的响动都显得格外清晰，预示着即将上演的一场正义与罪恶的较量。

一会儿，武警押送着十多个被告人到达了庭审现场，辩护人也已就位，在法院的主持下，庭审正式开始。宣读起诉书的那一刻，法庭内氛围骤然紧绷，数名被告人的眼神如利刃般直射向我们，那眼神中满是不甘与愤恨，仿佛错位的正义让他们成为无辜的受害者。面对此景，我们心中虽有余悸，却更加坚定了捍卫法律尊严的决心。所有被告人及其辩护人一致否认涉黑指控，更有甚者，竟声称侦查阶段的供述是屈打成招的结果，企图以刑讯逼供为由翻案。

面对这突如其来的挑战，我们团队早已备好的策略如同精密的齿轮，开始有条不紊地运转。我们逐一发问，精准举证，每当被告人之间的供述出现裂痕，我们便迅速捕捉，通过单独讯问与交叉质询，层层剥茧，逐步揭露真相。在这场智慧与意志的较量中，我们坚持不懈，直至事实穿透迷雾，清晰地展现在众人眼前。

庭审持续了四天，每一分每一秒都充满了紧张与对抗，但正是这漫长而艰苦的过程，见证了正义的力量如何穿透黑暗，照亮真相。数月来的辛勤筹备与不懈努力，在这一刻得到了最坚实的回应。最终，法院全面采纳了检察机关的审查事实与罪名，这起重大复杂案件的审理得以落幕。这不仅彰显了法律的公正与威严，也为我们团队的辛勤付出画上了圆满的句号。

那一年，我荣获先进个人奖，这对职场新人是莫大的鼓励。然而基层工作很累也很辛苦，随着各类疑难复杂案件的日益增多，其复杂性与挑战性如同潮水般涌来，让我时常感到肩上的担子异常沉重。在办理完一起非法吸收公共存款、集资诈骗案后不久，我又接到了一起疑难复杂的案件，涉案人数13人，罪名为盗窃，这个团伙利用老虎机的漏洞盗取了机器内的硬币。起诉意见书指控其团伙作案127起，每起作案参与人并不完全相同，这意味着每起作案的细节，如时间、地点、人数、具体作案方式、涉案金额等全部都需要仔细核实，虽然单起涉案金额少则几百元，多则几千元，看起来都是犯罪数额不高的小案件，但一百多起案件全部叠加，又是数十人的团体，这种复杂程度，实则是超乎想象的深远与繁复。它不仅仅体现在案件本身的错综复杂、证据链的交织难辨，更在于其背后所牵涉的广泛社会因素、错综的人情世故以及深藏不露的动机与目的。

审查完全案后，我否定了起诉意见书中指控但缺少证据印证的8起事实，又增订了起诉意见书中没有提及但有证据指向的7起事实。最终，此案历经波折，法院全面采纳了起诉书中详尽的指控与公诉意见，宣告了这一法律进程的圆满结束。

多起案件的重压与工作的连轴转，让我的健康状况悄然亮起了警示灯。回望这段充满挑战与艰辛的工作历程，我深刻体会到了压力与困难如影随形，而那些汗水与努力也铸就了宝贵的收获与成就。然而，当身心疲惫达到极限，我开始在夜深人静时沉思，是否应该探索更为广阔的天地，尝试不同的职业赛道。

于是，我开始认真考虑未来的职业规划，权衡利弊，寻求内心的真实声音。我深知，每一次的选择都是对自我的一次重新定义，而我将以更加成熟与坚定的态度，迎接生命中的每一个转折与机遇。

赫尔岑说："一朝开始便能够永远将事业继续下去的人是幸福的。"

对我而言，一朝开始也想要一直继续下去的就唯有法律这一份事业。大学时，我曾在北京一家知名律所实习半年，深刻体验到律师行业的艰辛。这个行业不仅要求律师具备深厚的理论知识，更需要他们通过不断的实践积累丰富经验。对于许多独立律师而言，他们需要身兼数职，从营销、运营到生产、客服和售后，各种角色集于一身。专业能力固然重要，但综合能力更是决定成败的关键。在法律行业中，律师的起步尤为艰难。然而，我从未畏惧过挑战，因此，在深思熟虑后，我毅然决然地辞去了公职职务，选择进入律师行业。这一决定，虽然只花费了几个月的时间来办理相关手续，但对我来说，它是我职业生涯中一个新的起点，也是更大挑战的开始。

这是一家位于南京的综合律所，秉承了律师行业悠久而珍贵的传统——即采用"师傅引领，徒弟跟随"的培育模式。我很幸运遇到我的师傅，她是一名非常优秀的女律师，她曾经在公安机关工作数年，过于相似的职业经历使我们有了最初的共同话题。在师傅的引领下，我的律师之路也正式起步。

我的师傅虽然出身于公安机关，但她的主业并非刑事，而是主办房地产相关领域的民事诉讼和非诉讼业务，她责任下的顾问单位很多，包括地产公司、政府房产部门等，这些顾问单位的日常各类业务都经由我们处理。法律人都清楚，民事与刑事业务无论是从程序还是实体上，均有着显著的差异，这对当时只拥有丰富刑事经验的我来说，无异于又是一项重大的考验，这不仅没有打击到我，反而激起了我的斗志，我发誓"一定要拿下它"，带着这样的信念，我一头扎进未知的领域里，再次开始扬帆起航。

成长的过程总是伴随着苦与痛，即便事先在脑海中千百次预演过即将面临的挑战与艰辛。然而，一旦真正踏上实践的道路，现实的复杂与深刻远远超出了最初的想象。首先，面临的是生存之难。我所工作的律所位于南京玄武门地铁站附近，实习律师期间我的薪资仅2000元，扣除社保等必要费用后，每个月到手收入仅1600余元，为了节省费用，我毅然选择了一处位于律所附近的老旧居所，月租仅千元，而条件之简陋仍然令人唏嘘。这间小屋，仿佛是20世纪50年代的时光印记：地板斑驳，岁月的痕迹清晰可见；卫生间与厨房共融一室，仅以一扇推拉门勉强分隔，隐私与便利皆成奢望。更因前楼遮挡，阳光难觅，室内常年昏暗，长此以往，恐连心灵也将被阴霾笼罩。

面对生活的重压，我不得不精打细算，每一分钱都须用在刀刃上。午餐，往往是清晨匆忙间自制的便当，只为节省那几元的外食费用。而家中厨房，简陋至极，连吸油烟机都成了奢望，偶尔间，油烟的气息还会伴我至律所，成为那段日子里独有的"香气"。

生存之难，无疑是青年律师初涉职场的第一道坎。我凭借着过往微薄的积蓄，如同行走在钢丝之上，小心翼翼，步步为营，最终才得以跨越这道难关，继续前行在追求梦想的道路上。

第二，便是执业难。拿到律师证后，我选择了独立执业，成为一名提成律师。26岁的我，既缺乏丰富的办案经验，又欠缺深厚的人生阅历，加之年轻且身为女性，在初入职场时显得尤为稚嫩与不易。对于我来说，如何获得当事人的信任成了一个难题。在独立执业的初期，我遭遇了前所未有的挑战——案源匮乏，直接导致收入空白。那段时间里，我只能依靠有限的积蓄，勉强维持生计，幸而，凭借我在刑事领域的专业优势，成功拿到了不少律所内部的合作机会。律所中的一些律师开始与我合作办理案件，虽然收入不算多，甚至有些是其他律师觉得费用过低而"淘汰"的机会，然而，即便是微小的起步，也比无所事事的状态宝贵，因为这意味着我正朝着目标稳步前行。除了一些刑事业务，我还办理了各类民商事和家事案件，大多数是费用低又烦琐的案件，有一起离婚案件仅收取了律师费4000元。作为律师，我的职责远不止于法庭上的辩护，还需要经常为当事人做情绪疏导并根据当事人提供的财产线索调查取证，向法院申请调查令就不下5次，最后为客户争取到了满意的结果。那一刻，所有的艰辛都化作了甘甜的果实。随着在律所内部合作的深入，我的专业与敬业逐渐赢得了口碑，渐渐地也有之前的客户会介绍其他案件给我，更值得一提的是，我荣幸地加入了律所的破产管理人团队，开始参与处理破产案件，同时在法律援助中心的值班经历，也让我在咨询接待中积累了宝贵的经验。尽管身为年轻女性，在职场上或许面临某些固有偏见，但我坚信，通过不懈地奋斗与自我超越，定能开辟出一片属于自己的广阔天地。

第三，与其说是难，不如说是风险高。律师行业以其高标准的容错率著称，执业之路布满风险与挑战。在这一领域，专业素养与责任心并重，缺一不可。任何细微的疏忽都可能对当事人造成难以挽回的损失，进而触发连锁反应。一旦当事人选择追究，轻者将面临律师协会的纪律处分，重者则需承担经济赔偿，甚至可能牺牲掉原本光明的职业未来。所以办案还是需要三个心，即耐心、细心和敬畏之心。另外的一类风险，就是人身风险。在从业之初，我曾经作为申请执行人的代理律师，陪同执行法官到某地进行强制执行，在执行任务时，协助执行人所在公司内，法官与协助执行人间突发口角，事态迅速升级，演变成了一场骇人的围殴事件。协助执行人带领众人，竟将法官与法警团团围住，暴力相向，这一幕持续了令人心悸的十几分钟。我作为唯一目击者，被困于屋内，目睹了法官被无情地推搡倒地，心中满是震惊与无助。待喧嚣逐渐平息，我才蹑手蹑脚地走出，只见法警衣衫不整，纽扣散落，身上赫然留下的道道抓痕记录着这场冲突。此次经历，让我首次以证人的身份，在公安机关留下了深刻的笔录，成为我职业生涯中一段难以磨灭的记忆。

律师职业的特性决定了我们时常需要穿梭于各地，面对陌生且偏远的地区时，更应加倍提升警觉之心。尤其是年轻的女性律师，在出差过程中，务必将个人安全置于首位，不容有丝毫的疏忽或轻视，确保每一步都稳健且安全。

在我独立执业的第三年，随着办案经验不断积累，很多案件已经可以驾轻就熟且从容地办理了，然而一贯热衷于挑战的我，再次意识到律师职业的道路似乎已悄然步入了一个成长的瓶颈阶段。律所集合了多种类型的律师，闲暇时，我喜欢观察生活和身边的同事，我渐渐地发现，律所里有一些年纪稍长的同事，他们日常处理的案件种类繁多，五花八门，涵盖了广泛的法律领域。但这样的律师往往案源是不够稳定的，生活看似继续着，但更多的只是用新的一日去替代旧的一日而已，并没有真正地前进着。那时，我并未特意规划专业方向，与那些同事一样，接手的案件类型纷繁复杂，无所不包，然而，同事们的现状让我醒悟，唯有在某个法律领域内深耕细作，成为该领域的专家，才是律师行业持续发展的正道。

不登高山，不知天之高也；不临深溪，不知地之厚也，不进入一个行业，又如何能成为这个领域的专家呢？

基于这样的信念，我开启了职业生涯的第二次重大转型，毅然决然地从律师岗位跨越至房地产公司，担任法务一职，继续追寻着专业成长的道路。

以前，我对法务工作的印象仅仅停留在是公司内部律师这样的形象上，直到自己也开始从事法务工作以后，才发现它并不如此前预想的一样简单。

在一个巧合的机会下，我看到了一家位于宁波的央企地产公司需要聘用一名法务的信息。我便投递了简历。在面试时，公司总经理询问了我一些关于投资的收购及并购的法律问题，确认我的专业能力符合他们的要求后，便向我发出了录用通知。由于该公司只有一个法务岗位，并未单设部门，除了日常的法律咨询、合同审核、处理诉讼等专业性工作以外，法务还要根据公司实际的经营节奏把握风控尺度，在确保公司稳健运营的同时，灵活调整策略，既要适时放手以促发展，也要适时收紧以控风险，确保企业航行于可预测的风险管理轨道之上。此外，法务部门的核心职责不仅限于直接的风险防控，更涵盖构建与完善制度框架，针对公司普遍存在的问题，通过制度化建设、定期检查、公开透明化处理及责任追究等手段，有效削减潜在风险。进一步而言，法务工作还广泛涉及律师团队的甄选与管理、参与公司高层会议提供法律意见，以及跨部门非法律事务的协调与处理，其综合性和复杂性远超单一律师角色的职责范畴。

律师转岗至法务岗位，是一个多面向的职业转换过程。关键取决于自己想要的到底是什么。从优势上来说，法务的稳定性是律师岗位无法企及的。做提成律师经常发愁于本月的案源在哪儿，下个月的案源在哪儿，如果没有案源，就意味着没有收入，但法务可以朝九晚五，只要做好分内的事，薪资是有保障的，年底如果公司的业绩好，自己的绩效也完成得不错，甚至有可能获得一笔相当可观的年终奖金。从成长性上来说，法务比律师更容易接触到公司的核心业务，有机会跟着公司的脚步共同成长。比如，我在宁波工作期间就曾深度参与了首期投资额高达160亿左右的片区综合开发项目，从初步沟通的细致入微到深入谈判的运筹帷幄，再到协议起草与最终定稿的全流程参与，法务人员在这一过程中能够积累到比专注于单点事务的律师更为丰富且全面的经验与价值。当然，法务的稳定性还表现在，法务的出差频率是低于律师的。律师因为案源所涉地域不同，需要经常出差。而法务处理的非诉讼业务多，诉讼业务大多会交给外聘的律所处理，所以出差并不频繁，对于追求工作和生活达到平衡、稳定状态的人来说，法务属于一份极具性价比的工作。

但法务工作的劣势也在于它有职业天花板，不管如何升职加薪，法务的薪资终究在公司预算范围内，难以超预算发放，而律师是一份海阔凭鱼跃、天高任鸟飞的职业，没有天花板一说，每日穿梭于形形色色的客户之间，难以预料哪一天就会遇到一桩涉及高额律师费用的案件，正所谓三年不开张，开张吃三年。从律师转岗法务时，在专业性方面，我迅速融入了新环境，没有经历任何明显的适应过渡期。但律所工作的自由度高，无需遵循朝九晚五的打卡制度打卡，只要高效完成手头工作，我便能随心所欲地踏上说走就走的旅程，享受生活的无限可能，而入职法务岗位的同时，自由度也大幅度受到了限制，除了常规早晚的指纹打卡考勤，请假也需要在系统上审批，如何在业务和风控间做好平衡，并有效管理与业务人员之间的人际关系，也成为法务的一堂必修课。

上海，那个离南京 300 多公里的地方，是我一直以来想要去工作和生活的地方。转法务一年多以后，我遇到了一个可以圆"沪漂"梦的机会——一家位于上海虹桥商务区的地产 20 强民营房企的总部法务岗位一职正在招聘，我自然不会放过这次难得的面试机会。那是端午节前的一天，从上海虹桥高铁站下车后，我步行了 30 多分钟走到了房企扎堆的虹桥商务区。那时，旭辉、中骏、大发、弘阳、正荣等房地产巨头的办公大楼紧密相邻，仅几步之遥便能邂逅一家房企那引人注目的品牌标识，彰显了这片区域作为地产行业集聚地的繁荣景象。我在楼下的咖啡厅找了一个空位坐下，将运动鞋脱下换上了高跟鞋，从容地走进外形如同魔方的办公大楼。当时的面试官是该地产公司的法务总监，一个业界大名鼎鼎的前辈，后来也成为了我的直系领导。在不到一小时的面谈里，他犀利地问了我很多问题，我也一一诚实作答，表达了我对这些问题的理解。鉴于面试过程十分顺利，且我对此次工作机会倍加珍视，经过与公司人事部门就薪酬事宜的简短而愉快的协商后，我满怀期待地告别了宁波，踏上了前往上海的新征程。

总部法务的职能更加偏向于管理，而且总部通常已经单设法务部门，因此部门同事之间在专业和管理上均按照各自职责进行了分工，例如，我负责营销、客户关系、设计及投资等条线的法律事务对接，也就是说，所有与该业务部门相关的大小法律事务均由我处理，包括日常的法律咨询、合同审核、制度优化及具体项目的处理等。除了横向协作的模式外，我们亦需纵向深化，采取对接区域模式的精细分工策略。另外，除了做好法律专业事务外，总部法务还肩负着协同法务总监做好法务管理的工作，法务管理包括搭建和完善企业内部的风控体系、修订合同范本、修订制度、完善授权等；也包括对人的管理，比如参与对区域和板块法务负责人绩效考核评价等。在总部工作的好处是能够最大限度地发挥自身的各项价值和能力，参与的项目更是总部级别的重大项目，几个亿、几十亿、上百亿的项目几乎隔三岔五就会遇到，只要勇于构想并付诸实践，上级将提供最大程度的支持，包括在线系统对投资项目投后问题的精准管控，这在业内或许鲜有同行能及。有了总部在人力、财力、物力上的全力协助，每一个创新的点子都拥有化为现实的可能。在总部法务岗位上，挑战与机遇如影随形，而企业内部更是一片充满可能的沃土，不仅限于法务领域，跨行业的职业转型机遇同样触手可及。正是在这样的背景下，我于2021年初欣然抓住了这样一次难得的转型契机。

当时适逢业内明星职业经理人加入公司并担任了拓展中心的负责人，拓展中心是公司新设立的部门，旨在积极探索并大力推动除传统的招标、拍卖或挂牌模式以外的多元化项目，以开辟公司发展的新篇章。由于在这期间，我已经有跨行业转岗学习的打算，于是我果断地向该负责人毛遂自荐申请了调岗，之后也如愿到投资拓展中心成为一名投资人。从法务再到投资，首先需要恶补知识，投资知识不仅仅包括财务、税务、法务、营销、设计等各个领域的知识，由于每家企业都要根据自身情况确定投资计划和测算逻辑，所以要做好投资，更需要对自家企业的战略打法、经营水平、决策人态度等有清晰的认识和了解。在进行投资时，至关重要的一环是在项目获取之前，便需具备前瞻性的视野，主动站在项目总监乃至总决策人的高度，深入而全面地研判项目。在投资决策的全链条中，我们不仅要关注前端的投资环节，还需细致考量中期的融资、建设、管理，更要前瞻性地规划未来的退出策略。基于全面深入的分析与研究，我们致力于充分揭示并披露法律、经营、市场、政策等多维度的潜在风险，精准预判其可能带来的后果，并明确风险承受底线，进而作出更为审慎与明智的投资决策。显然，投资工作的要求在法务工作之上，当具备投资经验后再审视法务工作，不难发现，法务的视野相较于投资领域确实显得较为局限。

世界上一成不变的东西，只有"任何事物都是在不断变化的"。

当我们还在全国到处飞，忙着发掘项目的时候，并没有察觉到一场席卷整个行业的寒冬已经来临。什么时候开始感受到寒意呢？大概是从在公司投委会申请的项目依旧很多，而决策要投资的项目越来越少开始的。2022年年初的疫情，对总部位于上海的房企来说是一次不小的打击，各种会议都被迫转在线上召开，一股焦虑而无奈的气息从上到下无声地传递着，每个月、每一周，甚至每一天，很多事情都在不断悄悄变化着。渐渐地，当投委会待讨论的事项越来越多地从新的项目转为旧的项目，从投前项目研判转为投后问题解决的时候，我逐渐意识到，在当前的形势下，单纯获取土地似乎已不再是企业发展的唯一或决定性因素，其重要性似乎在逐渐淡化。于是心里的不安感也随之与日俱增，在时间的流逝下，我大概只在等待一个明确的结果，就这样时间来到2022年年底，最终结果——公司决定撤销投资拓展中心。

伴随着这个决定的，是我的第四次转型，当时摆在我面前的至少有三个选择：一是回到法务部继续从事总部法务工作；二是回归律师老本行；三是再找一份与投资拓展相关的工作。首先排除的是第三个选项，毕竟在投资拓展圈，我还只能算是初入行的新人，实际上，我大量的精力都在处理投后工作，这几乎与法务职能无异，区别仅仅在于职位的不同。之后排除的是第一个选项，虽然从事法律相关工作已经十几年，但法务更偏向于处理非诉讼业务，而经历了诉讼、非诉讼各种业务以后，我明显对诉讼业务更加有兴趣，尤其我十分享受能在法庭上与对方当事人、律师唇枪舌剑的这个过程。鉴于多年深耕律师行业的经历，对于该领域可能遭遇的种种挑战与困境，我已具备了充分的预见与准备。因此，在深思熟虑之后，我最终决定踏上第四次职业转型的征程，重返律师这一我熟悉且热爱的领域，继续书写我的专业篇章。

再度踏入律师行业的门槛，我深刻体会到与十几年前截然不同的感受，律师行业从业人数已攀新高。社会不断发展，各种新兴行业也如雨后春笋般冒出，随之而来的法律问题也越来越多，过去的经验和知识已经不足以覆盖全部赛道，无论是立法者、执法者还是司法从业人员，都需要不断地迭代大脑知识库，以便跟上时代的步伐，所以从"卷"度而言，年轻律师的生存压力已经比过往更大，而互联网、自媒体、AI等各种新型工具的诞生与熟练运用，也对传统的律师行业构成了不小的挑战，再度从事律师行业，我也即将面临新一波的考验。但这对于一向热爱变化，也愿意积极拥抱变化的我来说，并不是难题，而且相较于最初从事律师之时，我已经拥有了十几年丰富的工作经验，也拥有了属于自己的专长领域，至于知识短板，比如如何运用好新技术手段，不被智能化工具淘汰，将成为我的一项新的人生课题，目前的选择只是又一次出发，备好行囊，再次前进。

"立志用功，如种树然。方其根芽犹未有干。及其有干尚未有枝，枝而后叶，叶而后花实"，而我也坚信，只要与时俱进、永远心怀希望，再踏踏实实地走好每一步，任何人都可以拥有一个属于自己的美好未来。

最后一句话，是作家茅盾说过，更是我对自己说的："过去的，让它过去，永远不要回顾；未来的，等来了时再说，不要空想；我们只抓住了现在，用我们现在的理想，做我们所应该做的。"

一路向前的女律师

胡 沙

《粉红女郎》在我童年的记忆中，无疑是一部风靡一时的热门电视剧，里面张延所饰演的"男人婆"角色，她坚韧、勇敢，不怵任何逆境，是一位事业心极强的女性。从此，我年幼的心田里，悄然播撒了一颗关于女性独立与事业心的种子，它在我心中生根发芽。我从小并不是一个特别聪明的小孩，与那些奋力与世界较劲的同行者相比，我的步伐也不显得多么执着。然而，我始终遵循着内心独有的旋律，稳步前行。我坚信，进步的真谛在于日积月累，于是，我致力于让今天的自己成为比昨天更加优秀的存在，让每一年都成为对前一年的超越。在职业生涯的征途中，我逐渐发现了自己身上那份独特而耀眼的光芒，也得到了来自朋友、客户和同行越来越多的认可。回望自己一路走来的过程，依然能给自己走向未来提供勇气和动力。

律师与我之间，难用距离来衡量

高考失利，我未能如愿以偿地迈进理想中的大学，而家庭的经济状况，又似一道现实的壁垒，让我难以再依赖更多的物质资源去重启复读的征途。在填志愿的阶段，家人都有自己的想法，爷爷奶奶说当老师吧，父母说财务管理也还不错，而18岁的我，没有任何犹豫直接在志愿表上填写了法学专业。同年九月份，我正式迈入了大学的门槛，成为一名二本师范院校的法学生。一晃四年而过，像所有二本院校的学生一样，毕业后的我面对着未来，心中不禁涌动着无限的迷茫与不确定。在我的家乡，本地的公务员、事业编制的工作是最稳妥的选择，家人也一直希望我能有一个稳定的工作。诚然，我深知自己性格中那份不羁与跳脱，它让我难以完全融入体制内的规则与框架之中。站在人生的这一重要节点，我虽对未来充满了迷茫，却也清晰地意识到，自己不愿成为被固定角色束缚、失去个性与创造力的存在。

在严峻的就业压力下，我成为一名国企法务。其工作职责就是处理国企内部的合规事项，包括一部分的行政工作。在当时，我非常幸运地遇到了一位非常愿意培养下属的领导梁老师。作为一名刚进入职场的愣头青，学校教授的知识其实跟工作实践中所要掌握的能力是较为脱节的。例如，当时我需要对公司每周的领导例会进行记录和整理，因为对公司的业务流程和细节并不熟悉，所以整理一份简单的会议记录对我来讲也是不容易的，梁老师作为我的直属领导，他会额外花费时间来教我如何整理会议纪要和向我介绍公司的业务，并要求我去参加后续公司的重要的业务会议。半年以后，我终于对公司的业务线和运营流程有了清楚的认知。之后，在公司国有企业改革逐步深化的过程中，我凭借往常对公司的业务脉络和日常管理的了解，在这一转型中发挥了自己的能力，为公司的发展贡献了自己的力量。

朝九晚五的工作很不错，但是我依然感觉抬头就能看到天花板。在工作的时候，时常会觉得自己的工作没有任何意义，找不到对这份工作由衷的认可。在我本科学习的时光里，有一位老师——教授马克思主义哲学课程的贾老师，他前瞻性的视野和无私的关怀，为我的人生旅途点亮了一盏明灯。他鼓励我们跳出书本的框架，去广泛阅读，去体验不同的思想与文化的碰撞。当时，我年轻气盛，在朋友圈里轻率地表达了对贾老师某些观点的不完全认同，试图以青涩的反叛来证明自己的独立与成长。如今回首，那份看似幼稚的反驳，实则是我在老师引领下，开始学会独立思考、勇于质疑的见证。后面想来，贾老师以他的宽容与智慧，包容了我那时的不成熟，更以他的言行激励着我不断前行，去追寻那个更加广阔、深刻且多彩的世界。在工作了一年半以后，我提出了辞职，我不确定自己是不是适合律师行业，但是知道法务这份工作并不适合自己。

当我成为一名实习律师之后，也经历了很长一段时间的落差感，我之前所学习、所掌握的知识和技能好像都没有用了，一切都需要从头来过。虽然实习律师期间的工资低、工作忙，但对于我自己来说，成为一个律师最难面对的还是心态的转变。

"你和你女朋友在一起多久？"

"两个多月，不过她已经被警察抓了。"

"为什么会被抓?"

"她吸毒的,我看到过。"

"那你有没有吸毒?"

"我没有,"他停顿了一会,神色有些不安的恍惚,喃喃道,"确实吸过一两次。"

"具体什么时候呢?"

他支支吾吾说不清楚,然后保持了长久的沉默。

"你还有什么想和家人说的吗?"

"我爸爸脾气很暴躁,你帮我转告妈妈和妹妹,顺着爸爸的意思来,我妈妈肯定在哭,让我妹妹照顾好妈妈,哎,我妹妹也是个小女孩,让她们都不要担心。"他红着眼睛说完后,捂着脸号啕大哭。

这是我去会见一个20岁出头的男孩子的场景,他因为支付宝诈骗被公安机关抓捕,男孩子的爸爸妈妈委托我们团队去见他。

在我们会见之前,他的妈妈跟我们说,他们绝不相信男孩会犯罪,在他们的家里,男孩的爸爸脾气很暴躁,不懂得如何对家人表达和与家人沟通;妈妈和妹妹的性格非常温和,男孩子只能在家里充当父亲和母亲、妹妹之间的桥梁;在妹妹心里,他一直是一个值得依靠的哥哥。

我走出看守所,那位性格急躁的父亲,身形略显沉重地蹲坐在看守所的门槛旁,手中紧握着一支燃至半截的香烟,似乎借此驱散心头的焦虑与不安。他的脚边,散落着一圈圈被遗弃的烟蒂,宛如时间的印记,默默诉说着等待的漫长与内心的煎熬。他看到我们出来,赶紧起身,踩灭烟头。神色紧张地向我们递过来两瓶水,他的妹妹扶着妈妈在一旁殷切地看着我们。

那一瞬间，我有点恍惚又有些说不上来的难过。我们作为律师，这次会见不仅了解了那个男孩犯罪的具体经过，还额外了解到这个男孩子有过吸毒的情况，就完成委托事项这件事情本身来说是顺利的；而作为一个普通人，我觉得对父母来说，让他们在这种情况下知道自己孩子有这么糟糕的一面，也是一件非常难过的事情。

我们跟这个小家庭沟通了男孩被公安机关抓捕的具体缘由，面对父母那掩饰不住的忧虑与眼底的失落，我想了想，还是跟他的父母说明了，男孩违法范围不只有诈骗行为，极大可能还存在长期吸毒史。毕竟一个正常人如果初次接触毒品，对于自己接触毒品的时间一定会留下极其深刻的印象，但是这个男孩已经无法陈述具体吸毒的时间点，极大可能就是这件事在他生活中已经成为常态。

我看着男孩妈妈，眼泪在她的眼眶中打转，她捂着脸看向了别处。男孩的妹妹搀扶着妈妈，看向了她的爸爸，而这个一家之主摸着打火机点了一支烟，狠狠吸了一口，当注意到我和同事——两位女性，他又默默往地上一丢，用脚用力踩着烟头摁灭。

男孩妈妈情绪平复了一点，脸转过来，声音还有点哽咽地说道："我是知道他吸毒的呀，我……那个一开始带着他吸毒的人是我们的远亲，我警告过他的，我警告过……"这个妈妈又一次泣不成声。

我在心里长长叹了一口气。

一个是在家人面前懂事善良的男孩子，他的另一面却是吸毒，是诈骗，是隐瞒，是撒谎成瘾，而这个柔弱到动不动掉眼泪的妈妈却也能为了孩子去警告亲戚。我不禁想，要怎么样才能定义一个人呢？

每当遇到这样的时刻，我都会想起还没有入行之前的那一幕。我上学的时候曾作为法学生去检察院实习，当时的检察官们带着我去会见了一个犯诈骗罪的女孩。那个女孩为了给自己的姐姐凑嫁妆和朋友合伙假装把自己卖给陌生人，哪想到真的被朋友反手直接给卖了。当我见到这个比我年纪还小一些的女生的时候，她正坐在会见室的椅子上哭得泣不成声，听到她悲惨的家庭情况和被朋友背叛的痛苦经历，我眼泪都忍不住地掉下来。当时正在审问的检察官及时止住女孩的哭泣，她正视着女孩的眼睛说道，"错路是你自己选择的，做错了事情就要受到惩罚"。在那一瞬间，课堂上所学的法律的作用变得具象化了，我的情绪也随之归于宁静与理智。

女律师有女性所特有的共情天赋，也有法律带给我们的理性的思考方式。我们成为律师之后的第一课就是直面人性的善与恶，在情感和理性中寻找平衡。

我们都在说，要让法律有温度，要成为有温度的法律人。

法律的温度并不能传达到社会的细枝末节，细微之处或显疏漏，这促使我们需要不断地自省：我们所肩负的职责与使命，究竟何在？在每一次的深思与追问中，我们力求让正义的光芒更加温暖而深远，触及每一个需要庇护的灵魂。

记得有一次我接到咨询，一个 20 岁出头的男孩子在其住所被人用刀捅死，他的父母赶到出租房的时候，房屋内已经空荡荡的了。原是房东早在几天前就已经把房间里男孩的全部东西都清理了，男孩的父母千里迢迢赶到上海，除了骨灰什么都没带走。男孩的妈妈去男孩工作的地方哭了几次，店家考虑经营秩序，每次都选择了报警。男孩的爸爸过来咨询我，他们还能为自己的孩子再做些什么。

我坐在那张咨询台后面，被对方叫着律师，那一刻我感觉到了那一对夫妻身上的死气和绝望。我什么都帮不了他们，看着他们的时候，我会觉得我上了这么多年学，写过那么多文字都毫无用处，语言太匮乏，法条太冰冷，一句节哀顺变也过于苍白和无力。

我只能作为一个倾听者，静静地听着，男孩爸爸那无力的诉说，墙上的钟滴滴答答地走动着，咨询室里充斥着安静和无奈。男孩的爸爸在说完之后长长舒了一口气。哪怕我最后也没有能提供什么实质性的帮助，他还是起身向我道谢。

我，我很惭愧。

哪怕加害者面临的是失去一生的自由，但对于失去儿子的父母来说，这也并不能给予一丝的慰藉，普通人的痛苦就是一张网，我不知道这样中年丧子的父母要花多久才能扒开这张厚实的密不透光的网，看到未来的生活。

律师，这个职业让我感受到了别人的痛苦，我偶尔也会为这种痛苦而感到无能为力。

在一座大城市里，富有与贫穷交织，幸福与痛苦并存，有踮脚就能摸到金钱垒砌的自由，有低头就能看到普通人凝化成实质的痛苦和低到尘埃里的存在感，这两者的并存，确如一道深刻的裂痕，横亘在都市的肌理之中。

我常常会想，我们是因为什么原因而选择来到这里的？其实到现在，这个问题我也没有办法完全回答。这是一个开放的题目，不同的阶段会有不同的回答，我想说的是，我进入这个行业的第二课就是如何面对法律无能为力的时刻,面对自己无能为力的时刻,并寻找自己从事这个行业除了金钱以外的收获。

进入这个行业之后,听一位律师前辈说,我们这个行业,一半的时间在赚钱,一半的时间在做好事,我现在深以为然。在法律职业的共同体内,我们都是怀揣着最简单直接的初心进入了这个行业,并认真地在这个行业耕耘。我们在凌晨十二点接到过正在加班的法官的电话沟通,也见到过检察官在为一个案子的公正判决做出她的努力,这个行业有非常多优秀的前辈,都在为这个行业变得更好而努力。

我们的案子,是别人的人生。我们以此为职业,也是给别人的人生画上标点符号,这也是我们工作的意义。

踏上前人足迹,续写我的旅程

2022年6月,我坐在办公室看着窗外的树出神,不知道自己应该何去何从。

彼时我已经作为授薪律师在上海工作了一年,我们团队的领导也算是看重我,让我带着一个小团队在做律所的案子。

授薪律师是律师行业独有的概念,实习律师成为执业律师后,因为各种原因无法自己独立对自己负责,会选择给其他的团队的律师老板打工,每个月领固定工资。授薪律师是实习律师成为执业律师后大多数的选择,我也不例外。当初从广州来到上海执业,选择了一家专门做一个领域的律所成为授薪律师,想给自己在某一个领域深耕的机会。在这个律所工作了近一年，律所难啃的案子一大半在我手上，在这段经历中，我也在不断地学习和成长着。但当我抬头望向行业的前方，心中还是不免生出一丝寻觅的渴望——我渴望在职业生涯的征途中，遇见一位真正值得我倾心追随的律师榜样，能够引导我，给我启迪，告诉我的未来应该怎样去规划。

在那个阶段，我常觉得忐忑不安，对自己的未来感到迷茫，我不知道要往哪里走。

我所面临的状况与当初从国企跳槽出来当律师不同，从国企转行当律师，我知道即使工资会比较少，但是每个月都会有，但如果自己成为独立律师的话，我首先担忧的就是我的收入从哪里来。

传统的独立律师是"六边形战士"，对于律师的要求不仅仅需要业务能力，还需要沟通能力、开拓案源的能力等，尤其是开拓案源的能力。但是我当授薪律师的阶段，当时的老板是有意隔绝了我们与客户直接沟通的机会，大多数时候，我们都是将案件的情况汇报给我们的领导，我并没有在工作中得到机会，能够学习和锻炼谈案、报价这些技能。简而言之，怎么获取客户，怎么与客户商谈，客户谈后怎么锁定，这一整套的流程我都没有能够熟悉和跟进，相当于一个六边形战士没有了右手。

同时，我深刻体会到在职业生涯初期所面临的挑战，尤其是自我认知中对于案件处理能力的不感。尽管我正处于授薪律师的学习与成长阶段，并持续努力通过实践来锤炼自己的办案技巧，但在每一个需要决策的关键时刻，内心仍不免泛起一丝自我怀疑的涟漪——"我是否真的能够胜任这项任务？"

此外，我的背后没有有力的家庭支持。我出生在江西东北部，本科是地方二本院校，家里还有个需要家庭投资的弟弟。在父母和家里长辈眼里，他们需要一个女老师或者女公务员。长辈不止一次地说，你要当个老师，每个月可以拿五千元工资，每年有三个月的假期，你为什么不做。我从国企跳出来成为一个月入三千元的实习律师的时候，家里人也多为不解，怎么能放弃如此安稳的工作出来做一份可能吃不上饭的工作。这也意味着我独立的过程中，没有人脉资源，也不会有家庭的资金支持。

站在选择的十字路口，我尝试着与他人进行交流，以求寻找更多的解答与见解。

我去见了我的独立律师朋友们，每一个独立律师都有自己的想法。

一个独立律师问我说，"你现在有自己的案源吗？"

"没有。"

"那你现在是已经有固定的客户了吗？"

"也没有。"

"那在现在的职业领域，你想做哪一块业务或者说看好哪一块的业务？"

我话还没有说完，他直接说道："我觉得你现在还不太适合成为独立律师。"

与朋友们交谈之后，我意识到一件事情：我认识的独立律师，不一定是和我三观一致的人。已经成为独立律师的朋友，如果他不能够理解你，或者不愿意主动地帮助你，你是没有办法从他那得到答案和勇气的。

我选择变更了所交谈的对象。当时我在微博上关注了非常多的法律博主。

我陆续地约了一些微博博主和小红书博主。能约到线下见面的博主其实并不多，能够真诚地与你分享，或者说帮你分析和给予建议的博主则更少。这也很正常，平时阅读这些博主的文字，让我对他们已经很熟悉了，但是他们对我依然很陌生，这就是受众和演讲者之间的信息壁垒。所以我期待能够从博主那边获得更多的信息，但他们没有办法给我想要的建议。

但是我确实也从一些同行的沟通和交流当中，得到了勇气和鼓励，包括现在和我成为好朋友的一位博主。她其实是鼓励我独立的，独立律师始终是一个律师最终的归宿，只是时间早一点或晚一点而已。

其实我后来也意识到，我不是在寻求独立或者不独立的选择，我在寻求的只是支持我独立的那个声音。

成为一位独立律师之后，改变认知是让我一直往前走的最大动力。

1. 改变追随者心态

过去社会对女性的规训在于给予女性有限的选择，比如婚姻，社会能给出的选择一定是什么时候结婚，让女性无法进行真正的选择。基于这种文化背景下成长的我们，在接受了高等教育之后，打破了有限的选择空间，但是我们自己心里却还没有走出有限选择的圆圈，我们对拿到手的决策权甚至有些彷徨和不知所措。这在女律师的执业过程中最常见的现象就是女律师执业过程中的"追随者"和"反对者"的思维定势。

追随者思维定势的表现很简单，比如在工作当中一直询问上级律师或者同事，询问自己需要做什么；比如无法确定自己在工作中所占有的权力边界，不停地询问他人做或不做；比如在遇到困难的时刻，第一反应或者兜底反应就是应该是我的上级或者我的老板去处理这个事情，跟我没有太大关系。反对者的思维定势并非单纯地否定同行或对方的能力与水平，而是一种先入为主的偏见，它倾向于在未全面了解情况或深入分析之前，就预设了对他人努力成果或潜在能力的质疑。这种思维方式忽略了积极寻求共识、共同探索解决方案的可能性，而是过早地做出了不利于合作与进步的预判。

这也是授薪律师常常沦为处理程序性工作机器的原因之一，我们无法独立面对选择并做出有利的决策，而成为独立律师之后，应该有意识地培养自己的战略思维能力。我们不应仅仅依赖外界的指示来界定我们的行动方向，而应主动激活思维引擎，持续自我省察：明确个人的愿景与目标是什么，深入探究背后的动因——"为何"追求这些愿景；同时，积极搜集并分析相关数据，以此作为我们决策与行动的坚实基石；更重要的是，要清晰地阐述每一项选择的理由，确保每一步都基于深思熟虑和充分论证。这样，我们才能在自主与理性的轨道上，稳健前行。

2.金钱观

在刚进入这个行业的时候，我对于金钱的态度非常矛盾，一方面想要更快地实现财富自由，另一方面，我常常感受到一种内心的不和谐，对于自己对金钱的追求抱有深深的"不配得"之感，仿佛这份渴望本身便是一种罪过，让我对金钱产生了不必要的羞耻情绪。

对于金钱和财富这件事，在我们所接受的教育中，金钱二字一直都是和罪恶这些词语绑定在一起的，一般出身的小孩如果没有从商的家庭氛围，对于金钱和财富其实并没有什么具体的概念。

有一次，一位较为熟悉的朋友，通过微信向我咨询了关于婚姻的法律问题，结束之后对方主动向我发了个红包，我当时的感觉就是，如果我接受了这个红包，那么我们之间的感情就变成了用钱来衡量了，会失去原本的纯粹。

追溯一下我的认知来源：第一个根源，除了接受教育的过程中得到的金钱观念，还和自己来自小镇人情社会等因素息息相关，在大家族的人情观念中，大家相互帮助是一件极其正常甚至必要的事情，并不能以金钱来计算其中的价值，而他们会在其他的时候用类似的方式回报你，这是熟人社会非常典型的人情往来，以人情不以金钱去定义社会价值。第二个根源，来自我对自己提供的价值不够自信，这个观念在于我对于自己所服务市场的价值没有根本的认知。实际上，我所提供的服务价值并非源自我个人，而是深深植根于客户对于特定咨询议题知识或理解的不足之处。

《纳瓦尔宝典》中说道："创造财富和坚持道德标准是可以兼得的。如果你的内心鄙视财富，财富就会对你避而远之。"

认知决定财富，树立怎么样的金钱观念将与自己的钱包息息相关。

我们要为自己能赚到钱而感到自豪。我们所创造的价值经得起市场的检验而获得了金钱，是我们创造价值的奖赏，追求财富和幸福是一件值得骄傲的事情。

3.保持开放的心态

在2023年的一场分享中，我给自己贴了个江西人的标签，甚至在分享中调侃了自己出生并成长的地方所存在的重男轻女观念。在过去的很长一段时间里，我对那片土地的感情非常复杂，我觉得它养育了我但是没有养育好我。我给自己贴上了一个痛苦的标签，甚至在这个层面上形成了稳定的自我认同。

最近一次在"棒约翰"吃比萨饼，服务员阿姨很健谈。在我们就餐的过程中，她一再加入我和朋友们的话题，告诉我们要结婚生子，并且大声说没有孩子的人生终究没有意义。我很严厉地反驳了对方：如果人生的意义只有孩子，那还不如从没出生过。阿姨终于暂时收敛了言语（虽然她后面又故态复萌了）。

老实讲，在五十多岁女性群体的价值观里，结婚生子就是人生的全部意义，她说的话无所谓对错，只是一种价值观念。因自己为了坚守立场而变得尖锐且不容置疑。猛然间意识到，我们二人实则并无根本之异，只是在那对话的瞬间，都错误地将对方的话语解读为对其整个人生的全盘否定。这样的误解，如同无形中筑起的高墙，隔绝了理解与共情。

甚至晚上回到家，这件事情一直萦绕在我的心头。虽然这件事情跟执业并没有太大的关联，但我依然为自己心灵成长的停滞而感到异常沮丧，我拿着一把利剑闯进了这个繁华的大都市，我的心里全是刀光剑影，甚至没能装下都市里的一朵花。

我们的自我是在成长过程中被逐渐塑造的，主要是前二十年的生活，不管是自我成长还是家庭因素、社会因素，这些使我们的习惯和自我认知、自我认同、自我意识紧密地捆绑在一起，并对习惯形成深深的依赖。如果没有打破现有的习惯和条件反射,自我和心灵会在某一个年龄永远停下来,我们讨厌的一切特质会以另一种形式回到自己身上——变成自己最讨厌的那个人。

任何划分阵营和贴标签的行为都会给人造成束缚,让人看不清真相。愿我们都能打碎原本被束缚的自我,去接纳更广阔的天地。

成长之路,非坦途也,然唯有历经风雨,方能见彩虹

前一段时间,跟一个还在授薪阶段的同行聊天。

他问我:"你的案源是怎么来的?我执业一年没有几个自己的案子。"

我回答道:"其实一开始来源于同行的合作比较多,跟着同行多做案子,慢慢累积自己的案源。"

他立马回复说:"那也要看别人愿不愿意带你做。"

回顾往昔,我也曾历经那样一个阶段,面对未能立竿见影的经济回报,内心虽有所触动,但在探寻其根源时,却未能深入地剖析——我们这个行业,若不主动出击,便难以觅得滋养之食。那时的我,或许未能全然领悟,行业的特性要求我们必须勇于探索,积极作为,方能在这片领域中站稳脚跟,收获属于自己的果实。

现在社交媒体上,大家似乎都在倡导一种"躺平"的生活方式,但是律师行业不同,尤其是独立律师,不干活就没有饭吃。

我刚独立没多久的时候,就换了一家律所执业。简单地介绍了自己之前做过的一些业务情况。有同事听说我执行类别的案件做得比较好，便找我沟通一个案子基本的执行可能性。

这个案件是一个不当得利案件，当我了解这个案件的时候，我们当事人已经拿到了胜诉的判决，但是申请执行后却一直没有回款。

这个被执行人住在上海的别墅区，据说开庭当日，她是背着几十万的奢侈品皮包来到法庭参与庭审，其在朋友圈的日常也很奢华，在外居住的都是四星级、五星级的酒店，从这些情况来看，这个被执行人是不缺钱的。但是经过人民法院的执行系统查控，被执行人名下的银行账户里面几乎没有查封到任何账户余额，法院的第一轮查控中，我们也没有获得任何有效的信息。

我们前往被告的居所进行探访时发现，被告居住的住所在其母亲名下，其名下在上海没有购置任何房产。另外，我们查看了被执行人在庭审中所提交的小红书账号，发现其中所晒的奢侈品包图片均是盗用的其他网红的图片，并没有任何可执行的信息。我和同事也尝试联系被执行人的家人，毕竟被执行人还年轻，在家人经济条件宽裕的情况下也极有可能会愿意为子女来偿还债务。但是，当事人父母拒不和我们沟通，之后甚至拉黑了我们的电话。

案件的转机来得也很偶然，我们在整理案件信息的时候，发现了这个被执行人与其他的案外人之间曾经因租房纠纷诉讼至法院，在案件的查明部分，我们看到这个被执行人曾主张其在浙江省杭州市市中心位置购置了两套公寓，两套公寓中的一套承租给案外人。但是这个判决生效至今已有几年，我们都不确定房产是否还持有在被执行人名下。掌握这个线索之后，我们立马前往杭州不动产登记中心，查询到了被执行人名下确实持有一套公寓，并且立马将该套房产线索提供了执行法官。

执行法官立即对该套房产进行了查封和冻结，对于拍卖请求则未予明确答复。鉴于拍卖流程烦琐，且在本地执行案件量巨大的情况下，推动外地房产的拍卖便尤为困难。执行案件的法官的时间是非常宝贵的，作为申请执行人的代理律师，我们需要做的事情就是尽可能地配合法官推动案件的执行进度。

我与同事一起去现场调取了关于这套房产交易内容的档案并前往涉案房产的位置查看其实际使用情况。与此同时，我们也主动联系到了房产所在地的物业公司，积极与物业公司了解该房产的居住情况。在此过程中，我们获悉涉案的房产已经空置很长一段时间，并且至今仍然欠付物业费和水电费用。

在向法官提供了涉案房产的交易内容档案和房产目前的实际情况后，法官终于同意对涉案的房产进行拍卖。在本文写出之时，房产已经成功拍卖，当事人的债务获得了全部清偿。

回顾该案件，让我深刻地体会到，在团队内部，积极展现个人优势并介绍自己，让同事们更加了解你，这将有助于他们为你提供更多的机会。通过这种方式，你可以有效地促进与同事之间的合作，同时也为自己开辟新的案源渠道。

而且，优秀的律师，一定是有人格魅力的律师。在我们还没有足够的人格魅力吸引客户之前，至少能以我们的专业能力吸引离你最近的一拨人，就是自己的同事。

另一方面，社交网络就是一个巨大的平台，我们不仅可以在上面结交和认识到与我们同频的人，也可以为自己争取到工作机会。

我通过小红书偶然认识了一位做保险业务的姐姐，线下约着见面聊天的时候，沟通得也很愉快。不久，这个姐姐通过微信跟我说，她有一个朋友碰到了关于装饰装修工程的纠纷，希望找一个律师来处理这件事情。

我之后便跟这个客户沟通了案件细节，在整个沟通过程中，这位姐姐一直帮我跟客户做信任背书，所以客户也很愿意委托我来做这个案件。

这个案件的第一次调解非常具有戏剧性。案件的被告人有两位，A资信情况良好，B是因其他案存在拒不执行的行为被司法拘留过。案件进入调解阶段，调解员老师提出了一个调解方案，要求现场付清款项后结案，被告A、B双方均同意，由此便有了第一次的调解。然而，在调解当天，被告B姗姗来迟，并且到场后陈述自己的银行卡账户限额，无法支付，但是调解协议是愿意签署的。在调解的协商过程中，我本着诚意与解决问题的初衷，提出了一个关键条件，即明确希望被告A能够对被告B的付款义务承担连带责任，以确保我们债权的稳固与安全。然而，这一合理且必要的诉求却意外触动了被告B的敏感神经，他情绪激动地表达了对这一要求的强烈不满，言辞间透露出被误解与轻视的意味，并毅然决定中断调解进程，声称不愿在这样的前提下继续协商。调解员在被告B不愿调解的情况下，转而拉着我们的当事人出门沟通，指责我们这边不为当事人着想，而被告A的律师更是在中间添油加醋，甚至在结束后仍然试图教育我要尊重调解员的工作成果。

这个案件中的两个被告从法律关系上来看是共同被告，共同对我们当事人的债务担责。实际上在这个案件当中，被告 A 其实在纠纷发生的开始，就表示自己愿意承担一半的责任，也有付款的意愿。而如果我们在调解中认可被告 A、B 是各担一半责任，被告 B 届时不愿意付款，我们的案子甚至无法再追究 A 的共同责任。基于两个被告的履行能力差别，我跟当事人沟通的过程中强调的一点就是，除非 B 同意直接支付款项，或者 A 愿意为 B 的履行提供担保责任，否则任何调解方案均无法解决剩余款项的支付问题。幸好之前跟当事人沟通过可能发生的情况，当事人对于我的信任程度比较高，否则在这次调解中，我和当事人之间可能会产生较大的隔阂。

在第一次调解失败之后，调解员再次试图做被告 B 的工作。但被告 B 态度十分嚣张，其陈述原本是想要调解的，但是债权人对他极其不尊重的态度，让他无法继续调解。第二次调解，被告 B 和其太太都没有到场，被告 A 的律师到场陈述愿意支付 60%，希望我们能够撤回对被告 A 的诉讼请求。被告 A 的律师为达到这个目的，还单独拉着我们当事人沟通，法律上的责任就是一人一半，先拿到一部分钱总是好的。

这个案件的两次调解都让我感受到客户的信任是律师最大的保护罩。

这个案件最终没有调解成功，还是进入了诉讼程序。在审理案件的过程中，法官对于被告 A、B 需要承担共同责任的观点在判决书中给予肯定。后续，我们通过执行手段帮助我方当事人直接拿到了全部的案件款项,这个案件得以顺利结案。

虽然这个案子拿到的律师费用不多,但是依然花了很多的时间和精力。在案件审理的过程中和案件结束后,这个案件的当事人和之前通过网络认识的姐姐,都在不断地向他们的朋友推荐我。

机遇需自我发掘,不仅限于周遭环境,更应利用各类平台拓宽社交圈层,深入探索那些潜藏的契机。通过一点一滴的积累,逐渐构建起属于自己的资源库。

社交网络平台让内核相同的人得以相聚并共同成长。于是,我开通了自己的账号,以女性的角度讲述自己的故事。在网络中,女性的困境会被聚焦、被放大,我们会因此感到愤怒。我发现这种愤怒是有传染性的,也意识到愤怒无法解决问题。我们所要做的是找到不同女性的成长路径和方案,聚焦于探讨女性的精神独立。我从中部的小山村走到上海,沿途所受的教育之光,不仅照亮了我的前行之路,更赋予了我超越传统束缚的力量,让我深刻意识到,作为女性,我的人生并非仅限于婚姻与育儿,而是拥有着无限广阔的选择与可能。此时此刻,在这个充满机遇与挑战的都市中,我亲眼见证了自由的真谛与生命最热烈的模样。它不仅仅是地理上的迁徙,更是心灵与思想的飞跃,让我深刻理解到,每个人都有权利追求自己的梦想,活出自我,绽放独一无二的光彩。

在写这篇文章之初我确实还有些抗拒,我并非行业里最顶尖的那拨人。但我深感责任在肩,应当将这段心路历程镌刻下来,让它成为一束光,照亮那些同样站在毕业门槛上、面临人生十字路口抉择、初入城市文明丛林而略显迷茫的女孩们。我愿成为她们的镜像,记录下那份彷徨与不安,同时也传递出坚定与希望的火种。

我期望,通过这些文字与故事,能够激发这些女孩内心深处的勇气与力量,让她们明白,即使身无长物,站在未知的起点,也依然拥有无限可能。愿她们敢于拥抱挑战,勇于探索未知,无论前路多么崎岖,都能保持那份初心与热情,一路向前,直至梦想的彼岸。

女合伙人

梁晓静

2018年深秋的某个周一早晨。我,一个初涉法律行业的实习生,因不慎迟到半小时,被律所合伙人请出了上海中心的办公室。踏出那扇厚重的大门,我漫步于陆家嘴的天桥上,四周是熙熙攘攘的人群与摩天大楼,心中却是一片茫然与自我怀疑。脚下的路,在这繁华都市的脉络中显得既宽广又狭窄,我不禁自问:我真的能做律师吗?上海这么大,有我的立足之地吗?城市中璀璨的灯火,每一盏都像是梦想者的灯塔,既照亮了前行的方向,也映照出内心的孤独与彷徨。那一刻,我被一种难以言喻的孤独感和无力感深深包围。

2022年秋天,我进入陆家嘴的律所独立执业,自己负担社保、座位费等各项成本。2023年秋天,执行主任认可我具备登记合伙人的条件,正式办理入伙手续。

六年前,我站在陆家嘴的光环里,却不经意间忽视了自己内心同样蕴藏着的光芒与无限的潜能。那时的我，行动间似乎总被"无计可施"的阴霾所笼罩。六年后，如今的我，虽仍置身于陆家嘴这片繁华之地，但心境已截然不同。我不再仅仅凝视外界的光芒，而是将焦点汇聚于自我内在的炽热与光芒之上。陆家嘴，这座城市的金融心脏。对我而言，已从单纯的背景转变为可资利用的强劲势能，一把助力我攀登高峰的利器。

面对在陆家嘴执业可能遭遇的种种挑战与难题，我秉持着一种积极寻求解决方案的心态，将每一个障碍都视为成长的契机。从解决问题的视角出发，我坚信"方法总比困难多"，每一道难关背后都隐藏着通往成功的路径。

六年的时间，从青涩、懵懂的法律新人，到自信、自洽、自立的女合伙人，回首来时路，是一步一步脚印的踏实前进，是浅浅深深地摔倒与爬起，是眼泪和汗水浇灌下长出的倔强之花。

"我能做什么？"

"在上海这座城市有我的位置吗？"

"我是可以做律师的吗？"

————2018 年日记片段

2018 年秋天，脱离象牙塔，进入法律行业，坐标上海，诉讼律师，每一步都可以说是一无所有地开启新的世界地图，面对全新的挑战，一头扎进地狱式生长模式。

2018 年 9 月，作为研究生三年级的准应届生，我跟所有同期法学专业的学生一样，面临了考公、读博、法务、律师的职业选择，也面临了留在上海还是回老家的人生抉择。我最初的梦想并非直接踏入律师行业，而是在研究生阶段的前两年，怀揣着对学术的热爱与向往，曾有过一段深思熟虑的规划——期望能继续深造，攻读博士学位，而后留在象牙塔内教书育人，最终成为兼具学者风范与法律实践经验的律师。奈何面对学术道路上的严苛门槛，尤其是论文撰写这一难关，我深感力不从心，屡遭挑战。这份对学术资质的自省与无奈，最终让我不得不暂时搁置了那份原本美好的愿景。

当时"0"律所实习经历的我，面对上海律所激烈的就业竞争，是毫无竞争力和自信心的。当时考公是比较热门且稳健的职业选择，所以我一边买了整套备考公务员考试的教材，一边给了自己一个月的时间找律所法务工作，心里的想法是，给自己一个月的时间面对律师、法务就业市场的竞争，不行就安心准备考公，绝不一心二用。

在缺乏实习经历的初期，我幸运地依托学校的支持，获得了多个宝贵的面试机会。然而，现实总是比理想更为严苛，尽管我全力以赴，却未能如愿获得任何一份offer。这段在就业市场中自我探索的旅程，如同一面明镜，让我清晰地认识到自己的优势与不足，促使我对就业平台和薪资期待进行了更为理性的调整。

2018年9月18日，一个对我而言意义非凡的日子，我在学校的操场上挥洒汗水，完成了10公里的奔跑。这一天之所以深刻，不仅因为它标志着我身体耐力的突破，更因为它恰好成为我律师生涯的隐形启航日。当时的我，对这一切尚不自知，心中仅因错失一个心仪的工作机会而自责不已，将那份失落与不甘化作奔跑的动力，在跑道上尽情释放。

那天的那场面试仿佛被赋予了某种魔力，它不禁让我意识到律师职业远非简单的职业选择，而是我内心深处渴望倾注热情与才华的事业。正是那次经历，激发了我以最真诚的态度和最真实的自我，勇敢地接受市场的考验与选择，同时也为自己挑选了事业的起点。

面试的场所是律所的会客厅，玻璃隔间但是没有窗户，又通透又憋闷，像极了当时我又期待又紧张的心情。首先映入眼帘的，是一双精致的女士高跟鞋，它们以一种不经意的优雅引领着我的视线缓缓上移，直至定格在一位仿佛从电视剧中走出的律师形象上。顾律师，以其一头醒目的暗红色短卷发和身着翠绿真丝衬衫的装扮，瞬间抓住了我的全部注意。她的笑容温暖而灿烂，那份自信与美丽，让我恍若置身于《律政俏佳人》的梦幻场景之中，不禁在心中暗自嘀咕：这难道就是传说中的"颜值即正义"，仅凭外貌便能赢得案源的律师吗？

然而，随着后续交流的深入，我很快为自己的这份"肤浅"想法感到好笑。思绪尚未完全收拢，顾律师已经礼貌地询问我是否能接受英文面试，话语未落，她便流畅地以"Could you please introduce yourself?"作为开场，让我措手不及。那一刻，我的大脑似乎经历了短暂的空白，随后被迫启动了尘封已久的英语口语能力，磕磕绊绊地回应着。

在努力维持对话的同时，我鼓起勇气，诚恳地表示："I apologize, my English proficiency may only suffice for this level of interview. Would it be all right if I switch to Chinese for the rest of our conversation?"说出这句话时，我的脸颊已不由自主地泛起了红晕，心中五味杂陈。我深知，在上海这座国际大都

市，良好的英语能力无疑是求职市场中的一块重要敲门砖，而我在学生时代对语言学习的疏忽，此刻正以一种直观的方式提醒着我曾经的自由散漫。内心的自责懊悔以及不清楚当时自己说错了多少单词和语法，导致顾律师的脸色发生了轻微的变化。

幸运的是顾律师没有因此结束这场面试，而是配合我调整语言，她接着问我"法学六年的教育对于你来说对未来工作最大的帮助是什么？"听到这个问题，我又一阵头皮发麻，因为当时的我安于象牙塔的惬意时光，根本没有实习经验，也没有做功课了解我应聘的律师助理岗位需要做什么工作，心里甚至觉得书上学的确实没啥实践用途，于是回答："您也知道的，法学学校教育和法律应用实践差距挺大的，我觉得从书上学的理论，对我的工作并没有什么帮助。"顾律师瞪大了眼睛表示不可置信，笑着看我说："Seriously? 找工作面试，都不认真包装一下自己吗？"我直视顾律师的眼睛，目光充满真诚道："面试我当然可以说我什么都会，但我深知在共事的过程中，您很快便能准确评估我的实际能力。与其撒谎或者到时候让您失望，不如真诚地展示我的情况，让您能做一个评估。这也是我们双向选择的一个机会。"顾律师听到我的回应，有点意外但是带了些认真问："你不怕失去工作机会？"我讲了一句到现在都觉得情商满分的回复："不怕，反而想让您知道，最差就是这样，我也不惧怕展示自己最差的样子，因为我相信会越来越好。"顾律师有一种觉得这种回应太新鲜，这种面试太反套路的感觉，轻微歪了一下头看我又追问我："你是不是用别的套路在套路我啊？"我看着顾律师一边笑一边缩脖子说："我敢吗？我也不敢呀!"我的第一份实习面试,就在这样令人意外的氛围中结束了。

随后,经过两位合伙人的深思熟虑,他们选择接纳了我,理由是我那句"最差就是这样,会越来越好"。在后续的交谈中,他们提及我的回答在众多求职者中显得尤为独特,打破了常规的框架与套路,这种不拘一格让他们感到耳目一新。更重要的是,他们认为我展现出了难能可贵的真诚品质,这成为他们愿意接受我的契机。

面对这一选择,我对自己的精力与能力进行了客观评估,意识到贪心不得兼,同时兼顾多项任务并非明智之举。于是,我毅然决然地放下了备考公务员考试的教材,转而全心全意地接受了这个娱乐法律师团队的邀请。我深知,作为律所的新人,这是一条充满挑战与机遇的道路,但我已做好准备,以一颗谦逊而坚定的心,踏上这段崭新的法律职业生涯,开启我的律所"萌新"之旅。

新手诉讼律师的工作是快乐与痛苦并存的,从撰写人生中第一份起诉状、律师函乃至合同的那一刻起,到围观合伙人谈判、谈客户、上法庭以及被合伙人指出各种工作上的问题,我开始慢慢感受到诉讼律师工作的辛苦与光荣。

然而,对于只有一份实习经历的我,对于是做诉讼律师还是非诉讼律师,选择大平台还是小平台,进入大团队还是小团队等问题,内心还是存有疑惑的,于是便有了第二段陆家嘴实习经历和开头的故事了。

陆家嘴实习的机会,来自师姐在师门群里发布的一个岗位信息,陆家嘴一家顶尖律师事务所的合伙人基于我们导师在某一专业领域的深耕,特别给予了我们实习的机会。当导师在某一专业领域取得了卓越的科研成果时，学生也会在市场竞争中获得了额外的认可度与优势。尽管我深知自身在诸多方面距离岗位的要求还有一段距离，但内心深处那份对非诉讼工作无尽的好奇与向往，驱使我鼓足勇气，主动向师姐表达了自己的意愿与决心。幸运的是，与师姐共事的日子里，我的努力与态度逐渐赢得了她的认可与信赖，这份宝贵的信任成为我跨越门槛的重要助力。

高大上的办公环境，霸气的团队老板，还有厉害的同事。在刚去实习的阶段，我心中一直有一股微妙的"不配得感"，也隐约透露出自我期许与当前境遇之间的微妙差距。而且非诉讼团队的实习更偏向法律检索，报告撰写等文书工作，相比诉讼工作，非诉讼工作的正反馈来得较慢一些。所以在实习了两周以后，我就决定了以后是要走诉讼律师的道路。

果然靠内推进去，机会来得太容易，便不够珍惜。一个周一早上，我着急地走出陆家嘴地铁站，贴着人流往上海中心走。进办公室的时候是9点40分左右，但是我竟然在同事工位上看到了本不会出现在此的身影——团队老板。我吃惊是因为律师工作本身比较自由，对于考勤的管理也并不严格，老板很少会来所里，更何况是周一早上。当时我就有种不祥的预感，果然老板看到了我，并问我："现在是几点钟？"我低头又小心地抬头看着老板低声说："9点40分。"说的时候其实内心很委屈，因为平常其他同事都是9点30至10点到岗，我就自然地觉得这样的时间到岗也是可以的，并不觉得自己有什么不对。直到老板又问："面试的时候规定的上班时间是什么时候？"我沉默了片刻后回复："9点30分。"老板没有多说什么让我先回工位。我坐在位置上忐不安，9点47分，老板叫我去办公室，他坐在位置上，面前放着刚沏好的咖啡，他先让我交代自己对最近工作的看法，又提及时间观念的问题，最后表达了实习到今天为止，祝福我在律师道路上有更好的发展，随后结算实习工资，将我退出团队群聊。10点28分，我离开了老板办公室，跟朋友发微信"我被老板炒了"。

是的，迟到10分钟，我被炒了，陆家嘴大型律所非诉讼团队的实习工作就此剧终。还好那时自己只是学生的身份，虽然犯了错，但代价并不大。

这段为期一个月的实习经历，对我职业生涯的深远影响在于，它让我深刻体会到，应该超越对大机构与大平台的盲目崇拜，转而聚焦于个人能力的深耕细作。在大规模律所中，尽管能跟随资深律师学习，但往往局限于业务链的某一狭窄环节，难以窥见案件处理的全貌及独立执业所需的完整业务视野。

若以经营杂货铺作喻，小型律所如同一位独立经营的合伙人，需亲力亲为，全方位参与，锻炼了综合管理与决策能力。而在大型律所，则更像是被分配至特定岗位，如专注于某一类商品的采购，虽然专业度高，却易忽略整体运营的广度与深度。

正如"半佛仙人"在视频中精辟指出的那样，大型企业往往通过构建精细化的管理体系，将工作拆解为标准化、流程化的任务，旨在高效运转与人员快速替代。这种环境虽能加速新人的融入与技能掌握，却也无形中弱化了个人面对复杂多变任务时的综合应对能力。因此，这段实习让我认识到，无论身处何种平台，持续自我提升，保持对业务全局的洞察力，以及培养跨领域解决问题的能力，才是职业生涯中最为宝贵的财富。

离开了陆家嘴大型律所的非诉讼团队后，因缘巧合，在2019年，我又回到了第一个实习工作的娱乐法诉讼团队。自此，律师职业的大门为我敞开，我找到了属于我的那条又长又陡峭的坡路，开始了实习律师既辛苦又幸福的工作和学习生活。回首来路，那时候的我是极其幸运的，在很多同龄人都在对未来和工作彷徨和疑惑的时候，我如此幸运且坚定地选择了诉讼律师工作，并毫不犹豫地倾注所有的时间和精力，在这个职业道路上野蛮生长。

"做律师是一条自由而宽广的路，但难是一定的。"

"你是女律师，不是温室里的花朵，你要穿上铠甲去迎接暴风雨。"

"诉讼场上的淋漓尽致和内心暗爽，希望你有朝一日能够体会到。"

"每一个案子，都是一个单位，一个个人的命运，人家放心交给我们，始终莫大的信任，不能辜负了。"

"你是独立律师。你要催眠，自己是很牛的律师，真诚地相信自己能解决世间大部分的问题。"

——2019年日记"钱律师说"片段

不知道在看这本书的你有没有过同样的畏难情绪，在我入行之前，我会怀疑女孩子能不能扛住律师工作的压力，比如，不能适应律师生活的不确定性和各种出差的辛劳，并且很多行业的前辈也常向我们讲起他们工作中的不易和困难。

那时的我，就像那小马过河故事中的"小马"，过河的时候不知深浅，畏惧那想象中的困难。

2012年，那个夏天，刚结束高考，自己便决定将第一志愿都填报为法学专业。之后，我怀着对法律事业的热忱顺利进入了法学院。

"你们女生为什么要学习法律？为什么要学习这么严酷、无情的学科？你们应该养养花，赏赏月，去关心更多这世间美好的事物。"这是大学第一堂课，教授问我们的问题。

老师的言语中流露出深切的关怀，然而在我内心深处，却泛起了一丝不解与微妙的反叛。自那一刻起，我暗自许下承诺，未来的每一个抉择，都将基于内心的真实意愿与个人的适配度，而非让性别偏见成为主导。我逐渐意识到，为了坚守这份独立自主的决心，我需付诸更多努力与行动，用实际行动证明，性别不应是限制我们追求梦想与自我实现的枷锁。

2015年，站在本科毕业的十字路口，我面临着考公、深造或即刻步入职场的抉择。怀揣着对法学无尽的热爱与憧憬，我毅然决然地将目标锁定在了梦寐以求的华东政法大学。尽管彼时，我的本科辅导员以华东政法大学的激烈竞争为由，温柔地建议我选择更为稳妥的道路——留在本校继续深造；家中的长辈则带着传统观念，担忧我若继续求学，恐会错过他们认为的"最佳婚育时机"。

然而，内心的火焰未曾因此熄灭，反而在这些声音中燃烧得更加炽热。我深知，追求梦想的道路从不会一帆风顺，但正是这些挑战与不易，赋予了它无与伦比的价值与意义。于是，在那个寒风凛冽却又充满希望的2015年冬天，我以泪水浇灌坚持，以汗水铸就梦想，最终在2016年换来了华东政法大学那份沉甸甸的录取通知书，它不仅是对我努力的认可，更是通往梦想彼岸的钥匙。带着这份荣耀与期待，我踏上了前往上海的征途。

2018年，再一次面临就业的选择，身边簇拥着熙熙攘攘的声音，比如，女孩子工作稳定比较重要，做律师太辛苦没有必要等等。我母校的学生群体中，女生占据了多数，可是图书馆三层的知名校友墙上，所展示的女性校友却屈指可数。我的脑子里又回荡起"女生不适合法律行业"的声音，那时的我真的不知道，女律师这份工作是否真的值得去做，直到我遇见了我的师傅，在足够安全又充满历练的团队中，获得了超乎我想象的成长。

律师行业一直有"师徒制"的说法，一来是因为网络没有那么发达的时候，司法判例法律规定的获取难度相对较大，一个刚入行的律师想要接触案子材料，都是依靠带教律师的言传和所办案件的材料作为知识来源；二来是因为律师的培养，需要法律技能、社会技能多方面的提升，经验和知识的传承很讲究带教律师的言传身教。与之并列的就是"劳资关系制"，这个就很简单了，带教律师和实习律师是劳资关系，受劳动法规制，特点就是货讫两清，实习律师付出劳动，带教律师支付工资，不那么讲究知识和经验的传承。"劳资关系"是常见的，而好的师傅和一段好的师徒关系是很难获得的。

前文讲到我离开陆家嘴大型律所非诉讼团队后，又回到了之前的娱乐法团队。加入这个团队，对我来说，无疑是职业生涯中极为幸运的转折点。我的带教律师，钱律师和顾律师，是两位风采各异却同样卓越的女律师——一位长发飘逸，行事雷厉风行，尽显飒爽英姿；另一位短发干练，言谈间温柔中不失犀利，智慧与魅力并存。她们不仅拥有深厚扎实的专业素养，更具备超强的业务能力，赢得了众多委托人的高度信任与尊敬。在她们身上，我看到了独立自由生活的完美诠释，这是作为"魔都"女合伙人的独特魅力。

回望那时的自己，初出茅庐，既无坚实的专业功底，也缺乏经济上的独立与从容。在职业的起点上，我时常感到迷茫与彷徨，而两位带教律师的存在，如同灯塔一般照亮了我的前行之路。她们的成功与风采，让我心生羡慕之余，更激发了内心深处的渴望与追求。

仅仅五岁的年龄差距，让我意识到，这不仅仅是年龄上的微小差距，更是职业生涯中可望而不可即的目标与梦想。我开始憧憬，有朝一日能够像两位姐姐一样，拥有那份从容不迫的专业自信，过上独立自由且充满挑战与成就感的律师生活。这份期待与向往，成为我不断前进的动力源泉。

做实习律师一定是很辛苦的，外有客户给的压力，内有带教老师的高要求和期待，以及各类烦琐无聊的助理工作。而且，法律新人在初入职场的时候是很容易犯错的，如果遇到高压的工作环境，很可能会直接挫伤了法律新人的工作热情和自信。而我所在的团队，有批评但没有责备，有建议但没有控制，有承担但没有甩锅。于是我度过了以下三个律师成长的阶段。

第一阶段，在带教律师的指导下，初期聚焦于完成一系列看似琐碎却不可或缺的基础任务。这段历程中，我逐渐意识到，每个独立的任务点，实则是构建客户需求解决方案不可或缺的砖石。起初，我也曾困惑于这些工作如何彰显个人价值，为何自己总是在打印、沟通、校对、物流等日常琐事中徘徊。

然而，随着带教律师的耐心点拨，我开始领悟到任务背后的深层逻辑与相互关联，并教会我，如何将孤立的点连成线，再织成面，最终形成一个高效运转、严谨细致的工作体系。例如，精心准备的打印材料，不仅关乎形式的美观，更在于减少法官处理信息的负担，助力我们的主张更加清晰有力地呈现；每一次与职能部门的通话，都是策略执行与问题解决的契机，而非简单的信息传递；校对文件时，字里行间透露的逻辑与精准，是专业精神的体现，也是快速成长的阶梯。

收发快递、通知当事人、安排行程等看似常规的工作，实则蕴含着高度的责任心与沟通技巧。它们不仅关乎案件的顺利推进，更是维护客户关系、管理客户期望的艺术。每一次细微之处的演练，都是对"独立律师"这一身份要求的提前考量。

在这一阶段，我深刻体会到，人类社会的高效运作离不开精细的分工与合作。即便是作为实习律师的我，也被赋予了"独立意志"的期待，要求我以全局视角审视每一项任务，将其视为整体解决方案中不可或缺的一环。这种转变，不仅提升了我的工作效能，更让我在平凡中见真知，学会了如何在法律服务的广阔天地中，以匠心独运的态度，贡献自己的力量。

随着经验的积累与视野的拓宽，我自信地迈向了职业生涯的下一个阶段，带着对法律事业的无限热爱与敬畏，继续探索、前行。

很多法律新人在实习律师工作阶段,能达到这一点已经很值得满足了。而我很快到了下一个阶段。

第二阶段,在自己的意志下,完成带教律师对接的客户需求。在这个阶段,带教律师负责获取客户信任,了解客户需求以达成委托,而我陪同会见客户,开始尝试自己把客户的需求"翻译"成法律上的问题,分析不同的问题的解决方案供带教律师做决策参考,确定问题解决方向后,可以主动地拆分成各个任务点,并且尝试独立完成。我的大脑仿佛被激活了新的维度,开始自发地形成解决问题的独特视角,并逐步构建起全局观。

我的职业生涯中,一个至关重要的转折点出现在刚刚获得实习律师证之时,那是带教律师给予我的一次宝贵"放手"——全权负责处理一起与投资相关的复杂合同纠纷。带教律师给了我一份近50页的合同,说客户投资可能被欺诈,要我拟一个律师函催要。在以往的工作中,都是带教律师先帮我总结客户需求,指出问题的解决方向,让我按照她的意思落实执行相关法律文件。而这次,带教律师只给了我一个需求,我要自己根据合同的条款,去想问题的解决方案,是合同解除?还是无效?还是撤销?诉讼主体怎么列?这些功课都需要我来做,合同的条款也需要我自己去仔细查阅发现漏洞。我第一时间的态度是什么呢?搁置和回避。我把那份合同放在桌子最显眼的位置,却迟迟没有打开它。为什么?因为我觉得自己的能力不足以胜任,没办法理解这么复杂合同的前后逻辑并且去找到漏洞和解决方案。拖延了两周后,带教律师终于等不住了,在开完庭回律所的车上,问我这个案件的进度。我吞吞吐吐地说:"这个合同太难了,我不会。"我以为"不会"是甩手工作最好的答案。结果,带教律师的一句提问,瞬间让我羞愧难当,她问我:"不会的点在哪里?需要我什么支持?"看我支支吾吾答不上来,带教律师进一步说:"如果思考过就一定会知道哪里想不明白。两眼一抹黑地说不会,只能说明没有动过脑子,这不是能力问题,是意愿问题。"是啊,对于这个问题的处理,我主观上便觉得这不是自己能做到的,心态上过于依赖带教律师的指导意见,而完完全全忘了自己也具备法律知识,也掌握了部分法律服务经验,是可以自己充分发挥主观能动性,去寻找答案,即使找不到,错了,再寻求带教律师的支持,也能通过和带教律师思考路径的对比,了解自己可以进步的点在哪里。

带教律师点到为止之后,她并未立即给予详尽的指导,而是将案子的主导权完全交到了我的手中。这份信任,让我既感到压力倍增,也激发了我内心深处对于挑战的渴望。我找了一个周日的时间,完全屏蔽各种信息流的干扰,抱着合同在床上一遍遍地翻,着重记录重要条款和时间线的备忘录,随着备忘录越记越多,发现看似50页的合同也越读越薄,刚开始觉得无力解决的任务,在我真的用心对待后,变得清晰和简单了,随后便很快地拟定了一份律师函的初稿给带教律师。经过带教律师的指导定稿发送后,我又以为我的任务结束了。结果是带教律师又让我直接对接债务人谈判,谈判债权的和解方案。记得那个债务人是极富社会经验的企业主,我又一次觉得自己不行。但是带教律师明确了这是我的任务,我也只能硬着头皮干,于是一次次地跟债务人电话周旋，反复地拉锯，还独自去债务人公司谈解决方案，最后落成了一张《和解协议》，圆满地解决了委托人的问题。

我开始展现出更为自主的思维能力与问题解决策略，这一转变使我在后续处理案件时，能够自然而然地采取全局视野，不再局限于带教律师指派任务的表面，而是深入其本质，感受到自己正逐步迈入法律实践的门槛，心智与能力皆有所开窍。这一过程中，"位置塑造思维，责任铸就能力"的深刻体会尤为鲜明，每当遭遇自认为难以逾越的难题，我总能从这段经历中汲取力量，重拾信心，勇于面对。

我意识到，许多实习律师在初期往往容易陷入"舒适区陷阱"，满足于基础任务的完美执行，却鲜少跨越至更具挑战性的"深水区"。这既受限于实践机会的稀缺，也源于个人对安逸的依赖，忽略了持续学习与突破的重要性。幸运的是，我的带教律师不仅为我提供了深入实践、挑战自我的宝贵机会，还以充分的认可与专业指导作为我坚实的后盾，让我深刻认识到自己的潜力远超想象，即便面对未知与困难，也能勇往直前，无惧挑战。

第三阶段，独立地面对客户，掌握和完成客户的需求。我在实习律师期间就有独立见客户的锻炼，这也是得益于带教律师一直把我当独立律师培养，不会阻碍我市场化的尝试。而独立谈成功的第一个委托的记忆就显得格外清楚，这意味着我开始有独立执业律师的视角，知道客户从哪里来，为什么委托，感受了案件真正完整的生命周期。还记得来咨询的是个老大爷，通过地图 App 跑了好几家律所后找到我们律所，最后在我们的报价比别家高的情况下，还是委托了我们。后来我复盘这个案件的重点，主要是两个关键细节，这也成为我后来独立执业,面见客户并与之沟通时会关注的细节。

细节一:我对一个问题的回答。

在与一位客户的沟通中,我细心地询问案情,并耐心地向他阐释法律条文。然而,那位客户突然提高声调,对我提出了质疑:"你一个斯斯文文的女孩子,能应付得了这复杂的案子吗?"

面对这突如其来的性别信任挑战,我内心虽有波动,但迅速调整状态,我挺直身躯,提高音量,语速加快,目光坚定而诚恳地对客户说:"××先生,法庭之上,不论男女皆是律师,性别从不是衡量能力的标准。我理解您的疑虑源于短暂的接触,但请相信,我们凭借的是专业素养来处理您的案件,性别在此毫无差别。"

这一瞬间,我敏锐捕捉到了这位客户可能更倾向于强势风格的偏好,并即刻展现出他或许期待的坚定与果敢,以此建立初步的信任桥梁。

细节二:超客户期待的服务。

会谈后,我耐心地将客户散乱的案件材料分类整理,并细心装入卷宗袋。此举赢得了其妻子的赞许,称赞我的细致与帮助。我深知,作为乙方,超越客户的预期是建立信任的关键。在缺乏熟人推荐的网络客户中,我坚持不以成交为唯一目标,而是将每一次服务都视为展现专业与热忱的机会。

即便面对看似希望渺茫的案件,我仍保持初心,从接听电话到送别客户,每一个环节都倾注了同样的用心。这份坚持最终赢得了客户的认可,即便我们的报价并无优势,那位客户一家仍坚定选择了我们。他们私下透露的"信任"与"魄力"评价，不仅给予了我职业上的成就感，更激发了我对律师事业的热爱与追求。

在被要求和期待成为"独立律师"和足够包容的工作氛围和纯女性的团队里，树立了我的职业价值观，培养了我对律师事业的爱和热情。特别是在我独立执业后，很多困难的时刻，想起带教律师是怎么分析问题，稳定情绪，解决问题的，我也能尝试去克服，然后在解决问题中建立自信，于是相比"老板"这个称呼，在我心里我更愿意称呼我的带教律师一声师傅。

在师傅的鼓励和认可下，我选择相信自己，用行动忘却阻力。虽然毕业头两年实习律师的工作真的辛苦，工作紧急的时候，在地铁上，在急诊，在外公的病床前都修改过文件，身体极度不舒服时，还坚持出差，上庭。因为这是自己想做的事，便一点都不觉得委屈和辛苦，反而觉得磨炼了自己的意志。而当我成功以后，身边只有鲜花和掌声，那些质疑，仿佛不存在过。于是我明白了，面对否定和质疑的声音，当行动带来的影响越来越大，那些嘈杂的声音只会越来越小。我已然成长得更加勇敢与坚定，能够自主地为自己做出抉择，并以实际行动勇敢地向前迈进。带着扎实的基本功、独立面对客户的能力、对自己充分的认可和自信和充沛的工作热情，我步入了独立执业的阶段。

2020 年，微博互粉，彼此点赞；一起坚持自媒体输出。
2021 年，一起出课程、拿客户。
2022 年，与法制出版社签订图书出版合同，共著实务书籍。

2023年,《人力资源合规管理全流程手册》出版,继续一起出课程。

2024年,未完待续……

——我和何律师携手共进之路

何律师与我相逢于网络,她是我律师道路上的前辈,也是贵人之一。她是非法律本科,30岁转业成为律师的。她让我知道,女性无论在什么年纪都可以选择自己想要的事业。我们相识的时候正值她生完孩子复出,她曾跟我们讲述过,生完孩子上着止痛泵,她仍坚持用手机细致入微地为客户修改合同,让我又心疼又敬佩。在我们携手为客户服务的这段时光里,即便在肩负照顾生病孩子的重担之下,她依然能够毫无懈怠地投入工作之中,确保任务的顺利进行,让我知道了"生育"可能会影响工作,但绝不会阻碍律师事业的发展。我们女律师,会是母亲,会是妻子,但是这些身份,并不影响我们为自己争一个值得尊重的社会身份。

2021年的时候,我与何律师共同的博主朋友在网上做课程获得很不错的成绩,我认为确定能够有成果的事情就要学会复制着去做。于是我就主动地发私信给何律师:一、我诚挚地提出了关于课程开发的建议;二、我强调了自身在客户服务领域的丰富实战经验。然而,我也坦诚地认识到,在系统性知识整理与沉淀方面,我还有待进一步提升。因此,我满怀期待地向何律师表达了合作的意愿,共同打造一本相关的课程;三、为了进一步展现我的合作诚意与支持意愿,我明确表示,如果何律师在筹备课程过程中遇到时间紧迫或需要文书工作方面的协助，我将毫不犹豫地伸出援手，确保课程研发工作的顺利进行。

幸运的是，市场的反馈超出了我的预期，何律师与我的提议不谋而合，我们迅速建立了紧密的合作关系，共同踏上了《劳动人事合规管理全流程手册》课程研发的征途。

2021年6月，我开始成为独立执业的律师，跟创业有点像，意味着没有人再给自己发工资，要自己给律所交管理费、社保费用，自己独立地向市场出售我的法律服务和法律知识。同时，在2021年6月底《劳动人事合规管理全流程手册》的课程上线后，受到了很多同行的支持和认可。2021年7月，我们开始用这个手册对接公司客户，并且签订了委托合同。等于说，我从独立起就有收入来支撑我度过独立早期比较忐忑的阶段。随后，法制出版社也向我们邀稿，于是在2023年我们的新书《人力资源合规管理全流程手册》得以出版。随着我个人在劳动人事合规及仲裁业务领域的迅猛增长，我有幸与何律师携手，共同组建了一支专注于劳动人事领域的专业团队，进行线上线下的自媒体运营。这一举措标志着我独立律师生涯中一次全新的探索与体验，它不仅深化了我对律师专业深耕细作的理解，也为我打开了律师市场推广与运营的新视野。

在独立执业的初期，我经历了一段从深入学习劳动法知识到全面融入业务实践的过程。这段从学习到实践的全流程经历，让我对律师的时间管理有了全新的认识。我深刻体会到，作为律师，我们的每一寸时间都是宝贵的，应当被充分利用与重复创造价值。我提出了"律师的1份时间，应重复利用6次"的理念：第一次利用在深入学习与理解专业知识；第二次在于通过分享与交流，拓宽视野并加深理解；第三次在用学习所得为客户解决问题，赚取专业服务对价；第四次可以尝试做成法律服务标准产品，形成自己的业务流程、办案流程、合作流程；第五次是在将自己学习、分享、实践和标准产品打造过程中的所思所得做成课程，实现知识的广泛传播；第六次出版相关著作，以书本作为知识的载体，有实物的触感可以成为律师专业背书，建立影响力壁垒。

从第一次利用到第六次，学习成果的体系性、严谨性逐步加深，投入的时间也会更多，但是时间效能越来越大。

2022年的上半年，我刚独立执业半年，就迎来了执业生涯里最困难的时光，因为众所周知的公共健康问题，导致我这段时间收入骤减。然而正是在这无法办案的居家时光里，有了完整的时间，可以思考业务，可以做专业文章的输出工作。于是，签完图书出版合同后一直未完成的《人力资源合规管理手册》就在这个阶段完成了。这段时期，尽管外界环境让我们不得不居家度过，但正是这份难得的宁静与专注，让我与何律师的合作更加紧密，思想碰撞更加激烈。我们各自沉浸在书稿的创作中，基于具体的案例交换意见，对文章的结构布局进行探讨，书稿的撰写成为我们共同的寄托与追求。

这段律师事业短暂的下行时光，让我理解了律师工作的四个字"晴耕雨读"：忙时办案，即上行周期做赚钱的事情；闲时作文，即下行周期做蓄能和准备的工作，做好自己的背书和自己专业的积累。我开始认识到"不要觉得赚钱的工作才是独立律师的工作"，而可能大部分结果论者会不同意,但是我认为这是授薪的心态,认为自己做的每一份工作成果都需要有金钱报酬。而作为独立律师,应该树立全局思维,意识到开单进账只是我们工作非常后端的一个环节,而不是全部。很多人都知道,律师一个人就是一支队伍,一个人就是一家公司,我认为我们律师的日常工作包括以下环节:

(1)个人品牌建设工作。思考并不断对自己进行定位。

(2)做好市场工作。让自己的品牌被更多的人知道和认可。

(3)产品打造工作。此处指学习提升业务能力,写作沉淀学习成果,产品沉淀服务能力等。

(4)销售工作。即打单进账。

(5)服务工作及售后工作。这里不仅指客户关系维护,还包括案件得失的总结和复盘。

综上,我不会只把本月有多少资金入账作为我的工作指标,因为这只是日常工作的一个环节,我只会考核以下因素:

(1)学习了多少课程;

(2)看了多少书;

(3)写了多少文章;

(4)有多少人认识且认可我的律师身份。

无论经济浪潮如何起伏,外部环境如何变幻莫测,我始终坚守初心,不为外界所动,专注于自我提升与产品打磨的旅程。选择独立律师的道路,便是拥抱了不确定性的生活哲学。在这条路上,我学会了在混沌中寻找秩序,在未知中播种希望。我深知,唯有内心的坚定与不懈地探索,方能在风云变幻中站稳脚跟,让每一次挑战都成为成长的契机。

面对不确定性的洪流，个体或许会感到孤独与恐惧，但幸运的是，在2022年那个充满变数的春夏之交，我有幸与何律师并肩作战。她的存在，让我得以从忧虑的迷雾中抽身而出，专注于手头的每一项任务，不让宝贵的时间在消极情绪中流逝。这份来自团队的力量，让我深刻体会到，在律师的职业生涯中，伙伴的支持与协作是何等的重要与珍贵。

因此，我想说，团队的意义不仅在于共同分担压力、共享成果，更在于那份在不确定中相互扶持、共同前行的勇气与决心。它让我们在风雨交加中更加坚韧不拔，在孤独与恐惧面前更加从容不迫。正是有了这样的团队，我们才能够在律师这条充满挑战与机遇的道路上，走得更远、更稳。

从2021年到2023年，我作为独立律师经历着市场的考验，而市场也给予了我正反馈，让我获得升任合伙人的资格。作为一位女律师，我深切地体验到了一种非凡的成就感，源自专业形象的稳固树立。当我的专业能力得到广泛认可，那份由内而外散发的职业魅力，使得周遭的人更多地以我的专业素养和成就来评价我，而非局限于"女孩子应该如何如何"的传统框架之内。律师的执业属性会大于女性的第二性（作为母亲、妻子、女儿），提供专业意见的价值会大于女性身份提供性、生育、抚养的价值，也就是社会意义上的我即我，而不是他者。这种转变，不仅是个人价值的体现，更是对性别偏见的有力回应，证明了在法律的殿堂里，性别从不是衡量能力的标尺，专业与才华才是永恒的通行证。

不仅女律师如此，我相信每一位在职场上发光发热的女性也会有相同的感受。认真地工作是为了赚钱吗？不仅仅如此，更深层次只是为了做"我"而已。

"你可以做你想做的事。"
"上海是个自由且包容的城市，努力可以让你有一个位置。"
"成为律师，是一件下苦功夫可以做到的事。"

——微博记录

我的律师生涯的早期，其实获得了许多女性律师的帮助，她们在工作中的飒爽风采和独立奋进的精神也鼓励了我，让我有信心自己有一天也会跟她们一样。在工作和生活中，我努力做好手头的案子，工作之余在网上分享执业经验，我也逐渐成为有专业傍身，有人托付，备受信任的律师了。我在律师这条路上越走越稳，好像看到了律师前辈们口中那条自由而宽广的路了。

当我开始在律师行业有一个支点，发挥我专业上的光和热，我也开始鼓励后来的法律新人，努力走自己想走的路，去成为自己想成为的样子。曾经追随前人路上，不甘后的释怀，困惑后的解脱，让我敲下了一行行文字发布在网上，慢慢地，也有妹妹们问我如何开始律师事业，忐忑、迷茫、焦虑，像极了我当年的样子，她们叫我花姐，我开始觉得自己也是姐姐了，虽然仍在成为姐姐的路上努力着，但是也慢慢具备了帮助一些妹妹们的经验与心得。

因为接受过姐姐的帮助，因为也想帮助更多的妹妹，于是我跟钱佳仪律师作为发起人，有了"婧谊"这个体现女性之间友谊的社群。后来呆西老师（邵冰颖）、徐千玉律师、任俣律师、胡沙律师、易学律师、赵珊珊律师、毛梦凌律师一起加入了"婧谊"创始团队，我们相识于互帮互助互信，都希望女性可以成为彼此的"桥梁"，携手前进，一起想到、看到、做到。"婧谊"想做的事在"婧谊"的口号里："青年女子开言得宜。"

我们期望女性法律从业者能够勇敢表达她们的观点与立场，拥有展现自我声音的平台，并且确保她们的表达能够产生深远的影响力。这一愿景的萌芽，深深植根于我个人的成长历程之中，它是对女性成长历程中那些痛点与挑战的深刻洞察与回应。

第一，女性参与决策的机会相对稀缺，机会很少，她们往往距离决策圈层有着较大的距离。

第二，女性常常被教导成为一个执行者，她们在领导力认知的培养和实践锻炼方面的机会却相对匮乏。

这两个痛点的现实感受是：

第一，女性缺乏在决策层级的代表性。从我现在在律所工作管理合伙人的女性比例，到读书的时候，女教师在行政岗上的比例，都可以很直观地感受到，女性承担着大部分执行的工作，但是离做决策的位置很远。

第二，女性在社会层面的竞争愿力、努力、能力都有限。女性的成长，相比"在社会上获得一个位置"这个目标，更多时候被教育成孩子的母亲，丈夫的妻子，所以从小到大，会有声音说"你再这样会嫁不出去""你书读得太多，太挑了容易嫁不出去"。"成为妻子和母亲"是女性实现社会价值的第一顺位目标，然后才是"你想成为什么样的人，做什么事"。这种固化的价值体系，无形中为女性在社会竞争中设置了重重障碍，削弱了她们追求职业高峰的心志与动力。因此，女性在领导岗位上的代表性不足，进一步限制了那些勇于挑战、不懈努力的女性能够获得的职位数量。这种循环不仅减少了女性在高位的影响力，女性开始被动地远离关键位置的竞争工作，以及关键决策的参与工作。

以上女性的处境跟话语有什么关系呢？

第一，你说什么话，你就是什么样子。语言的本质就是思维，你会为了维护你说的话，活成你所说的样子。

所以，我认为"开言"的努力，是通过自己说，和听别人说，来丰富自己的语言能力，拓展自己的思维边界，先想到，然后挂在嘴边给自己正向暗示，最后做到，成为自己想要成为的样子。

我们不是主张说"女性"必须走到位置上，必须参与上位的竞争，而是希望女性能够认识到"竞争是一个选择"，"我可以做我自己想做的决定"，"我想成为我想的样子，而不受任何限制"，我们通过自己表达，让自己更坚定，同时影响在彷徨的女性伙伴，更加坚定。我们希望我们自己和我们的女性伙伴，都能不在桎梏里有各种形态的自由。

一个人，出生在这个不确定性的世界，就是努力充实自己的能力边界，自己做自己的主，向宇宙召唤一个"确定"的自己。

第二，话语即权力。思维影响行动，而用语言改造人的思维并影响他的行动，就形成了权力。我们女性不仅要学会表达，还要让表达有影响力。通过影响力使我们关心的议题按照我们所期望的方向发展。

开言本身跟女性的处境无关，但是开言每一份影响力的叠加都与女性的处境有关。我是法律工作者，我的职业训练赋予我更强的逻辑能力和语言表达能力。我应当肩负起更多的责任，为我的性别发出更多的声音。

以上，是出于"婧谊"的初衷，同时也是撰写这篇文章的出发点，也是写作此文的发心。我相信我们每一位女性法律工作者开言的努力，都会为女性法律工作者这个群里每一位女律师的成长增添一份助力。我不做风雨中的小草，我愿做一棵树与一棵又一棵树携手，我们共同打造一片绿荫，同时也致力于为那些渴望成长为参天大树的嫩绿芽苗，创造一个更加自由无拘、广阔无边的成长环境。

此刻，在陆家嘴的律所里完成此文，再回头看文章开头，相比六年前未能留住陆家嘴工作岗位的我，有了完全不一样的心态和视角。

六年前，实习生的视角：

（1）陆家嘴的竞争太激烈了，有家底、有能力的人，才能在陆家嘴淘金，做律师。

（2）陆家嘴的成本太高了，吃个午饭都要八九十元，我没有必要在这里执业，我也没有能力承担这样的成本。

（3）陆家嘴，是他们的世界，他们的舞台，与小小的我无关。

六年后，合伙人的视角：

（1）陆家嘴给我身份认同，我是很优秀的律师，所以我有能力和自信在陆家嘴执业。身份的认同，带来了行动力上的改变，我的眼神更加坚定，脚步更加踏实，我敢给自己的智力成果定价，我相信自己的交付能够满足客户的需求，解决客户的问题。

（2）陆家嘴的成本很高，座位费、停车费、社保钱、律所管理费、餐费、自己的置装费等，但是在陆家嘴，财去财来，我能够负担多少成本，对应的我就会有相同的创收。

（3）陆家嘴只是一个空间，有一盏灯火是我点亮的，因为我的存在而更加灯火辉煌，即使只是沧海一粟，但我也认同我自己这盏灯火的价值。

发现区别了吗？陆家嘴还是那个陆家嘴，却让我有了反转性的体验。差别在哪里？差别在于我有了与困难为伍的勇气与能力。

在陆家嘴执业，在上海执业，或者说成为女合伙人无疑是一条充满挑战的道路。这条路上，艰难与挑战是共通的语言，但正是这些"难"，铸就了独特的竞争优势。我选择将这些挑战视为潜在的阶梯，而非阻碍，从而激发了我迎难而上的决心与勇气。意识到"难"更多的时候是一种主观感受后，我学会了超越情绪的束缚，转而聚焦于那些客观存在的挑战与问题。我开始细致地拆解律师执业道路上的每一个难关，明确需要克服的障碍，并积极探索解决方案。在这个持续不断的问题解决过程中，我不仅积累了宝贵的经验，更培养出了与困难共舞、将挑战转化为机遇的能力。

我希望，当你读到这些文字时，能够感受到一份来自远方的鼓励与共鸣。愿你在自己的征途上，也能拥有那份与困难并肩作战的勇气与智慧，坚定不移地走在自己的道路上，不断突破自我，成就非凡。

第二章

择 途

跨越北半球11469公里的机遇

白芳榕

如果要给我的律师梦划出个起点的话,大概是一块手表。你一定以为这是个"女孩因为想买一块心仪的手表而努力赚钱"的故事?并没有!我甚至忘了那块手表是什么牌子、什么颜色、什么形状。

它被戴在大律师 Scarlett(斯加利)先生的手腕上。斯加利是一位难以揣度年龄的英籍加拿大绅士,是中国香港首富李嘉诚在加拿大的代理律师。他长得有点像演过"风月俏佳人"的李察吉尔,一头银色的短发,穿着笔挺的深色西装。讲话时,他会不由自主地轻瞥手腕上的时针——因为他的律师费是按分钟计算的。

按分钟收费?初入职场的我无法相信自己的耳朵,心中不禁涌起一阵惊叹:世界上居然有这么厉害的工作?!

我自幼在中国西北部的城市成长,那里大部分岗位的付费标准是"一辈子"而不是"一分钟"。大学毕业后父母曾极力劝说我去检察院上班时,他们以退休工龄及养老金来诱惑那时二十三岁的我。我也曾经犹豫过,是不是应该听从父母的建议,按部就班,平稳地度过一生。

若选择留下,或许从毕业至退休的岁月中,所能亲手创造的成果有限,自我价值的彰显抑或显得不易触及。比如,我家后方的那条公路,自我小学时代起它便开始建设,历经了我的整个学生生涯,直至大学时期,它依旧在不断地延伸与完善中,似乎总也看不到完工的尽头。我习惯了从卧室的窗户望出去时,会看到一个白色铁皮的路障挡在人行道边上,旁边散乱堆着砖头和输水管,后面不远处是土黄色的山——我所居住的城市,镶嵌于群山环抱之中。无论漫步于城中的哪个角落,向南或向北眺望,总能捕捉到那连绵不绝的灰黄色山脊,它们宛如历经沧桑的老者佝偻的脊背,静静地伫立,以一种沉默而坚韧的姿态,随着目光的延伸,无限铺展至天际。在很长的一段时间里,那就是我的整个世界。

那时高考便是我想象的终点,如同婚礼是童话故事的终点。报考什么专业,毕业后从事什么样的工作?这些都远得犹如来世。只是模模糊糊地觉得自己想要不一样的人生,不是在这里,也不是像这样。

"What is your dream job?"这是高中某次英语考试的作文题目,虽然被我写了个"Teacher"糊弄了过去,但内心却存在困惑。我的愿望如同《东京女子图鉴》里绫所希望的那种被所有人羡慕的生活,但是那种生活到底是什么样的,我跟绫一样茫然无措。大概每个人在十几岁时都会觉得自己的未来会和父辈们完全不同,对于自身不愿接纳。我们往往对自己真正需求之物有着更为清晰的界定，然后在三十岁以前承认某种失败，接受宿命的安排，最后感叹"这就是人生"。

高考失利后，我被调剂到了一所不知名大学的法学专业，无论学校还是专业都不是我自己选的。种种的挫折让我在入学后浑浑噩噩了一段时间，那时，我仿佛置身于一个茧中，周遭的一切喧嚣与繁华都渐行渐远。我放任了自我，任由曾经的珍视逐渐淡出视线，仿佛它们从未存在过。直到某一天，当我弯腰拾起遗落的物品，新添的赘肉触碰到了我。那一刻，我的内心仿佛被雷电击过，突然意识到，若继续沉沦，那些我曾誓死抗拒的、不愿面对的种种，将伴随着这日益累积的赘肉，悄无声息却坚定不移地成为我生命的一部分。

于是我选择了比高中更努力的生活，开始养成晚自习后绕操场奔跑的习惯，筋疲力尽后把自己倒挂在攀爬架上，让汗水和偶尔的泪水沿发丝倒滴下来。尽管我自嘲记忆力不佳，但是有首叫作《外面》的歌我一直都记得，歌词是这样：

"外面的世界很精彩，
我出去，会变得可爱，
外面的机会来得很快，
我一定，找到自己的存在。
一离开，头也不转不回来，
我离开，永远都不再回来。"

本科毕业后，大部分同学选择了进入了体制，我荣幸地获得了前往加拿大深造的机会，攻读法学硕士（LLM）。当时的我，对法学这门学科以及加拿大这片土地都知之甚少，心中更多的是一种对未知世界的好奇与向往。我抗拒着过早地被束缚于一种既定的人生轨迹之中，渴望挣脱束缚，去探索更加广阔的天空。最终，加拿大成为我求学之旅的目的地，这更像是一场不期而遇的缘分，而非刻意为之的选择。在我心中，无论是美国、欧洲，还是其他任何"外国"，它们代表着梦想与自由的彼岸，是我想要逃离熟悉、追寻不同生活的起点。

爸爸后来跟我多次抱怨过，送我上飞机的时候我表现得过于雀跃，与他和我妈强忍泪水的样子对比过于鲜明。尽管那是我首次出国，心中难免交织着紧张与害怕的心绪，然而，这些情绪却丝毫未能掩盖我心中那股比飞机腾空而起时轰鸣声更为汹涌澎湃的兴奋之情。我像是被一股无形的力量牵引着，迈向未知，心中充满了对即将展开的新生活的无限憧憬与渴望。

第一次，我感觉到自己掌控了人生。

"只要敢远飞，亦能自创我的搜神记"

在加拿大读研的时候我才知道，原来在加拿大拿到法学硕士并不意味着可以做律师。因为加拿大的律师资格有着严格的要求，仅仅靠研究生文凭是不够的。所以如果想做律师的话，要么申请攻读 Juris Doctor（JD），要么自学补学时，两者都需要花费 3—5 年，甚至更长的时间，这对于彼时的我来说无论是经济上还是时间上都负担不起。

因此出于现实情况的考量，我计划毕业后先找个专业相关的工作解决生存问题，那时做律师并不是我考虑的选项。未曾预想过，我会在历经层层严谨的面试与激烈选拔后，荣获一份在加拿大顶级律所联盟"Seven Sisters"中某所担任法律秘书的机会，月薪折合人民币三万元。这家律所，如同英国的"魔圈所"或中国的"红圈所"般，享誉业界。更令人振奋的是，我还是全所唯一的中国人。

或许，我那时所享有的那份幸运，其根源深深根植于祖国的繁荣昌盛与日新月异的飞速发展之中。彼时是中国海外投资并购异常活跃的年份，仅我入职的2012年，据商务部统计，1月至11月，中国非金融类对外直接投资625亿美元、对外承包工程业务完成营业额1024亿美元、新签合同额1288亿美元，分别同比增长25%、18.7%、12.9%；派出各类劳务人员41万人。12月7日，中海油（中国海洋石油有限公司）151亿美元收购加拿大尼克森公司的申请获得加拿大政府批准，这一加拿大史上最大中资企业海外并购案，当年令包括我在内的留学生都倍感振奋。除资源、制造业等传统领域外，中资企业"出海"逐渐扩展至金融、文化产业等更高层次。大连万达集团5月份出资26亿美元收购美国AMC影院公司，一跃成为全球最大电影院线。因此，海外各大律所自然也对中国的业务摩拳擦掌，所以掌握中文能力无疑成了一个显著的加分优势。

我所工作的部门叫"亚洲业务发展部"，我们部门的管理合伙人，也就是那块手表的主人James Scarlett（詹姆斯·斯加利）先生，是安大略省投资与并购领域顶级的大律师。俗话讲"时间就是金钱"，但他的时间明显要更值钱。

我曾多次目睹他乘坐那架引人注目的橙色直升机，伴随着震耳欲聋的引擎声，优雅而震撼地降落在办公楼上。他和我喜欢的《乱世佳人》中的女主角同名，"斯佳丽"。不过事实上，新入行的我属于他下属的下属，和他交谈的机会极少，且之前就被提醒过，和斯加利讲话一定要长话短说，他若轻轻瞥向手表查看时间，那便如同无形的信号，预示着即将结束交谈的意图。

带我的前辈对新人秉持着温柔的包容，在我手忙脚乱的时候，她总是带着"我就知道会这样"的表情帮我完成任务。经过了几次摸索，我也就慢慢适应了工作，一段时间后，各项事务已经开始变得顺手，她也愿意把更多的检索工作交给我，并指导我如何更高效地使用各类法律检索工具，快速生成对律师有应用价值的文件。

本质上说，我当时担任的律师秘书是一个看起来跟律师相关，但实际却相隔甚远的工作。这份工作更偏向"秘书"而不是"律师"，在对各类琐事处理熟练以后就更是如此。

我们所位于多伦多 Bay street（类似于纽约的 Wall street，上海的陆家嘴），短短几百米的一条路云集了全球顶级的金融机构、基金、银行、券商还有律所。从律所的一侧落地窗，可以看到多伦多的天际线倒映在安大略湖的湖面上。虽然工作忙碌，但我路过这面窗户时总会驻足几秒钟。

那是我曾经梦想的终点，和我在国内看到的，挂在旅游网站、书页、明信片里的景色一模一样。有的地方是"照片像实景"，多伦多则是"实景像照片"：人口少而建筑物巨大，这座城市既广袤无垠又清新整洁，没有涂鸦没有噪声，即使正午的烈日下也有一种清冷的气息，像刻意摆放的布景、积木，或者是明信片。湛蓝的天空宛如一片深邃凝固的蓝色透镜，楼顶高低错落得像一首陌生的曲谱，最高音落在多伦多电视塔的塔尖上。晚上加班时，我会看到自己的倒影，一位沉默而靠得住的中国女助理。未来的她会继续勤勤恳恳地为一线律师准备材料，教新人搜索软件的使用技巧和文件的写作格式，成为公司里敦厚温和的 Auntie。

想到这里，我总会感到气闷，深呼吸后长呼一口气，发出叹气一样的声音。

我所得到的已经超过了预期。这样一份稳定又基础的工作是如此适合外国人，虽然我不是做律师，但是至少从事跟法律勉强沾边的工作，又是在这么一个如梦似幻的地方，我应该满足。

也许这就是人在异国的怀乡之情，或者女性到了某个年龄段都会有的焦虑，我这样对自己解释。我没有不满足的道理。

某次，律所要接待来自新加坡的一家上市公司实际控制人，这位老板自带了专业翻译，由于我是所里唯一的中国人，便有幸被斯加利先生获准全程参与接待这位客户一行。从我的角度来说，那位翻译的英语固然很好，但在专业词汇的方面的翻译确实算不得精准。即便如此，作为刚入行不久的小透明，我的任务只是做好会议记录，同时作为"亚洲面孔"背景板让这位金主老板在一众西装革履的白人律师中间不会感到那么陌生拘谨。

有一天，在会议期间，翻译人员在券商讲提案的时候，突然跑出去接电话，而券商可能是过于投入，并没有中断讲话的意思，直到发现没有同声传译的声音才停了下来。

尴尬的场景总是自带慢镜头效果，虽然可能不到两秒钟的时间，来自新加坡的客户脸上却透露出尴尬。斯加利先生原本自信的目光也开始变得游移起来，他看向坐在后排的我，用眼神示意我去解决这件事情。我紧张地站起来，整个会议室的目光齐刷刷地聚集到了我的身上。

我以为自己的声音多少会带一点颤抖或者孱弱，但并没有。此前，我从未有过在此场合正式发言的机会，而今，当我首次听见自己的声音在这会议室里清晰、坚定地回荡，伴随着微妙的混响效果，那一刻，我深感自豪。众人投注于我身上的目光，起初或许带着几分茫然，但随着时间的推移，那份目光逐渐汇聚成一股坚定的力量，仿佛是对我无声却强烈的支持与认可。

就如从前我被老师叫上黑板做题时，被选为班长做演讲时，参加校外实践时，那些圆睁的目光，犹如聚光灯射出的光线，不仅将我照亮，更在无形中放大了我的身影，然后慢慢地，那些眼睛会变成赞许的弯月，闪闪发亮。

这次也不例外。

斯加利先生让我承担了接下来与客户的沟通和接待中的翻译任务。新加坡的客户在多伦多停留了约一周的时间，在此期间他们走访了不同的律师事务所，最终选定了我们。客户离开加拿大去纽约的路上特意跟斯加利先生说下次去新加坡要记得带上我。于是，那个月除了基本的实习工资，我还额外获得了五千加元的奖金。

在此之后，斯加利先生经常会叫我协同工作，于我而言，自然是求之不得。我渐渐地发现律师工作本身的乐趣，是那种从复杂缠绕的罗生门一样的碎片陈述里，抽丝剥茧出一个清晰的轮廓，再从骨干里找到钥匙去定义和解决整件事情，有种解谜游戏的快感，即使只是打副手做极为边缘的辅助工作，也至少让我真正了解到了律师的工作。

某个加班的晚上，大概是在处理了一件比较麻烦的案子以后，我端着咖啡在走廊遇到了斯加利先生。单纯只是想和他简短地打个招呼，结果，斯加利先生居然叫住了我，对我说："Claire，我觉得你会是一个非常棒的律师。"

过于突如其来的表扬和批评都会让人尴尬，我顷刻间涨红了脸，手中的咖啡差一点溅到外面，我出言否定了斯加利先生："不行啊，我在加拿大做律师不现实！"斯加利先生无奈地摇了摇头，讲道："如果你想在加拿大当律师，确实需要很长时间，当然到时候我可以做你的推荐人。可是你为什么不考虑直接回中国去上海执业？上海是新的世界经济增长中心，很多机遇和红利都在那里。上次来的那个律所合伙人，你应该成为他，服务更多有实力的中国公司，你天生是要做律师的，在这里做秘书太浪费了。"

他很认真，第一次和我讲这么多工作之外的话，而且没有看表。

我一时不知道该说什么，只得笑着道谢。他走后，我独自站在那面落地窗前。外面是夜幕下的多伦多，点点灯火是城市自己的星光，又在湖面的倒影中重现了一次。

斯加利先生的话在我耳边回响。与其说那是他的话，不如说是我自己几个月来始终不肯直面的内心的声音。

我想当真正的律师，想坐在会议室中间发言，让助理律师们围绕着我工作，我想一边讲话一边看表计算，我想当老板而不是雇员，想站在城市灯光的中央，而不是隔着安全的距离远远地观赏。

我的喉头与眼眶中仿佛蓄积着炽热的情感，但内心深处却涌动着一股难以言喻的轻松与释然，经常让我气闷的那种感觉原来不是乡愁，而是野心和欲望。

和斯加利先生辞行的时候，我犹豫过要不要和他多说几句，但看到他的手表时又打消了这个念头。于是简短道谢之后便潇洒离去。

"在清晨时候离开，透明的玻璃窗沾满小尘埃"

即使知道上海是个精英云集的地方，我也常常会幻想自己像斯加利先生的橙色直升机一样，从天而降一鸣惊人。比如，加入一家顶级的律师事务所，在诸如吉利成功收购沃尔沃汽车这样举世瞩目、具有里程碑意义的商业并购案例中大展身手，成为上海鼎鼎有名的涉外大律师。但事实很快证明，我身处的世界是现实主义风格而不是爽文，既没有天降甘霖也没有星星金币，甚至连浪漫情节都有点乏善可陈。

细数起来挫折很多，错误也不少。希区柯克说，所谓的悬念就是屏幕里有两个人在桌子上聊天，桌子下面却放着一颗炸弹，观众时时刻刻要为那颗迟早会引爆的炸弹而提心吊胆。在我更加年轻的那些日子里，也曾经被桌子下面的某颗炸弹折磨得心力交瘁。可是若干年以后再回味，反倒是对那些炸弹更加难以忘怀，就像绝大部分电影到头来记住的都是爆炸、反派以及阴谋。

对于读这篇文章的你来说，我在事业上曾经遇到的那些炸弹，有的也许就静静地躺在你的桌子下面。就算你遇不到它们，当你觉得孤单或者手足无措时，也可以想起，我在过去的某些夜晚，也曾和你一样无助彷徨过。

"顽石哪日变黄金"

大概因为小时候听过太多关于吃苦的故事。比如，达·芬奇画了几千个、上万个鸡蛋，或者"铁杵磨成针"，头悬梁锥刺股。我一直觉得，人总是要吃一点苦头才能获得一点好处。因此，当我在上海作为新人律师出道的时候，并没有认真考虑我到底对哪个方向更感兴趣。那时候我的起薪从三万降为三千五，要靠在加拿大时期的积蓄才能吃得起饭。内心带着惶恐选择了一个听起来很实用主义的机会，不分领域，接受了一个大型律所的 offer，而这个选择，最终被证明是错的。

我进入的那个团队专精于知识产权保护。但我对这个领域既没有什么知识积累，也提不起多大的兴趣，我真正感兴趣的是金融与投资，特别是跨国投资和并购，只有这样我才有机会成为像斯加利先生那样的律师。你可能会说我矫情：难道每一位知识产权律师都怀揣着对知识产权保护无尽的热情与兴趣？

"当然是啊！知识产权是多么有趣的事情，它保障了创作者的所有权，是一切文化产业的基石！"我同期入职的朋友 Kelly 曾经这样对我说。

Kelly 的爱好是追剧，对偶像剧里的演员和经典桥段如数家珍。但她和普通的热衷于追逐明星的粉丝又有所不同，她可以清晰地说出每一位她喜欢的明星的幕后团队、经纪公司以及背后的资源。我当时最多看一下娱乐八卦、花边新闻，而她往往在一旁很熟练地从公关角度分析背后的策略与利益。她曾经推荐给我一部玛丽莲·梦露主演的电影"There is No Business Like Show Business"，我总觉得这个标题就是她的心里话。

短短几年里，Kelly通过帮明星和娱乐公司处理法律事务而声名鹊起，在28岁的时候就赚到了人生第一笔500万元。而和她一样大的我，那时还在为节省上海的房租而当二房东——俗称"包租婆"。我租下了陕西南路一套150平方米的复式公寓，客卧留给自己，剩下的房间分租出去。听上去有点像《欢乐颂》或者《浪漫满屋》里那种桥段，但电视剧里的房东可不会像我一样换电路、通下水、修马桶——直到现在我依然对所有"房东爱上房客"这种设定的爱情故事嗤之以鼻。但一番辛劳不是没有回报，每个月我自己那一份房租基本上可以被cover掉，但放在日工资大于我月工资的同事身边，这种带着汗水的补贴多少带点讽刺。

自我怀疑从来都没有停止过。耳边时常响起，我当时从加拿大辞职到底对不对？斯加利先生对我的鼓励会不会只是出于前辈对后辈的礼貌？我到底适不适合做律师？匆忙的一天过去后，独自躺在床上时，这些问题就带着耳朵似的问号，在黑暗中的天花板上列队走过。我对知识产权实在缺乏兴趣，喜欢看书但是看过的内容总是忘得多记得少。入职后我才了解到，律师事务所分为公司制与合伙制，我所在的律所属于合伙制，以合伙人为单位，也就是说合伙人的业务就是我所能够接触到的全部业务，如果合伙人的业务方向跟我的兴趣不匹配，想要转方向去投融资并购团队的可能性几乎很小。这种懊恼和迷茫在我入职后一个半月达到高峰。

我收到了来自知名红圈律师事务所投融资业务方向的录用通知，但那时的我，信心已经几近被失望吞没。事实证明，人很容易连续性地作出错误判断，似乎是为了跟自己的错误较劲，我放弃了那份 offer，并试图通过自己的努力来弥补这个过错。我开始在业余时间恶补自己的金融知识，阅读了大量的专业书籍，报考基金、证券的资格考试，分析金融热点新闻或事件，向投融资方向的前辈讨教，但法律是一门实践科学，单纯依靠理论知识的积累是无法真正入门的。

硬着头皮做自己不感兴趣的事情，结果往往是既没有乐趣，也没有成功。你不爱的东西往往也不会爱你，这是我受到的教训。

"方知天大地大转得快"

2018 年年底，朋友的表姐，律师 Amanda 因为我英语水平不错，又有国际律所的工作背景，邀请我跟她合作开发印度业务。

没错，不是北美也不是欧洲，而是印度。

我感到匪夷所思。在回顾 2012 年印度那起震惊全球的公交车轮奸案时，纪录片《印度的女儿》中一位辩护律师的冷漠陈述——"我们有最好的文化，在我们的文化里，女人是没有位置的"，我无法想象女律师如何在这样一个环境中开拓法律业务。

说到涉外律师，我认为这是在改革开放特定历史背景下协助本国企业走出去、外国企业走进来的法律人才的泛称。不同于知识产权、刑事、破产重组、投资与并购等国际通用的分类，涉外律师是我国特有的一类称谓。国外也有专门在某些国家和地区从事跨境法律服务的律师，但他们不会被称为涉外律师，比如斯加利先生的律所介绍页面上称他执业的领域是跨境投资与并购，专注于亚洲市场，特别是中国市场。但称呼并不是重点，归根结底这些律师是解决不同国家、法域、历史文化风俗的企业间交流的专业人才。对于这类人才而言，专业能力只是业务起点，对国际经济形势的判断、开拓市场的勇气、解决复杂问题的综合能力才是更加重要的素质。很遗憾，2018年的我并不具备这种眼光。

我谢绝了她的邀请，同时再次错失了巨大的发展机遇——是的，Amanda在印度大获成功。她主要为去印度拓展生意的中国企业提供法律服务。由于疫情后国际供应链的转移，中国已经失去人口红利，中国企业也经过改革开放，多年的发展逐步羽翼丰满，开始在境外大展拳脚，印度成为包括中国在内的国际资本纷纷押注的新市场，而当时让我坚定地摒弃这个机会的那些个原因，反而成为Amanda开拓市场最大的利器。正是因为印度本地存在如此之多的社会问题，出海企业选择了解当地司法情况的中国涉外律师是必然之举。随着业务量的增加与专业能力的不断提升，Amanda也在这几年迅速积累了不菲的个人财富和知名度。即使为了面子表现得再云淡风轻，我偶尔也会想，当时如果我和她一起去印度开拓市场，以我的能力应该早就打下一片天地了。有的事情我知道努力了也不一定能做好，但这项工作完全是舒适区以内的机会，却被我拒之门外了。

"人赚不到认知范围以外的钱"，诚不我欺。

我过去总是笑话一些人的世界观里，只有"中国"和"外国"两个国家，另一部分人脑子里则只有中国和美国两个国家。但其实我本人也不知不觉落入了一个思维惯性，忽视了世界的多元性。世界上除了华语世界和西方世界，还有更多的土地，更多的文化，同时也意味着，更多的机会。特别是对于律师这个需要终身学习的职业，把握世界发展的脉搏，对新鲜事物保持开放探索的态度是十分重要的。

在经济泡沫破裂几十年后，从2023年开始，日本股市一路高歌猛进，日本基准股指于2024年2月9日突破了34年前创下的收盘纪录高位，这被视为日本从三十多年经济低迷中实现复苏的一个里程碑，也有不少经济学家称日本已经走出影响了两代人的失落三十年。在我从事的投融资法律业务中也能看出端倪，不少企业和基金都把目光纷纷投向了日本企业。吸取了上次的经验教训，2024年元旦我报了个班开始学习日语。我不知道学习这门语言是否能够为我的工作带来收益，但我衷心地希望，这是认识世界的新的开始。

"在半空中将你看得比我高，你这么高，高过地平线"

我人生中最孤单的日子，并不是在多伦多，而是在青岛。正如之前讲的那样，律师行业里在一个专业领域积累得越久，跨领域的难度就越大，成本也就越高，因此很多人最终都不得不选择继续在自己不感兴趣的领域里深耕下去。当我彻底接受并且承认这个事实后，我辞职了。

既然无法通过自学金融知识的方式进入投融资业务领域，那么最有效的破局方式就是进入投资公司这个平行赛道，通过积累工作经验和人脉的方式反向入局！

很快我找到了一份投行的工作，这是一家央企集团内上市公司，因为业务发展需要，这个岗位在青岛。我至今依然感谢那份工作带给我的知识和视野，让我有机会接触到美国、欧洲、新加坡等地的投资并购业务，也让我跳出了律师的角色框架，从资本的角度去理解投融资业务的内核。直到现在我团队的不少项目都是通过当时积攒下来的人脉开拓出来的，我时常被夸赞的谈判技巧和能力也是在那份工作中积累的。但在那份工作中，我确实过得不开心，主要是因为不在上海。

习惯了上海的街道，习惯了上海永远不会散场的酒吧和party，以及来自全中国和全世界的喜欢热闹的年轻人。青岛的同事们下了班就各回各家，我也只能回到只有我的家里。

青岛，这座城市在夏日的阳光下，以其标志性的红墙绿瓦映衬着碧海蓝天，无疑赢得了大多数国人的倾心与喜爱。然而，我的视角却与之相反。冬日的青岛街道，因为没有游人而空空荡荡的，很多商铺都关着卷闸门，冰冷的海风肆意地穿过建筑，常把穿着羽绒服的我吹个趔趄。在那些日子里，我经常百无聊赖地坐在办公室或者家里，看着附近居民楼亮起的一扇扇窗户，而记忆中上海的灯光不是这样的宁静，即使是居民楼的灯光也总是有其独特之处。更不用提浦东那些全年灯火通明的摩天大楼，每盏灯下都有年轻人在那里拼搏；巨鹿路上，酒吧的灯光在黄色的路灯和梧桐树的剪影以及百年的厚重繁华下故作谦逊，立交桥的银白色的路灯打在桥身上，像古罗马引水渠般的不怒自威。

青岛是美丽的，但我感到自己不属于这里。我不是为了稳定的生活而来到这里的。我是为了开拓自己的律师生涯才来金融行业工作，当积累了足够的经验和人脉后还是要回到上海的，因为上海有最大、最广阔的市场。于是在感受到了某种会逐渐改变我生活方式的危机时，我离开了。

"上海有最大的市场"，多年以前，同样的话语在耳畔回响，那是在多伦多璀璨夜景的见证下，一个决定我人生方向的夜晚，即使以后老了也应该不会忘记那个晚上。

直到多年后我做了合伙人开始招聘助理，每每遇到想要留在上海的异乡人，我都会问他们是否做好了接受上海生活方式的准备。我理解每一个放弃家乡熟悉和安逸生活的年轻人，孤独不是在偌大的上海没有依靠，孤独是这个城市里未能承载起他们的梦想。

"纵然失败，也值得，我觉得自己很伟大"

读到这里你大概早已发现，我并不太聪明甚至有点执拗，也谈不上特别幸运，大部分人所走的弯路我都走过，人生中的很多机遇也没有抓住过。年轻时多少有点好高骛远，多次在高高低低弯弯曲曲中跌倒，这些失败曾经让我感到过挫败，也让我失去过信心。

但它们也让我自豪。毕竟，并不是每个人都会承认自己犯过错走过弯路。如果我吃到一个酸涩的苹果，就会承认自己挑苹果的水平有问题，而不是选择自我催眠说它甜，也不会默默接受"苹果就应该是酸的"这个设定，更不会去告诉别人"全世界的苹果都是酸的"。太多人因为不想承认某一个选择是错的而一直活在错误里，而我会选择正视错误，哪怕再难堪再痛苦，我也会选择承认自己的失败。

承认失败，才有"吃一堑长一智"的可能，才有及时止损的机会，才有成长的空间。小时候看过的圣斗士漫画里，有一集的名字叫作"伤疤！男子汉的勋章"。对我而言，过去的失意，都是我的勋章。我曾经的放弃或者失意，未来都会变成人生拼图的一部分。我的职业生涯跨越了海外律师事务所与金融机构的多元领域，这段丰富的经历不仅深刻塑造了我的专业素养，更使我在涉外投资法律业务的舞台上逐渐崭露头角。我通过自己的努力有了自己的团队，真正开始做起了投融资业务，虽然暂时还没有参与过曾经畅想过的那种备受瞩目的跨国大案，但在很多也还算拿得出手的案件中，我是真正的操盘手，是客户认可并信赖的伙伴。

现在回头看看，十年前中国对外投资与并购虽然异常活跃，但那时我还太年轻，空有一腔热情和抱负，但并不具备一个能够独当一面的优秀投融资涉外律师所应当具备的能力。即便遇到过很好的机遇，也因为自身的种种局限，无法把理想转化为现实。十年后，中国经济面临新的局面，中国政府推进高水平对外开放，中国企业既要在对外开放中抓住机遇，实现高质量发展，也要有效应对外部风险挑战。随着政府涉外采购、重大对外经贸活动和企业境外投融资的展开，中国企业在海外发展中的知识产权保护、数字化转型中的数据合规，甚至可能遇到情况复杂的国际商事仲裁，这些都是法律服务市场的新机遇。而现在的我除了热情和抱负，还有着解决复杂问题的人生经验和工作经验。任何时代都有自己的机遇，这一次我为自己的时代机遇做好了准备。

这是我的时代。我上班时开车穿过凯旋路时总会这样想。在我心里的一块地方，那些关于勇气、自由的向往，是什么都打不垮的。

"方不敢偷懒，宏愿纵未了，奋斗总不太晚"

"白律师，麻烦再写一些体现涉外律师特点的内容吧！"邀请我写这篇文章的编辑妹妹给我的建议，想让我深入探讨和分享有关涉外律师的独特魅力与职业特性，可是我其实一直都不太清楚，涉外律师到底需要什么特别具体的素质。如何通过国外律师资格考试？外语能力？全球概念？这些点似乎触及了核心，但又似乎尚存未尽之处。

2024年的初夏，我参加了一个主题是考美国加州律师证的沙龙。是的，我给自己定下的年度目标之一是再考一个加州的律师资格证，争取可以把自己的业务拓展到地球的另一面去。

Amanda荣幸地成为此次沙龙活动的一位主题分享嘉宾，她性格沉稳，是一位值得信赖的姐姐，令人感到安心与尊敬。在40多岁的时候，她决定去考加州的律师资格证，而那时她早已过了传统意义上大家认为应当打拼的年纪，英语水平也只是在二十多年前通过了六级。所以，她准备了四次才通过考试，并将她考证的经验总结出了一套学习方法。为了验证学习方法的有效性，她又让自己的丈夫用她的方式备考，结果也是一次过关。

她带着轻舟已过万重山的轻松语气说："我和我老公基础已经很差了，要是我们都能考过去，那在座的各位也都能考过去！"

我边听边笑，内心却渐渐增长着很多的感动与温暖。我在她身上看到了自己。那种不由分说的坚信和不顾一切的蛮力，笨拙而无畏。是的，我和她一样，都喜欢比较难的那条路上的风景，相信自己双手所能创造的未来，并始终渴望着自己的视野，能够穿透云和海，到达彼端。

所以我试着回答编辑妹妹的问题：如果作为律师，你觉得自己拥有蓬勃的抱负，不能够被普通律师的日常所满足，涉外律师也许更适合你。

在聆听 Amanda 的故事时，我仿佛找到了共鸣，从中发现了自己内心深处潜藏的某些宝贵特质，也许你也会在我未完待续的故事里发现你的灵魂，就像很多年前那个决定我梦想的那个夜晚，斯加利先生或许也曾在我野心勃勃的眼睛里看到了更久远以前的，曾经的他？

我相信总会有那一天，等我和多伦多的斯加利先生一样功成名就，在某个很厉害的场合重遇，我会闲聊般地告诉他，他当时的光芒和鼓励是如何让一个女孩诚实地面对自己的欲望，发现了真正的自我。当我站在与他并肩的高度，我将不再忧虑于他是否会凝视手腕间的计时，因为那一刻，我的时间已与他同样珍贵，分秒皆重。

时间，这位最公正的见证者，它告诉我：每一刻的流逝，都是对真实与价值的忠诚记录，从不虚言。

在写作的时候，我竟然有"原来过去这么久了"的诧异或者一点点惶恐，类似我有次和朋友徒步，一边聊天一边爬山，不经意间，我们已翻越了一座山峦，抵达了另一座峰顶。驻足回望，只见来时之路蜿蜒曲折，那座曾与我们并肩的山峰，此刻巍然屹立于对岸，仿佛一位老朋友，静静守望着我们的成长与变迁，心中不禁涌起一股难以言喻的成就感与温情。

手指在键盘上飞速地敲击着，我三岁的儿子在客厅拿着塑料挖土机嚷嚷着跑来跑去。一边看着他，一边写稿子，内心不由得感叹，隔着十几年的路途，我依然能够体会到当年那个女孩的心境，她对自由的向往，对外面世界的渴望。这大概因为，我依然是她。

十多年前，我以为加拿大就是我的梦想，也因为看见了更大的世界而来到上海。现在发现，世界比我想象得更大、更多元，也更加诱人，我依然渴望更广阔自由地翱翔。

一切会变得容易吗？我不敢说。但确定的是我所能付出的是勇气和勤奋。

所以，如果你是一个律所的新人，这里有一个坏消息、一个好消息。坏消息是，在这个行业，你可能不会像其他行业一样可以安心做泰斗，稳稳当当地教导后辈。好消息是，在这个需要不断自我更新，自我完善，否则就会被 PK 掉的行业里，你的人生会特别丰富精彩。

毕竟，过去不会真的过去；而未来，才刚刚开始。

诉讼还是非诉讼
不是一道选择题

马晓白

"马律师，您是诉讼律师还是非诉讼律师？"每当我外出参加活动，只要介绍自己是名律师，经常会被问到如上问题。

相信诸多业界同仁也常会遇到此类问题，起初我还解释诉讼和非诉讼只是律师执业业务上的一种区别，并非身份上的差异，二者不是非此即彼的关系。

后来发现大家真的听不懂或者饶有耐心听我解释，干脆回答：我以诉讼为主，同时也做非诉讼业务。

"诉"与"非诉"之异

关于大家对"诉讼"和"非诉讼"的疑惑，不禁引发了我的思考。我的观点是，诉讼和非诉讼并不是一个选择题。

那人们为什么习惯将律师身份分为诉讼和非诉讼？诉讼和非诉讼业务到底有什么不同呢？

诉讼，也就是大家口中"打官司"，主要工作是诉讼争议解决，战场在法庭或者仲裁庭，诉讼又分为民事、刑事和行政诉讼；非诉讼，就是与法庭或者仲裁庭无关的法律服务，主要是从事资本市场的法律服务为主，出具各种法律意见书，比如首次公开募股（IPO）、企业并购、发行债权等，所以人们又把主要从事非诉讼业务的律师称其为并购律师。

但是严格来讲，这样的区分是不严谨的。为什么呢？

根据《中华人民共和国律师法》第28条，律师业务大致可以分为七种：法律顾问、民事行政诉讼、刑事诉讼、代理申诉、代理调解和仲裁、非诉讼、法律咨询等。所以诉讼和非诉讼的分类不能涵盖整个律师业务，也就无法用诉讼和非诉讼把律师进行分类。同时也因为无论是律师或者律所，无法完全将诉讼和非诉讼业务完全割裂开。比如，诉讼律师也需要从事非诉讼工作，起草案件分析的法律意见、进行案件前期调查取证，这些都是非诉讼业务，同时也是诉讼业务开展的前期工作。同时，非诉讼律师也无法拒绝诉讼服务，比如服务的拟IPO企业未成功上市（典型的非诉讼业务），需要代理投资人按照对赌协议起诉企业要求股权回购。

所以说，诉讼和非诉讼并不是绝对对立存在的，而是如同人体的各个器官一样，相互依存、相辅相成、各司其职。无论是律所、律师、当事人抑或是初入行的新人，都没有必要从二者中做选择。

从律师执业来说，不是一道选择题

每个从法学院毕业的学生，也许都有一个意难平：自己为什么不能进红圈所？为什么没有选择进入非诉讼团队？

我执业之初也是这么想的，希望能从事非诉讼业务，成为高大上的非诉讼律师。而且我不仅想了，我还做了，我拿到律师执业证的第一件事便是从山东的顶级律所跳槽到上海的规模律所，希望能在上海做高端非诉讼业务，成为非诉讼律师。

但是理想很丰满，现实很骨感。跳槽到上海时，虽然我已经拿到律师执业证，但我还只能从律师助理做起。我当时的老板虽然有很多非诉讼业务，但是安排给我的工作却五花八门：非诉讼、诉讼、法律咨询、法律讲座、法律顾问维护等，什么业务类型都有，而当时的我并没有资格说不。那时的我就是团队里的一块砖，哪里需要就往哪里搬。那时，我经常跟我的前同事调侃自己，现在成为了自己最不想做的"万金油"律师。

但是罗兰曾说："各人有各人理想的乐园，有自己所乐于安享的世界，朝自己所乐于追求的方向去追求，就是你一生的道路，不必抱怨环境，也无须艳羡别人。"

面对老板赋予的多元化业务挑战，我的心态经历了一场悄然蜕变。起初，面对这纷繁复杂的任务，我内心难免生出几分抵触与不解。然而，随着时光的推移，每一次实践的深入，我的执业之路逐渐铺展开来，那些曾经的困惑与不解，在日复一日的磨砺中化作了宝贵的经验与见识。

在这段旅程中，某个不经意的瞬间，我发现自己竟已悄然转变，对这些看似纷繁的业务生出了别样的感悟，甚至心中涌起一丝感激。若要追溯这心态转变的具体时刻，记忆却变得模糊而难以捕捉。或许，是在我作为助理后期，首次独立接待客户，那份忐忑与责任并存的体验中；又或许，是在我初尝独立执业，以提成律师的身份迎接每一个挑战时，那份对自我成长的渴望与期待中。这种转变就好像，赏一首曲，品一杯茶，心里总会有所期待，期待一种自己喜欢的状态。

在我担任授薪律师的三年里，我所在的团队，成员近十人。一个高级合伙人（大 boss）、两个合伙人，其他均是有 1—3 年工作经验的律师或者律师助理，一个典型的三阶梯形的律师团队架构。我和另一个男助理的主要工作是辅助大 boss。在最初的阶段，我的主要工作就是为各类业务做案例检索、法律意见整理以及辅助开庭。经过一年的磨合和历练，大 boss 才慢慢地放心由我独立处理业务，他仅在我搞不定的时候赶来救场。大概是从第二年起，大 boss 基本不再和我一起开庭，老客户的业务也基本由我们自行对接，他只负责新客户的开发和客户关系的维系。到了我授薪的后期，大 boss 甚至对于客户报价等一些比较核心的事项也让我根据情况进行处理。所以我非常感谢遇到了一个好老板，在给了我极大的成长空间的同时，也给了我恰当的支持。

在做了三年授薪律师助理后，我决定在原来律所转作独立的提成律师。刚开始独立时，没有自己的案源，也失去了原来老板的托底，就需要先解决自己的生存问题。为了拓展案源，我经常帮身边朋友、社会组织以及法律服务平台做公益性咨询，这类咨询往往五花八门，无法提前预知，更没有时间做功课，但是得益于我助理时期那些工作的锻炼，让我往往能够在第一时间帮助客户进行专业的分析并给出法律意见，基于这些基础，从而为我赢来了我的第一批客户。

回顾往昔，仍十分感恩我执业初期那些多元化且具有挑战性综合业务的锤炼，让我千帆过尽，仍庆幸一切都是最好的安排。

我做授薪律师时的大boss作为执业二十多年的资深律师，案源非常多且有很多奇葩案件。很多案件在严格意义上讲并不具有价值，但他仍会出于各种考量，耐心地为客户解决。比如，客户因交警出具的一张200元的违反交通规则的罚单要求我们代理行政诉讼。

在上海早晚高峰的时间段，公交车道是专用车道，社会车辆是不能在此车道行驶的。客户在上海的一个高架入口（上高架必然会经过一小段公交车专用车道）因使用公交车道而被罚款，但是客户认为这个画线不合理，同时在网上搜到很多市民因为这个问题被处罚，所以要求我们进行维权，要求撤销行政处罚并且修改公交车道画线。仅仅为了200元去进行行政诉讼，怎么看都不是一个理性的选择。但是客户是boss顾问单位的老板，所以碍于情面，我们还是接受了客户的委托去进行行政复议以及行政诉讼。接受委托后，我们实地测试了客户被处罚的路口，发现此路段确实存在客户反映的问题，右转进入高架必须经过公交车道，并且无法绕行。依照这样，几乎所有早晚高峰右转上高架的车辆都可能会受到处罚，这显然是不合理的。我们提起行政复议后不久，公路局主动与我们沟通说更正了交通画线，并取消了对客户的行政处罚。

这个案件让我想到英格索尔的一句名言，"法律源于人的自卫本能"，这个案件对于一般的律师和客户，可能都没有太大意义，律师费支出大于实际收益，但是对于交通规则完善、政府公信力以及社会公平正义具有意义。除去案件本身的社会价值，对我来说这种案件也是一种办案的思维拓展。对于很多案件我们可能考虑的更多的是民事或者刑事方向的报案，很少将行政诉讼纳入要考虑的范围里。这个案子带给我的启发是，可以更加多元地考虑解决问题思路，不必只拘泥于诉讼或者非诉讼本身，而是将诉讼、非诉讼手段乃至行政投诉与复议等多种途径视为工具箱中的利器。我们并不拘泥于某一种方法，而是根据具体情况，灵活选择最为有效和适宜的手段。这种全方位、多角度的应对方式，使我们能够更加精准地解决问题，确保客户的权益得到最大程度地保障。

当我自己组建团队为客户服务时，我也摒弃了浮华的外衣，不再拘泥于团队形象的"高大上"或是案件规模的宏大。相反地，我从客户的利益视角出发，真正帮助客户解决问题，逐渐成为值得客户信赖的合作伙伴。

2023年，我的客户遇到了这两年比较流行的一种新型诈骗方式——"职业骗薪"，指的是所应聘的求职者往往拥有完美的个人履历，自述拥有丰富的行业从业经验、自带客户资源，且不需要缴纳社保，但是要求不坐班，入职后通过不断向公司虚构意向客户骗取报酬。

为了进一步扩大市场版图，我们客户B的公司S特发布了一则招募启事，招聘到一个兼职销售A，他自述有着超过十年的深厚行业经验与卓越的市场洞察力。A先生不仅自主运营着一家小型企业，还特别提出，鉴于其个人公司已具备完善的社保体系，无需 S 公司额外承担其社保缴纳责任。他计划将个人企业中难以独自消化的大型订单引荐至 S 公司，同时保留其宝贵的客户资源网络，确保双方合作的灵活性与双赢局面。在此基础上，S 公司将按月向 A 先生支付一定的业务拓展服务费，客户成单后按照比例跟他分成。

A 入职后，陆陆续续为 S 公司介绍了几个大客户的订单，客户 B 非常开心，也遵守约定，从来没有跳过 A 直接去跟客户对接。A 作为中间人传达双方合同以及订单的细节，虽然我们事后分析这波操作很不符合常理，但是当时 A 每次都称要保护自己公司的客户资源，从而打消了 S 公司的怀疑。但是很快，S 公司就发现了问题：通过 A 签订的合同，委托方无一例外地迟迟不着急要求发货且一直拖延不付货款。再后来，我们从合同中发现下单的公司可能根本就不存在，所谓的联系地址也是居民楼并不是写字楼。这时客户 B 才意识到可能遇到骗子，然后找到 A 对峙，不料 A 狗急跳墙，拉黑所有联系方式并且彻底失联。此时客户 B 有两个选择：刑事报案遭遇诈骗或者民事起诉赔偿。

在其犹豫不决之时，我们帮客户 B 进行了梳理，虽然其怀疑 A 是职业骗薪，但是确实没有直接证据可以证实，且双方尚未正式签署书面的委托合同作为法律保障。所以无论怎么选，客户 B 都面临着被动局面，并没有十足的把握能够赢，只能两利相权取其重。最后在我们的建议下，客户 B 决定先选择刑事报案，希望通过公安机关侦查帮助单位还原事实真相，并能查找到部分线索，同时还可以借此找到 A 出面继续解决问题或者完成交易。最终经侦刑事立案，也拘留A至30多天，但是A几乎矢口否认了几乎全部事实。A自称是S公司的正式员工，拿到的费用是每个月工资，并把交易未能成功的责任推卸给S公司，认为是S公司违约发货造成的。最终公安局经济侦查部门因为证据不足撤销了刑事案件。虽然没有追究到A的刑事责任，但是在后续调取刑事卷宗中，我们发现了其他重要的线索，A为了证明自己推荐的客户真实存在，将之前合作的客户提供了出来，经侦部门也联系并调取了相关材料，正是这些材料帮助我们民事诉讼取得了胜利。为了帮助S公司挽回损失，我们代理S公司进行民事起诉，最终法院认为A和S公司是有偿的委托关系，A推荐客户和签署合同的行为存在欺诈，并支持了S公司的近千万元的索赔诉求。

在这个案件处理的过程中，单纯的刑事报案或者民事起诉都很难解决问题。我们通过分析案件发生的始末和掌握的证据可以知道：S公司在案发之前没有任何防范意识，对于A的履历以及所谓的客户资源没有做背景调查，所以没有证据能证明A是欺诈。因此先选择成本最低以及效果最快的刑事报案，即使最终没有追究刑事责任，也可以通过刑事侦查拿到一部分证据或者线索。事情确实也如预料，刑事侦查过程发现了其他被骗公司。最终刑事责任没有追究，但是我们拿到了A的笔录以及经侦调取的其他关联单位的笔录等证据；在民事起诉中，正是因为刑事侦查中的这些证据，我们最终以有偿委托合同的受托方欺诈让A承担了全部赔偿责任。虽然这不是最理想的结果，但是对于客户B来说是已是最好的结局。

在法律服务中，像这种需要借助不同的法律手段（诉讼或者非诉讼、民事或者刑事）来帮客户解决问题的案例很多。再分享一个跟税有关的案例，伴随着我国税收政策的进一步收紧，很多企业都遇到过税务稽查和处罚。体量小的企业，可能就是补几万元税和罚款就结束了，但是对一些中大型企业，一旦被税务稽查并出具罚单，可能不单单是补交税费和罚款问题，还可能意味着公司原有的财务体系以及业务模式出现了严重问题，可能会因此导致企业的破产清算，比如大家熟知的影视公司、直播带货公司的补税情况。

客户 C 的公司 F 是家广告公司，遇到的问题也跟影视公司、直播公司类似。因为采购的部分服务不能提供成本票据，导致账面利润高于实际利润。因此为了调整公司的利润，F 公司让不发生实际业务的关联公司开票列支成本以降低企业利润，少缴纳企业所得税，同时因为员工的工资水平很高，为了减少公司的用工成本，F 公司通过报销方式向员工发放部分工资。在税务稽查过程中，税务机关基于关联公司开票部分要求缴纳企业所得税，以及将报销发放工资部分进行个人所得税等问题开具罚单，要求 F 公司补税以及 1 倍的罚金和滞纳金。税务稽查后，客户 C 非常着急，同时也非常惧怕税务机关，不单单是巨额的税款和罚金，更意味后续将一直要按照这个模式交税。所以客户 C 希望我们出具法律意见以及负责具体沟通。我们给的意见是先梳理稽查是否存在问题，然后申请听证，如果税务机关无视 F 公司的真实情况，则继续进行行政复议以及行政诉讼。起初，F 公司对于这一合作模式持谨慎态度，主要出于对潜在税务风险的考量，担心此举可能引发税务机关的特别关注或"不必要的审查"，从而影响公司的正常运营与声誉。我们耐心地向F公司阐述了全面考量后的见解，特别是关于通过法律途径（包括可能的法院建议）来应对当前情况的风险。我们强调，诉讼并非单纯的目的，而是一种解决争议、明确权利义务边界的有效策略。同时，我们也坦诚地指出了与税务机关打交道的现实情况：税务机关作为执行国家税收政策的权威机构，其地位确实相对强势，且通常不接受直接的"讨价还价"。但这并不意味着企业面对税务问题时只能被动接受，而是可以通过合法合规的方式，如主动沟通、提供翔实证据、申请税务复议或行政诉讼等，来争取合理的税务处理结果。

这个案件处理的过程中，客户C实际存在多家关联公司，但是并不是所有的关联公司都没有发生实际业务。其所关联公司确实存在向个人采购服务的情形，然而由于个人不具备开具发票的资质，为确保交易的真实性与合规性，所以有一家关联公司作为桥梁，专门负责承接并妥善处理这部分业务，并非所有关联公司都仅存在于财务或法律架构之中，而且有相当一部分公司确实参与了实质性的商业活动。所以我们协助F公司整理了相关证据，并证实税务机关的稽查确实存在疏漏，但显然税务机关收到我们的书面解释后，还是按照之前的口径向公司发送了《行政处罚告知书》。我们按照计划协助公司积极准备证据并提出书面异议以及听证申请。在整个听证过程中，税务机关虽然还是坚持了原来的处罚意见，但是在最终的《行政处罚决定书》中的罚金有所减少，实际上也是认可了我们提供的部分观点。鉴于当前情况，我们坚信仍有进一步争取的空间，因此决定继续推进行政复议程序。尽管复议过程仍由税务机关的法制部门主导，且初步结果维持了《行政处罚决定书》，但我们并未放弃，而是选择通过行政诉讼这一法律途径来寻求更公正的裁决，在正式立案通知书到来之前，我们意外地收到了税务机关的主动沟通信号。

税务机关同意继续对罚金和滞纳金进行减免，也基本达到了客户的预期，我们就撤回了起诉。为了从根本上规避未来再次发生类似税务争议，我们协助客户C对其业务架构进行了精细化的拆分与优化，确保每一项业务活动都能在法律框架内清晰界定，并符合政策导向。同时，我们深入研究了相关法律法规与税收政策，为客户量身定制了一套合法合规的税务筹划方案，这样就可以避免类似事件再次发生。

通过上述案例，我们可以看到在复杂法律服务或者高净值的法律服务中，律师团队必须具备复合型解决问题的能力，方能满足客户的多元化需求。因此，我们特别注重培养律师团队在诉讼与非诉讼领域的全面能力，确保能够灵活应对各种挑战。虽然执业之初，每个律师可能会各有侧重，但是如果希望能够成长为具备组建团队或者律所的能力，则需要我们不断去发展，求突破，甚至去合作，去取长补短。如果自己确实无法同时兼顾这些复合型技能，可以寻找合适的搭档协同处理案件，以便发挥各自的执业优势。比如，擅长诉讼的律师思路灵活、诉讼技巧强以及擅长使用诉讼策略和法律程序解决问题。而非诉讼的律师擅长规划和设计，他们从全局视角出发，为客户量身定制法律解决方案，将复杂的法律问题转化为清晰、可行的行动计划。二者的协同效应，更能强化律师的服务品质和价值，实现双赢的目标。

从解决客户问题的角度,也不是一道选择题

从客户角度来说,他不关心律师属于诉讼还是非诉讼领域,他只关心是否能帮他解决问题。"结果论"这一特点,决定了我们律师服务需要从解决客户问题角度出发。我们需要通过各种途径去解决问题。不管是诉讼抑或是非诉讼,民事或者刑事或者行政诉讼,这些都是解决客户问题的手段。

所以当客户向我们咨询一个法律问题,我们实际并不需要做诉讼或者非诉讼的判断和选择,一切仅围绕解决问题的立点出发就好。诚如费尔巴哈所说:理论所不能解决的疑难问题,实践将为你解决。

私募基金管理人备案是一个典型的非诉讼业务,但是我们在代理一家私募机构申请管理人备案过程中,发现管理人的法定代表人因为身份证丢失,被冒用身份注册两家业务冲突公司,因此影响了其进行私募基金管理人备案。很多中介机构审查后也认为备案存在风险,建议客户D放弃备案或者变更法定代表人。客户D找到我们时,我们给出的方案是建议其如实向协会报告,出具我们的解决方案并作出承诺,同时启动针对冒用登记公司的变更流程。

虽然我们给的方案存在一定风险,但是显然更符合客户D的预期并能解决客户当下的问题。在接获委托后,我们向管理人协会呈递一份详尽的法律意见书,该意见书旨在透彻阐述并充分论证我们接受与存在潜在业务利益冲突之关联公司委托的决策依据。承诺对这两家冒名注册或登记的公司进行变更或者注销。同时,我们向两家公司的工商登记机构出具我们客户身份证丢失的报警回执,申请了相关材料的笔迹

鉴定。经确认，两家公司的法定代表人签字并未由客户本人签署，而是涉嫌被冒用。其中一家登记机构沟通比较顺利，在笔迹鉴定出来后便跟客户D做了法定代表人变更，但是另一家登记机构迟迟不肯推进。即使笔迹鉴定已显示并非客户本人签字申请设立公司，但其仍然拒绝变更。为了迅速解决问题，我们不得不进行行政诉讼，要求确认登记机构行政行为违法，在收到我们的起诉材料后不久，此登记机构便主动联系我们进行变更。

该案例正是最终解决了主要障碍后，我们才得以继续为客户推进管理人备案的流程。正所谓，不破不立，破而后立，大破大立，晓喻新生。

2022年6月，很多行业爆发了危机，比如房地产、餐饮业等，也有陆续曝出的开发商暴雷，这让整个新楼盘市场风声鹤唳，草木皆兵。客户E在上海开发的楼盘，因为大量的农民工离开上海，导致工地迟迟招不到工人开工。很多业主被社会负面情绪感染，发动大量的业主拉横幅上访，同时一些不负责任的自媒体为了赚取流量，发布文章和视频宣传客户E的楼盘暴雷跑路。

客户E一方面需要安抚业主，他设立了公众号主动发布自己的施工进度，同时也要配合信访部门答复业主的上访。尽管客户E对危机事件的反应迅速，及时公布了小区的施工进度，安抚了部分业主情绪，但仍有很多业主转而在社交媒体上发布负面信息，导致网上负面评价越来越多，严重影响到客户E的商誉，同时也对刚刚取得成效的安抚工作造成了困难。客户E要求我们必须起诉每一个造谣者，恢复商誉以及保证楼盘能够正常开发。

在我们建议下，客户先向那些不负责任的自媒体发出警告，要求下架视频并且发布道歉视频以正视听。但是很多自媒体选择无视警告，甚至多次发视频声称遭到开发商的恶意举报，坚持为正义发声。

为此我们第一时间进行了取证，然后发送律师函，对还是坚决不下架视频并消除影响的媒体和个人进行起诉。即使已经立案，我们也没有要求被告要赔付多少金额赔偿，更多的还是希望其下架不符合事实的宣传以及消除不良影响。针对态度好并自愿下架、消除影响的被告，我们采取了和解的方式进行解决。只有极少数坚决耍赖不同意下架并消除影响的媒体，法院最终对他们判决进行高额赔偿以及公开赔礼道歉的惩罚。

在这个过程中，虽然客户 E 一再要求我们直接起诉名誉侵权，并要求相关自媒体账号删除相关文章、视频，公开赔礼道歉以及赔偿损失，但是我们还是坚持说服客户，针对那些粉丝量不大、阅读量不高的自媒体账号，应通过协商、和解等方式解决，针对源头账号和拒不下架的被告，才请求法院判决赔偿和公开赔礼道歉。

在此期间，我们在诉讼与非诉讼之间来回切换，一切都是从客户利益的角度出发，将不实宣传对客户影响降到最小，尽快恢复了客户商誉，避免产生更大的损失。

在服务于我众多客户之一的门户网站客户 G 时，我们也遇到了与先前案例相似的事件。客户 G 因为自己是行业头部，所以经常被一些小型网站或者公司剽窃创意，客户 G 感到非常气愤。遇到最夸张的侵权者，竟将自己包装成客户 G 的合作方，将客户 G 的优质的内容实时地剽窃到自己网站，并在此基础上引流到 WX 做私域流量，分流客户 G 的用户。

客户 G 希望我们帮他们解决这个问题，最好是直接起诉该网站要求其赔偿和道歉。因为涉及太多侵权转载，如果全部起诉，虽然能起到很好的警示的效果，但是这个做法成本高，周期也最长。如果期间侵权方抱团，引导舆论恶意中伤客户 G，很容易伤害其商誉。

因此我们对客户 G 建议，对侵权主体进行分类。对于自然人侵权者，采取举报投诉以及后台留言的方式；对于侵权不多，阅读量不高的企业，除了发送投诉举报外，还需对他们发送警告和索赔函；最后从中挑选几家侵权行为和结果比较恶劣的公司，进行公证取证，先通过律师函方式发出警告和索赔，如果对方态度良好，主动下架，一般都可以降低或者放弃对其进行索赔，如果对方拒收或者拒不下架道歉，我们便以侵权以及不正当竞争进行起诉。在应对这些维权事件时，多数企业最终选择了主动下架产品或服务以消除负面影响，并公开道歉。只有少数几家依旧坚持，我们便通过起诉维权要求对方下架并拿到了赔偿金。令人欣慰的是，我们拿到的赔偿金基本上可以覆盖掉整个维权成本。

个人认为，为客户提供服务，要避开客户的情绪，突破诉讼和非诉讼案件的程序边界，将客户真实诉求作为唯一目标，挖掘并从中找到最佳方案，为客户高效地进行争议解决。在解决客户的问题上，本就不存在"选择"一说，因为，以客户为本，为客户提供专业、优质、高效的法律服务本身就是所有法律人一贯的价值观和服务宗旨。

对于法律新人而言,更不是一道选择题

根据有关媒体报道,截至2024年1月全国有律师70.7万人,其中上海2023年执业律师总人数达41313人(根据东方律师网最新消息)。2023年上海市律师事务所总数量为1916家,其中上海百人所55家;100(含)人及以上律所总人数为14252人,占全市34.49%。这意味着在上海,虽然百人律所只有55家,但是全市三分之一的律师都在超百人的大型律所执业。虽然上海只能代表一线城市,不能代表全国,但是也反映了未来律所和律师发展的方向。在讲律师新人选择律所以及执业方向之前,我们先来看一下目前律所的分类。按照不同的标准可以将律所进行不同的分类,行业里比较常见的几种分类是:

一、按律师人数分类:小微型律所、小型律所、中型律所、大型律所。因为全国不同地区之间法律服务发展差异太大,所以我们主要以我所在的上海为例,大家一般认为:10人以下是小微型律所,30人以下的是小型律所,30至100人的算中型律所,100人以上为大型律所。上海90%以上的律所都是30人以下的小微型律所、小型律所。

二、按律所的组织形式:个人所、合伙所、国资所。个人所,是一个人投资设立的律所;合伙所类似合伙企业,它分为普通合伙和特殊普通合伙;大型律所、强型律所无一例外都是合伙所。国资所,是时代的产物,现今几乎已经不存在了。以上海为例,个人所和合伙所比例大概在3∶7。

三、按律所的计薪方式:提成制、公司制、混合制(提成+公司)。提成制是绝对主流,公司制为外资所和一些创

新所采用，此制度在国外非常成熟，但是在国内还是萌芽起步阶段，适不适合中国国情还有待时间的检验，而混合制介于两者之间，还没有发展成主流。

四、按律所的综合实力（比较流行的分类方式），分为红圈所、规模所、精品所、普通所。红圈所，简单来说，是指中国顶级的律所，这一概念来源于英国律师界的"魔术圈"（Magic Circle）律所，是由素有法律界"福布斯"之称的《亚洲法律杂志》在题为《红圈中的律师事务所》一文中提出的。红圈所通常拥有卓越的业绩、高素质的律师团队和广泛的社会影响力，被视为中国法律服务市场的标杆和领袖。大家普遍认可的"八大红圈所"是金杜、中伦、君合、方达、竞天公诚、通商、环球和海问。规模所，一般是指综合实力排名强，业务范围综合，在全国甚至全世界都设立分所或者办公室。精品所，指优势业务领域表现突出，但是规模和综合业务不一定出众的律所。普通所，就是除了以上这些强所以外的律所。

当然除了我们列举的这几种分类，律所还有很多种分类方式，但是至今还没有听说过一种分类是诉讼所和非诉讼所。这一现象深刻揭示了诉讼与非诉讼业务之间不可分割的内在联系，以及它们在法律服务领域的相互依存性。确实，没有哪家律师事务所能够完全割裂这两者，宣称自己仅专注于诉讼或非诉讼业务，因为这既不符合法律服务市场的实际需求，也不符合律师职业的本质属性。

所以对于律师新人来说，在选择律所或者方向的时候，可以不再纠结于选择诉讼或者非诉讼。需要考虑的应是自己怎样才能符合理想律所的要求，比如，红圈所更倾向于"五院四系"①的优秀毕业生。此外,还需要综合分析各律所的优缺点,它们是否能够给自己更多的机会以及成长空间;考察所在团队的专业方向以及业务能力,是不是自己喜欢或者有发展前景的方向。

无论最终你要成为什么样的律师,都是从实习生、律师助理开始做起的。作为实习生、律师助理,基本意味着你没有权利去挑选工作或者业务方向,你只能听从老板安排。甚至在从业之后大部分的工作可能跟自己本身的专业并无关联,感觉自己更像是在做司机或者行政助理的工作。但是只要你选择的律所或者团队能够提供你更多的锻炼机会以及成长空间,你还是会有机会脱颖而出的。因为越是纷繁复杂的工作以及错综复杂的关系,越能锻炼你的能力,提升你的综合素质以及培养你将来为客户解决复杂及突发问题的能力。这也是很多律所或者老板在招聘时倾向于具备复合背景或者实习经历的新人,会着重考查新人的学习以及抗压能力的原因。当然,这并不是说专业能力就完全不重要,很多专业领域目前的蓝海方向:知识产权、数据合规、ESG等领域都还是需要很强的专业能力作为支撑的。但诉讼和非诉讼,对于法律新人而言根本不是一个选择题。

法律新人除了律所,其实还有很多选择:公检法、公司

---

① "五院四系"是指在新中国成立后最早建立的、在法学教育界具有重要地位的五所政法学院和四所大学的法律系的简称。"五院"指北京政法学院(现中国政法大学)、西南政法学院(现西南政法大学)、西北政法学院(现西北政法大学)、中南政法学院(现中南财经政法大学)、华东政法学院(现华东政法大学),"四系"指北京大学法律系(现北京大学法学院)、中国人民大学法律系(现中国人民大学法学院)、吉林大学法律系(现吉林大学法学院)、武汉大学法律系(现武汉大学法学院)。

法务、法律咨询公司等。无论是哪个执业路径，我觉得可能都会看新人的专业背景、实习经历、性格特征，并且律所可能还会更加注重内推。

我的一位学妹，是一名95后，作为上海市一所知名法学院的杰出毕业生，其职业历程深刻映射出当代法律新人在追求个人理想与适应职场环境之间的微妙平衡与挑战。初入职场，她加入了一家规模较大的律师事务所，担任综合业务团队的助理角色。然而，随着工作的深入，她逐渐意识到，当前的工作内容与自己内心深处对法律职业的憧憬与定位存在着不小的偏差。

她没有选择安于现状，而是毅然决然地踏上了自我提升的征途，决定出国深造，攻读研究生学位。在毕业后，她加入了一家规模较大的律师事务所，成为其非诉讼业务团队的一员。我的这位学妹，经过一年多的工作实践，她正站在一个职业生涯的十字路口，她发现非诉讼业务可能是自己想要从事的业务方向，但是却看不到执业的未来。她发现自己只是老板的打工人，除了加班写材料，并没有积累到自己的客户资源或者人脉，对于自己后续执业方向感到迷茫。非诉讼业务一般都是相对成熟的企业客户，客户选择的都是相对熟悉或者名气较大的律所或者律师，自己作为新人执业三五年间根本没有机会获得这样的客户认可。她目前在考虑要不要再转到综合业务团队去做授薪律师，可以多元化发展自己的专业能力，也可以更好地积累自己的客户和资源。

而与她情况相反的是我的助理，助理研三加入我的团队开始实习，毕业后便正式入职，目前实习期将满准备拿证。虽然我们团队业务综合，诉讼和非诉讼业务都比较多，但是助理显然更喜欢非诉讼业务以及诉讼辅助工作（整理立案资料以及相关法律文书），不喜欢也不擅长跟客户沟通。虽然这些不影响她现阶段的发展，但是从长远的发展来看这可能会限制她未来的成长。作为她的导师，我深知在律师这一职业道路上，专业非诉讼团队虽能提供深度的专业成长，但授薪律师的角色往往伴随着职业发展的局限性。同样，综合业务团队的助理岗位虽能接触多元业务，其职业晋升的天花板却相对较低。因此，我始终鼓励她勇于突破自我，探索更广阔的天地。我常常以"激将法"与"循循善诱"并用的方式，激发她对更高职业目标的追求。我告诉她，真正的成功不仅仅在于技能的提升，更在于与客户建立深厚的信任与联系，享受沟通带来的乐趣与成就感。我坚信，这种与客户之间的默契与共鸣，将是她未来职业生涯中不可或缺的宝贵财富。

为了帮助她明确职业发展的路径，我详细剖析了从助理到独立执业，再到带领团队的全过程。我能感受到，这些话语在让她对未来充满了更多的期待与憧憬。

然而，我也深知，理论与实践之间存在着巨大的鸿沟。因此，我着重强调了现阶段她需要努力的方向：一是提升独立与客户沟通的能力，学会倾听、理解并引导客户需求；二是积极参与不同案件的庭审与准备工作，通过旁听、模拟等方式，积累实战经验；三是珍惜每一次开庭的机会，用实践来检验并弥补自己的不足。我相信，在不懈努力下，未来的某一天，她定能成为一名优秀的律师。

法律行业发展至今，律所以及其他法律机构，更加倾向于复合型人才，只懂诉讼或者非诉讼，甚至是只懂法律，都不再是优秀法律人的标准。那我们如何成为优秀的法律人呢？我觉得这个是值得不断思考的问题。我认为优秀法律人至少具备以下能力或者品质：首先，自主学习，自学是法律人一生的课题。不仅要学习时常更新的法律知识，精进专业，更要学习日新月异的新技术，比如 AI 的使用；以及拓宽自己的知识的广度，比如必要的金融知识、行业发展的新动态。其次，应该脚踏实地，在法律这一与金钱紧密交织的行业中，捷径与旁门左道虽能带来短暂的利益，却往往让人偏离了专业深耕的正轨。第三是合作共赢，法律归根结底是一个服务行业，在企业是一个成本部门，更多的时候是需要配合业务部门工作，所以对于法律人来说，就需要更好的沟通能力和组织协调能力以及服务意识，不仅是客户、更是与同事的合作共赢。

法律从业之路道阻且长，但行则将至。愿我们都能一手执剑，一手拈花，走出自己的康庄大道。

第三章

征　途

策略与技巧：法庭上的较量

刘 涵

"女孩子做律师很辛苦的！你为什么会想做律师呀？"每当有人这样问我，我都会打趣地回答："还不是因为《今日说法》，都是撒贝宁惹的祸。"

那大约是在二十年前，我还在读小学四五年级的时候，一次偶然的机会和家人一起收看了撒贝宁主持的《今日说法》，节目中报道的法治案件以及法学教授嘉宾对案件的解读给我留下了深刻印象，令我对法律产生了浓厚的兴趣。于是，从那之后的每天中午，12点35分我都雷打不动地坐在电视机旁，准时收看《今日说法》。节目中经常会播放一些法庭审理案件的片段，年幼的我虽然对法律知之甚少，但看着法官严肃地发问被告人，辩护律师为被告人慷慨陈词的情景，这种人文的对决，让我对法庭有了一种朦胧的憧憬。带着这份憧憬，我搭上了时间列车，来到了2010年填报高考志愿的那个夏天。"我一定要学法律"，我十分坚定地对父母说，在我的坚持下，四个志愿我都毅然决然报考了法学这个专业，并顺利被一所211大学录取。

"兴趣是最好的老师"这句话在我身上得到了充分实践，大四那年我便顺利地通过了司法考试。在拿到《法律职业资格证书》那一刻，我发誓，一定要成为一名优秀的诉讼律师。为了实现自己的梦想，我选择继续攻读法学硕士。2017年毕业后，我便进入了律所工作。就这样，一名年轻的女孩带着对诉讼律师的炙热期许开启了自己的职业生涯。时光的列车悄然驶过，转眼间已将我引领至2024年。在这近七载的光阴里，我从一名对庭审充满紧张与憧憬的新人，逐渐成长为能够游刃有余地驾驭诉讼工作的资深律师。

美国大法官霍姆斯曾经说过："法律的生命在于经验，而不在于逻辑。"同样，对我来说，每次的开庭都是新的学习机会，永无止境。

真假借条——一场恶意的民间借贷之诉

（一）莫名被诉

"刘律师，这是原告和被告二串通，故意整我，提起的诉讼"，张姐拿着法院寄送的诉讼材料，气呼呼地对我说道，"我原来是和被告二签过这张300万的借条，因为当时他被官司缠身，怕自己和公司的卡号都被冻住，就借我的银行卡进行走账，以我的名义给原告打了借条，后来被告二还清了原告的借款，那张借条我记得已经被我撕掉了，都是几年前的事情了，现在来起诉我，我成被告了。"

"你确定你撕掉的是原件？"我狐疑地问道。

"这个我不记得了，好几年前的事情了，我依稀记得当时我撕掉的是半张A4纸，但是原告提交的证据是整张的，而且下面担保人×××（被告二），利息等的有关信息都是他们后续加的，我当时都没有写，我现在也不知道自己撕掉的是原件还是复印件了。"张姐回忆了一遍，不确定地说道。

"好吧，那你当时为什么会愿意帮被告二收钱呢？"我问道。

张姐紧皱着眉头，轻声说道："唉，当时我是被告二的公司员工，由于被告二陷入债务危机，公司涉诉，公司账号可能会被冻结，便想借用我的私人账户来充当公司账户使用，我当时也是太单纯，就直接借给被告二，当时由公司财务刘某实际操作这张卡，所以交易都是经过这个刘某，其他案子里也有相关笔录可以佐证。当时被告二向原告借款，但要将款项汇入我的个人银行账户，原告不放心便要求我出具一份借条。"她停顿了一下，仿佛想起来什么，"被告二当时向我承诺还款不是问题，还清后会将借条原件交还给我，后来确实是还清了，还将借条给了我，我当时也没仔细看，大致确实是当时我写的那份借条，我就直接撕掉了，他给我的可能就是复印件，原件留着呢，现在怎么办？"张姐焦急地问道。

"因为现在没法确定那张借条是否是原件，即便证明是那张借条，但无原件，也会削弱借款事实的证明力，但如果被告二当庭陈述印证此事，便会加强证明力，我们仍需准备好如何应对，"我诚恳地说，"目前需要你准备的证据，第一，是你与担保人被告二公司的用工关系：社保、工资卡、打卡记录、相关聊天记录、其他员工也存在将银行卡给担保人使用的情况等证据，以佐证你仅是被告二公司的员工，被告二借你银行卡收款，实际上你不是实际借款人，同时我会去裁判文书网查询被告二的案件，证明被告二当时深陷债务危机且经常以他人名义借款，以他人的银行卡收款的情况；第二，是查清你的银行流水，了解案涉款项的去向，以及该银行卡资金进出状况，证明你非借款的实际使用人且未获得借款利益；第三，最好能找到那个财务刘某给你作证当时就是把你个人银行账号当公司账户用。另外，我会向法院申请调查令调取原告和被告二的银行往来流水，查明案涉借款归还情况。"

"好的，刘律师，我回去就办！"张姐风风火火地说道。

（二）庭前准备

很快，我们就收到了开庭的传票。在开庭前，我仔细梳理了相关材料，民间借贷案件最关键的就是借款合意，作为被告一，我方主要抗辩的理由就是不存在借贷合意，被告一没借过原告的 300 万元，不是实际借款人。

我通过查找相关裁判案例发现，被告二自 2015 年开始被起诉还款，名下银行账户、房产、动产等均处于被冻结、查封状态，其便利用自己公司员工或他人名义对外继续借款融资，甚至还借用过原告的银行卡对外借款，对此原告在相关案件中予以自认，说明原告对被告二借用他人银行卡这一事实十分清楚，被告一只是提供自己的银行账户收款而已，结合借条的内容来看，借条仅写明借到人民币 300 万元，借款期限、借款原因、借款用途等相关内容均未涉及，该陈述虽写的是"借条"，但实质内容表达的仅是被告一已收到该笔款项，故名为"借条"实为"收条"，因此无法证明借款合意。此外，通过被告一收款账号的流水也可以看出，收款账号实际由被告二控制，借款到账后随即被转入被告二公司财务刘某的个人账户，本案实际借款人为被告二，被告一非实际借款人和资金使用人，且根据当事人的回忆，可以确定案涉借款已由被告二结清。最后再强调原告将借条原件交还给被告一后，被告一已撕毁，这样可以让法院将审查重点放在这笔借款是否是真实存在的，是否已经归还。

（三）上午开庭，下午撤诉

到了开庭这天，原告和被告二本人均未到庭，原告委托了一名年轻的律师出庭，因被告二直接缺席，法官将案件的开庭转为谈话。

"原告诉请？"法官问道。

原告律师回答道："同诉状一致，请求判决被告一归还300万元借款本金以及按年利率15%支付相应借款利息，被告二对此承担连带保证责任。"

这时，原告代理律师拿出了借条原件，书记员将原件递给我，是一张很薄的A4纸，单看内容，都是白纸黑字，无法辨认是不是原件。看着那张纸，我的大脑突然灵光一闪，我想到如果这份借条是原件，这么薄的纸，用笔写字的话，那么背面一定会有凹凸，我用手摸了摸纸张的背面，没有凹凸，十分光滑。于是我心中已做了判断，这大概率不是原件，而民间借贷案件，借条原件至关重要，如果原件都没有，原告基本上就是败诉的结局。看过原件后，法官问我："被告一答辩意见？"

我立即回答道："我今天仅对借条的真实性发表意见，

其他答辩意见暂不发表，对这份借条我方不认可真实性，被告一认为原件已经被自己亲手撕掉，这份借条是复印件，刚才我仔细摸了纸张背面，并无粗糙的笔迹凹凸感，我申请对该份借条进行司法鉴定，如鉴定该借条并非原件而是复印件，我方要求追究原告虚假诉讼的刑事责任。"

听到这，法官也接过借条仔细看了看，并摸了摸，看着法官了然于心的表情，我心中不禁涌起一股安定之感，此时法官开口问原告代理律师："原告意见？"

原告代理律师明显有一丝慌乱，他沉了沉气，故作淡定地说道："原告不同意鉴定，借条是真的。"

法官立即严肃说道："我明确在此告知你方，本案系借贷案件，借条是本案重要证据，现在因被告一对借条真实性存在异议，法庭经过审查，同意被告一进行鉴定，是否清楚？"

原告代理律师只好无奈道："清楚。"

在我的坚持下，当天上午在法庭便形成了申请鉴定的谈话笔录，令我没想到的是，当日下午原告便心虚地称自己记错，其并非借款给被告一而是借给了被告二，向法院提出撤诉。案件到此顺利结案，虽然该案结案得非常快，看起来似乎也很简单，这是因为前期的准备工作我做得十分充分，也预想了借条是真的所产生的最坏结果，并对此制定了相应的诉讼策略，以便做到万无一失。但这就是庭审的魅力，你永远想不到案件会以何种方式结束，能做的只有认真地做好准备。

这起"真假借条"的纠纷案件也带给我一个重要的启发，就是在举证、质证环节，一定要高度重视证据原件的

"真实性",要胆大心细,一旦发现证据原件可能涉及"真假",要当场坚持要求进行司法鉴定,如果原件没有问题,对方根本不会有任何反应,毕竟司法鉴定是谁申请谁便要支付鉴定费用,但如果原件有问题,对方就会心虚,可能会立马撤诉,也可能会要求跟我方调解,那此时我们便掌握了主动权。反之,如我方作为举证方一定要充分举证,如确实存在原件真实性问题,应当及时补救,通过各种方式让对方承认有关事实,也同样能够达到相应的证明目的。

情与法的较量——一场排除妨害的二审之诉

(一)祖孙俩的委托

"我外婆决定上诉了,您愿不愿意接手这个案子?"小米给我发来了一条微信。初见小米,她是一个非常有礼貌的可爱女孩,但是身上总有一些淡淡的忧愁,她告诉我,自己的母亲快60岁了,再婚后与外婆和自己的关系变得很不好,完全站在再婚丈夫那边,一直想将自己和外婆赶出现在她们居住的房子,然后将房子卖掉。我听完后深感吃惊,心里不禁发出疑问,怎么还会有这样的事情?

经过详细了解,原来在20世纪90年代左右,小米的母亲去日本学习、工作,并认识了日本籍的小米父亲,双方在日本结婚并生下了小米。小米在七个月大的时候,被母亲交由外婆抚养直至大学毕业。1999年左右,小米父母购买了位于上海浦东的一套110多平方米的房屋,仅登记在小米母亲一人名下,小米外婆老两口帮忙装修好后便带着小米一直居住在该房屋。2007年左右,小米的母亲回国,一家人便一起居住在此。后因小米的母亲与其日本丈夫常年分居，夫妻感情已经淡薄，双方便于2016年左右办理了离婚手续，后来小米的父亲在2019年不幸去世。小米的母亲也在前几年再婚了。再婚后，小米的母亲与再婚丈夫和小米、小米的外婆同住在一个屋檐下，小米的母亲非常欣赏和崇拜自己的现任丈夫，双方感情非常好。然而与之相对的是，小米的母亲与小米和外婆的关系却越来越差，最后甚至想将她们祖孙俩赶出家门，将房屋卖掉再买套较小的房子和丈夫一起居住，小米和小米的外婆坚决不同意，认为这都是小米母亲的现任丈夫在背后捣鬼，如果这样操作，小米母亲的婚前财产便会变为夫妻共同财产了。

在大家都没有协商出一个结果的情况下，小米母亲一纸诉状将小米的外婆告上了法庭，以自己是产权人为由，要求排除妨碍，让小米的外婆直接搬离房屋。小米的外婆了解到自己女儿的一审代理律师都是现任丈夫找的，认为是自己的女儿糊涂，同时觉得自己住在该房屋内是合法合理的，于是便只身一人与女儿对簿公堂，但一审判决结果是支持了小米母亲的诉请，让小米外婆搬离已经居住了二十多年的房屋。

"本案一审还算顺利，最后法官跟我外婆打电话沟通的时候听口气好像也是站在我外婆这边的样子，结果判决败诉，也许我们吃亏的因素在于没有请律师。"小米说道。我听完，想了一下，便表示愿意接手这个案件，便与小米约了个时间和外婆碰面办委托手续，顺便接收一审的全部材料，为上诉做准备。我如约见到了小米外婆，"刘律师好！"小米外婆热情地跟我打招呼，虽然已是耄耋之年，但外婆身体硬朗，头脑清晰，表达能力也很强，气质干净，人也和蔼可亲。外婆说话声音不大，不紧不慢的，她跟我说，在她年轻的时候和老先生一起去江西支内，两个小孩都是给他们的奶奶带，但是奶奶重男轻女，对孙女照顾得不是很好，她一直很心疼女儿，为了弥补对她小时候陪伴的缺失，她也心甘情愿帮她照顾女儿。并说，在女儿再婚之前她们的关系都挺好的，但女儿再婚后，就一直争吵。说到这里，外婆紧抿双唇，眼神中透露出一股难以掩饰的愤慨之情。"就是那个男的不好。"虽然经历被自己亲生女儿起诉并败诉，但外婆还是选择很坚强地面对这一切，也没有情绪崩溃，她平静地向我陈述着："当时是我让她买这个房子的，那个时候我们单位造的房子质量不好，漏水，大概1999年的时候就在附近新开了一个楼盘，我就让我女儿买，她买完以后经济压力很大，我就把旧房子卖掉，补贴了她25万元，所以我才住到这个房子里的，我也在这个房子里帮她照顾女儿，她并没有给过我任何钱。"

"您将一审所有的材料给我看看。"外婆便递给我一叠资料，并不厚，我仔细查看着，发现其中一张泛黄的工作证上，印着"工程师"的职称，这份证书不仅见证了外婆作为那个年代稀缺工程师的身份，更彰显了她深厚的文化底蕴与不凡的学识修养。看完诉状和判决书，我对小米说："一审法院判决外婆败诉主要有两个原因，一个是所有权人对自己的不动产或者动产，依法享有占有、使用、收益和处分的权利。妨害物权的，权利人可以请求排除妨害。那案涉房屋产权登记在你妈妈一人名下，该登记具有法定的物权公示效力，她作为所有权人，享有对该房屋占有、使用、收益和处分的权利。她要求外婆从房屋内迁出，也确实有法律依据。

另一个就是你外婆和舅舅共有一套房子，并不属于无房户。二审确实有点难度，但是从我专业角度来看，一审判决提到了社会主义核心价值观弘扬尊老、敬老、爱老、助老的中华民族传统美德，倡导家庭成员之间形成良好家风。你母亲作为子女应当感念你外婆的养育之恩，应当感恩你外婆对你多年的抚养照顾和无私付出，你母亲应当要妥善安排你外婆，让你外婆晚年老有所居、老有所依。所以，虽然法院认为物权受法律保护，但也考虑到了当事人的血缘关系、生活状态、社会主义核心价值观以及公序良俗等综合因素。我想我们可以从社会主义核心价值观、公序良俗这个角度来准备这个二审。"

"那一切就拜托刘律师了！"祖孙俩对我说。看着这对感情十分深厚的祖孙俩，我心里想，家不应该只讲利益，更应洋溢着浓浓的人情味！送他们离开后，我便对案件进行了梳理并撰写上诉状，从小米外婆对自己女儿的付出，将小米从襁褓之中抚养长大成人的角度出发，强调了小米母亲未对外婆尽到合理的赡养义务，并从未支付过赡养费，也陈述了小米外婆年事已高，在案涉房屋已经居住了二十多年，不便搬离，同时在上诉状中回避了小米外婆与儿子共有房屋一事，庭审时再根据情况论述。最后补充一点，此前一家人是和睦友好的，自小米母亲再婚后才出现这么多的矛盾。小米和小米外婆看过上诉状后感到很满意，我便向二审法院递交了上诉状。三个月后，我们便收到了法院的开庭传票，开庭前我也做好了充足的准备。

（二）庭审较量

出于职业的习惯性严谨，我总是早于约定时间十分钟抵达法庭门前，静候庭审开庭。那日，与小米及其外婆在法庭外见面后，我见到了小米的母亲，她已早早等候在那里，这有些让我出乎意料。原本，我以为有如此行径之人，会流露出些许不易接近或是固执的特质，但小米的母亲展现出了极高的教养与文雅。她端坐于椅子上，姿态挺拔而优雅，浑身上下散发着不凡的气质与修养。正在我打量之际，传来"吱呀"一声，法庭的门打开了，我便收回目光进入法庭，带着外婆坐在了上诉人的席位上。小米母亲则坐在了被上诉人的席位，因小米并非本案当事人，所以她坐在了旁听席上。

随着分针和秒针的走动，开庭时间到了，一位身着象征着法律威严与公正的女法官步入法庭，每一步都透露出不容置疑的权威与干练。她的到来为整个法庭平添了几分庄重与肃穆。

法官在宣读完清晰明确的法庭纪律后，以沉稳有力的姿态，重重地敲击了法槌，那清脆而庄重的声音回荡在法庭的每一个角落，随即她庄严宣告："现在开庭。"简短有力的四个字，标志着审理程序的正式启动。

"上诉人，请陈述你方诉请并说明事实和理由。"法官说道。

"请求撤销一审判决，依法改判驳回被上诉人的一审诉讼请求。"我陈述道，"事实与理由主要为：一、作为被上诉人的母亲，上诉人对案涉房屋有出资贡献，补贴过被上诉人25万元用于购房，故在购房后，其便一直居住至今；二、上诉人居住在案涉房屋内直到被上诉人的女儿大学毕业，被上诉人却不感恩，从未给过上诉人抚养费，亦未尽赡养义务，而且再婚之后不顾母女亲情，要求其支付房租，不顾其年迈不便搬离的情况,逼迫其搬离房屋,违反公序良俗,有悖于社会主义核心价值观。"

"被上诉人,针对上诉人刚才的陈述,请发表答辩意见。"法官道。

"好的",小米的母亲非常斯文地回答道,表情甚至有些冷漠,"上诉人称出资25万元购买房屋是编造的,没有证据,房子是我个人全资购买。自1988年9月起我便自费留学日本并工作,于1993年生下女儿后身体欠佳,上诉人夫妇以弥补对我儿时缺失的关爱为由强烈要求帮我照顾女儿,并入住案涉房屋,我每月会交给上诉人2000元和年底大红包作为回报,2002年还邀请上诉人夫妇去日本游玩。我的女儿是日本国籍,自幼儿园起一直就读于私立学校,学费高昂,女儿的学费、生活费均是我自行负担的,家信中亦提及每年给10万日元。我现在退休金仅每月2000元,难以维持日常开支,想通过置换房屋改善自己生活状况却遭到阻挠。上诉人还教唆我女儿实施侵权行为,达到其不可告人的目的,我的私有财产遭侵害、个人健康被严重伤害。综上,原审判决认定事实清楚、适用法律正确,应予维持。"

在小米母亲陈述的过程中,我再次和小米外婆确认,有无给过生活费等情况,小米外婆坚定地说:"没有。"

"双方对一审判决中查明的事实有无异议?上诉人呢?"法官问道。

"没有异议。"我回答道。

法官问:"被上诉人呢?"

"没有,一审事实清楚。"小米母亲答道。

在随后的庭审过程中,双方对小米外婆是否应当搬离案涉房屋展开了激烈的辩论，小米的母亲以温和但没有任何感情的语气说道："我要求上诉人搬出去，第一，我作为产权人有权利要求上诉人搬离案涉房屋，我以前每个月也会给上诉人生活费；第二，我的退休金很低，若将现在住的大房子置换成小套房屋，便能留存一部分现金用于养老，我自己是产权人有权利出售自己的房屋；第三，上诉人名下有房，是和我哥哥共有的一套房屋，她可以住到哥哥家去；第四，上诉人控制了我的女儿，教唆我女儿实施侵权，且存在不可告人的目的，我已被严重伤害。现在，因为上诉人从中挑唆，导致我们母女关系紧张，女儿不愿结婚，无法共同居住。"

作为上诉人一方，我反驳道："除了此前说的两点，我还想强调的是，被上诉人生下女儿后，就交由上诉人抚养，自己回到日本生活。上诉人居住在案涉房屋中，是为了更好地替被上诉人抚养、照顾其女儿。上诉人将外孙女抚养成人，当中付出的时间和精力是无法用金钱衡量的。其间，被上诉人也未支付过女儿的抚养费，仅承担了女儿的学费，若每月支付过费用也请拿出证据证明。此外，上诉人和儿子共有的房子，是老公房，建筑面积只有四十几平方米，儿子一家三口居住都显得非常紧凑，当年是考虑到房子可能会拆迁，才将上诉人的名字加上的；上诉人将外孙女抚养成人，祖孙情深，谈何有不可告人的目的，此前一家人相处都很融洽，没有什么矛盾，而被上诉人再婚后，矛盾开始激化到现在对簿公堂，甚至女儿住在案涉房屋内还要支付房租，被上诉人不顾上诉人的生养之恩，也不顾其对自己女儿的养育之恩，实在有违社会公序良俗。"

"被上诉人，为什么以前让母亲住，现在不让了？"法官问道。

"因为先前需要照顾年幼的女儿，我们特意为她安排了居住空间，确保她能够在一个温馨、稳定的环境中成长。女儿现已长大成人，鉴于此，我们也应追求个人生活品质与正常家庭生活，希望能够重新规划并享受属于我们自己的空间与时光。"小米母亲理所应当地回答道。

"你也是母亲，你觉得你对你的女儿尽到一个母亲的责任了吗？你对你母亲的描述，说明你并不懂抚养一个孩子有多么不容易，"法官带着点严厉的口吻对小米的母亲说道，"就算说你给了生活费，抚养一个孩子就够了吗？"

小米的母亲低着头，沉默着，没有回应……

庭审结束后，小米母亲沉默不语，与小米及小米外婆之间仿佛隔着一道无形的墙，彼此间也没有任何的交流，这一幕不禁让我心生感慨，血缘至亲何以如此疏离？小米外婆转头看向我，眼中闪过一丝无奈与感慨："谁能料到，给自家孩子钱还得留下凭证，世事难料啊。今天真是多亏了你，刘律师，辛苦你了。"言罢，她温柔地笑了笑，递上一块巧克力，那笑容里藏着对后辈的体谅与感激。

我接过巧克力，轻轻放入口中，让那份甜蜜在舌尖缓缓化开。那一刻，我深刻体会到，这不仅仅是一块巧克力，更是老年人以他们特有的方式，向年轻一代传递的温暖与关怀——即便在生活的风雨中，他们依然用细腻的心思，努力维系着人与人之间的温情与连接。

（三）现场勘查

"刘律师，我们觉得这个案子还是需要查看一下现场，麻烦你和当事人说下，约个时间，我们来看一下案涉房屋的居住情况，老太太和儿子共有的那套房子我们也要去看下。"那天庭审过后，我以为直接等判决就好，没想到接到法官助理电话。当下，我心中一喜，这个案件大概率是有转机了，如果维持原判的话，法官根本没有必要去查看现场，我立马联系小米告知此事，并约好了上门看现场的时间。

那天下着雨，天气又湿又冷的，大家仍然如约到了现场，案涉房屋还是非常大的，是一个三室两厅的房子，但连通阳台的客厅都安装了槅门并上了锁。"我都没法晒衣服了，只能晾在这个小衣柜里用烘干机烘干。"小米外婆无奈笑了笑说道。小米和外婆住在一间朝南的房间里，小米母亲和丈夫则住在另一间朝南的房间，北卧空关。"北房间风水不好，不能住人的。"小米母亲说道。

"为什么把客厅锁起来？你母亲和女儿晒衣服怎么办？"法官问小米母亲。

"我先生是一个文人，他要写书、画画的，要放他的东西。"小米母亲脸上充满爱意地说道，但同时又满不在乎地说，"她们可以在自己房间晒衣服。"

我想，她应该确实很爱她的丈夫，爱到无心在意老母亲和女儿的生活是否便利。

"我女儿是不正常的，她这么大了还和我母亲同睡一张床，让她搬，一人一间房她也不肯。"小米母亲非常不满地讲道，于是我就问小米是否有此事，小米回答道："有一次她让我搬去他们的房间，我问她我搬过去他们住哪儿，她也没回答我，只说王先生（小米母亲的丈夫）的东西依旧放在他们房间里，有时候会过来拿，意思就是他可以随意进出我的房间，你说我会同意这种事情吗？这就是她所谓的我不同意一人一间房。"听完，我们都哭笑不得，满脸无奈。

随后，法官便出发去了小米外婆和小米舅舅共有的那套房子里，我和小米外婆也一同赶往现场。那是一个很旧的一房一厅的房子，走过黑暗逼仄的楼道，厨房和卫生间在屋外，是和隔壁邻居共用的，这种房子在上海已经很陈旧了。小米舅舅两夫妻睡客厅，房间给了儿子住，法官问小米舅舅："对你母亲的事情你有什么意见吗？"小米舅舅回答道："这个事情，我母亲叫我不要参与，这是她们母女的事情，我没意见，可以不参与，但是我母亲一心一意为她，她这样把我母亲赶出来是说不过去的，不管如何，我一定会赡养我母亲的，租房子我也愿意，但是我妹妹这么做是没有道理的，希望法院公平公正。"

"我儿子是想赡养我的，但是他有这个心没有那个力，当年他不听我的买房子，所以现在一家三口只能蜗居在小房子里。"小米外婆无奈道，"我也确实一直偏心我女儿，对儿子也没有尽心尽力。"

（四）当庭宣判

在看完现场后，法官再次安排了开庭，而这次开庭，合议庭的三名法官均出庭，在这次开庭过程中，除了再次重复第一次开庭的辩论意见，小米母亲对小米外婆展开了更加激烈的人身攻击："因为上诉人的干预挑唆，我女儿不结婚，她就是操纵我女儿，让我女儿跟我对着干，达到她不可告人的目的。"

"作为一个母亲也是一个女儿，被上诉人多次说上诉人有不可告人的目的，为何祖孙情深在你看来就是不可告人呢?"我义正词严地说道,"你女儿和上诉人感情深厚,跟你有矛盾难道不是恰好说明你对女儿陪伴的缺失吗?"

主审法官说道:"被上诉人,你母亲自你购入案涉房屋后即居住于此,是为了抚养、照顾你尚年幼无法独立生活的女儿,你说你母亲是借照顾其女儿的名义入住房屋,显然属于颠倒因果,女儿所需费用均是你提供的,但这本来就是你的法定义务,照顾幼儿起居生活学习等所付出的精力是无法用金钱来衡量的,你无法否认你母亲对你女儿的抚养,你哥哥的房子我们也去看了,确实是很小,我问你,在起诉前,你有跟你哥哥商量过如何安置你母亲吗?"

"没有。"小米母亲轻声说道。

"那你先跟你哥哥,你母亲一起商量好吧,"主审法官说道,"现在休庭。"

休庭过后,法官当庭宣判:"判决撤销原审判决,驳回被上诉人的诉讼请求。"

二审法院认为,民事主体的人身权利、财产权利以及其他合法权益受法律保护,任何组织或者个人不得侵犯。民事主体从事民事活动,不得违反法律,不得违背公序良俗。小米母亲虽然是案涉房屋的产权人,但也是小米外婆的女儿,其不仅依法享有房屋的物权,也应该依法承担赡养义务。小米外婆虽然与儿子共有一处房屋,但该房屋确实面积狭小,客观上无法供四人共同居住生活。现小米外婆年事已高,作为子女,理应让其能在熟悉、稳定、舒适的环境中安度晚年。

小米母亲因自身原因欲置办房屋是其权利,但在未妥善安置小米外婆居住的情况下,径行以房屋权利人的身份要求母亲搬离居住了二十多年的住处，既违反了法定赡养义务，亦有违公序良俗，难以支持。

宣判的尘埃落定后，小米外婆眼中闪烁着喜悦的光芒，她紧紧握住我的手，满怀感激地说："刘律师，真的太谢谢你了！选择你代理这个案子，是我做过的最正确的决定之一！"小米在一旁，脸上洋溢着纯真的笑容，她轻轻地拍着手，兴奋地低语："太好了，谢谢刘律师！"这温馨的一幕，让我内心也充满了温暖与欣慰，为她们终于能够守住自己的居所而高兴。

然而，当我的目光转向小米的母亲时，她的神情却显得复杂而沉重。显然，这突如其来的当庭宣判并未在她的预料之中，脸色因惊愕与不甘而显得黯淡。我不禁暗自思忖，这一场风波过后，是否能触动她内心深处对亲情更为深刻的理解与珍视？愿此经历能成为一面镜子，让她在未来的日子里，重新审视并珍惜与家人之间的情感纽带。

通过办理此案，我对承办家事类案件有了新的思考。因此前没有到现场看过，我对小米外婆和儿子共有的房屋情况并无概念，单从产权来看，小米外婆确实不属于无房，如果不是实际现场勘查，也许就会觉得小米母亲言之有理，也会发出疑问，小米外婆完全可以住到自己儿子家，为什么要住女儿家呢？但那陈旧的小房子让耄耋之年的老人去居住是非常不现实的。小米母亲的房屋足供小米、小米外婆、小米母亲两夫妻一起居住，并不存在彼此妨碍居住的情况。

另外，如果没有去小米舅舅家看过，我也不知道小米舅舅的态度，其实作为儿子，他非常愿意赡养自己的老母亲，并非直接将责任全部推给妹妹。作为律师，也许在承办家事类案件时应该适当去当事人生活居住的环境实地察看，以更好地了解当事人的家庭情况，在开庭时才能做到心中有数，更好地从事实层面阐述情理和法理。

做有温度的律师

伴随着执业年限的增加，办理诉讼案件的数量增多，我越来越感觉到每个案件都会有人的温度。从接待当事人开始，到开庭再到法官判决结束，都是人与人之间的互动，律师作为法律服务工作者，应该要在理性承办案件的基础上多一些人文关怀，这些人文关怀并不是简单的共情，而是多了解一些情况，多一些思考，多留意一些生活上的细节，打破刻板印象，不再想当然。就拿此前热议的"邯郸初中生遭三名同学杀害埋尸"的案件来说，在2021年3月1日施行《中华人民共和国刑法修正案（十一）》以前，未满十四周岁的犯罪嫌疑人是无法被追究其刑事责任的。但随着恶性犯罪低龄化，且采取残忍手段致人残疾、死亡的情形日益增多，社会大众对未成年人免于刑事责任的相关规定越来越不满，于是《中华人民共和国刑法修正案（十一）》根据社会实际情况的变化下调了刑事责任年龄，规定已满十二周岁不满十四周岁的人，犯故意杀人、故意伤害罪，致人死亡或者以特别残忍手段致人重伤造成严重残疾，情节恶劣，经最高人民检察院核准追诉的，应当负刑事责任。回到邯郸初中生被害案，此案已经由最高人民检察院核准追诉，成为自前述条款新增以来，全国首例成功追诉未满十四周岁的未成年人犯罪案件。

由此可见，法律只有通过实践，才能更好地适应时代的变化和发展，保持其活力和生命力，我们作为法律人，也更应该"实践出真知"，多做、多思考，做一名有温度的律师。

紧握正义之矛：
女律师的手也一样温暖有力

易 学

"正义之神一只手提着天平,用它衡量法;另一只手握着利剑,用它维护法。因为挥剑如果不带着天平,意味着赤裸裸的暴力;掌秤如果不带着剑,意味着毫无威慑力。只有当正义之神握剑之力与提秤之技并驾齐驱时,才能实现完满的法治状态。"

——德国著名法学家鲁道夫·冯·耶林(Rudolph von Jhering)

善良、正义、理性、坚强

在公众的普遍认知中,律师的形象或许多种多样:是港剧中唇枪舌剑、戴着假发的绅士大状?是西装革履、梳着一丝不苟发型、坐在甲级写字楼里指尖跳跃的海归精英?抑或是脖子涨红、声音洪亮,正在据理力争、斥责不公的普通人？

这种种形象背后的律师核心素养又是什么？

"执业律师"一词的含金量，不单仅代表通过"天下第一考"法律职业资格考试，获得从业资格证书，亦非是在律所实习期间撰写的无数法律意见书，它更深刻地蕴含了在实习律师阶段，接听并耐心解答成百上千个法律咨询电话的耐心与细致；在初级律师的岗位上，协助资深合伙人深入分析数十个错综复杂的起诉状及案件事实的严谨与智慧。这些历练，如同涓涓细流汇聚成海，是时间沉淀下专业成长的见证。岁月流转，经过一年又一年的专业磨砺，一位律师才能逐渐成长为独当一面的资深律师。

所以每当被问及女律师的核心职业素养时，我的回答是："理性与坚强，善良与正义。"

她是女性，但首先是一位专业的职场人。在职场中，定义一个人的，永远是她的专业能力，而不是性别或其他因素。

她喜欢厨房——因为她是位营养学家；

孩子就是她的工作——因为她是位儿科医生；

她只在乎你的钱——因为她是位会计；

她总是考虑太多——因为她是位工程师；

还有，

她喜欢争论——因为她是位律师。

用一棵树摇动另一棵树，用一个人唤醒另一个人

对于绝大多数人而言，职业选择往往是由人生变幻莫测的时运造就的，带有偶然性和戏剧性。但于我而言，成为律师或许是人生轨迹中早已注定的必然。

我出生在四川的一个农村，父母性格内敛，常因沉默而吃亏，面对问题，便选择沉溺于自怨自艾的情绪中无法自拔。我，一个身高一米五九的女孩，性格内向却从小怀揣着为正义发声的梦想。每当目睹不公，我便无法忍受，总想挺身而出，为弱者伸张正义，为不平大声疾呼。在乡土中国，我看到一些"强者""以暴制暴"或者仗着"人丁兴旺"到处露出爪牙，在我的内心种下了"人要不好惹""拳头解决一切的想法"。在幼年时期，我未曾有幸得到指引，去辨别这种想法是否正确。

直到有一天，村里有事务需要法律咨询，长辈们便请来了律师。我对律师的职业充满好奇，母亲告诉我，律师是能够帮助解决难题的人。那位女律师——身着剪裁合体的西装，每一步都散发着职业女性的优雅与得体，黑框眼镜轻轻架在她的鼻梁上，不仅增添了几分知性美，更使得她的目光深邃而敏锐。那一刻，她的形象在我的心里变得立体了起来，她的言辞既条理清晰又逻辑严密，将复杂的事情抽丝剥茧般清晰呈现，更以一种不可抗拒的力量，成功地说服了在场的每一个人。

那一刻，法律的种子便在我心中生根发芽。

律师，应该像一把刀，经历风吹雨打，仍不改其锐，悬在所有人头上。这就是法律的威严。

在乡村社会中，法治观念尚未深入人心，人们更倾向于用力量解决问题或依赖乡绅的自治。例如，在"令人心动的offer"第一季的节目中，来自上海的律师和实习生下乡普法，遇到一个跛脚的阿姨来咨询，说她的脚被山上埋的捕兽夹夹伤了，因为没有钱延误了治疗，现在她想咨询获得一些医药费补偿。

实习生们问："你知道是谁放置的这些捕兽夹吗？"

阿姨："知道。"

实习生："那你可以明确对这个人提起民事赔偿要求，我们现在给你写起诉状。"

阿姨："我知道是谁，但我不敢去要，我现在就想跟国家要点赔偿，有没有办法？"……

这就是典型的一起明知侵权人案件。这类案件在法律条文的严谨框架内，固然能找到相应的规定与指导，但一旦触及人情社会的深厚土壤，就如同鱼儿游弋于错综复杂的网兜之中，既受限于既定的法律网笼，又难以完全摆脱周遭人情的牵绊。

人们常说，当律师，不仅需具备扎实的法律功底，还需拥有"点石成金"般的智慧，能够对法律条文进行灵活而深刻地解读与应用。此外，卓越的公关与社交能力更是不可或缺，它们如同桥梁，连接着法律世界与广阔的社会舞台。

纸上得来终觉浅，绝知此事要躬行。我的实践操作机会不久就来了。

我的第一个乡村案件，是农民工的工伤案件。

委托的当事人是我的远房表叔，表叔在给老板开车运货途中发生了交通事故，腰腹部受外力冲击留下了严重的后遗症，抢救时伤情一度严重到医院发病危（重）通知书。老板姗姗来迟，虽然出了医药费，但没有给他按正规流程上报工伤，只是让他安心治疗并表示正在走保险理赔程序，不要着急。

"信息不对称"是存在于农民工案件中一个常见的问题。

拘谨且又怕失去饭碗的农村人，起初由于对"工伤申请时效性"的认知不足，加之面对挑战时可能产生的畏难情绪以及深植于心的人情羁绊——尤其是考虑到雇主是同乡，这份地域与情感的纽带让人在谈及赔偿时感到难以启齿，担心此举会破坏彼此间和谐的关系。因此，即便是在经历了二次手术并进入休养阶段，那份不安与忧虑仍旧如同一副沉重的扁担，摇摇晃晃地压在心头，让人终日惴惴不安。

直到身心俱疲，焦虑之情再也无法自我消化，这才促使当事人决定寻求专业帮助，希望通过咨询来明确自己的权益与出路。

随后，凭借着深厚的家族情谊与族人之间无条件的信任，这份来自家乡的工伤案件，承载着沉甸甸的责任与期望，最终落在了我的肩上。

此时，距离工伤认定申请的期限届满，即事故发生时间满一年，只剩三天时间。

当我接手此案时，当事人手中的交通事故与门诊病历等关键性原始材料已悉数交由雇主处理，以进行保险理赔流程，这导致我们在案情证据构建上陷入了被动。更为复杂的是，双方之间并未签订正式的劳动合同，雇主也未依法为当事人缴纳社会保险，工资发放更是通过私人微信转账这一非正规渠道进行。这一系列情况，使得我们在搜集和整理证据时，除了雇主姓名与公司名称这一基本信息外，几乎找不到任何能够直接证明劳动关系及事故前后情况的有力证据。

面对案件的未知与复杂，当事人心中充满了迷茫与不安。他对于所需提交的材料、法律程序的每一步都几乎一无所知，这份无助感让他倍感压力。然而，在这份沉重的担忧之下，他最为担忧的，却是车祸所遗留的严重后遗症，忧虑它们是否会影响他余生的劳动能力。这位一生勤劳的农村人在跟我探讨案情时还在规划未来，表叔说，以前他可以跑长途一天十几个小时，但是每个月也能挣一万多，就是腰累。现在受伤了，也不能去工地上干重体力活了，那小工的活也干不了了。"是个废人了，废人了……"表叔喃喃自语地重复着。

而此时他的两个孩子一个才上初中，另一个即将上大学，都是需要用钱的时候，孩子们以后的学费和生活费该怎么处理，成为当下这个家庭最沉甸甸的忧虑。

许多农民，当平静生活出现变故时都表现得惴惴不安，尤其是面对一些如法律这样的"高大上"行业，他们往往不愿意主动求助，因为觉得自己无法负担。普法道路任重道远，吾将上下而求索！

在全面倾听并深入理解了案件的每一个细节后，我即刻投入紧张的准备工作之中。首要任务是确认案件是否仍处于法律救济的有效期内，幸运的是，时间之神似乎对这位淳朴的劳动者网开一面，让我们恰好卡在了时效性的关键节点上。

随后，我前往社保局进行核查，确认系统中并无其工伤申请的相关记录，这一发现为我们争取权益留下了宝贵的空间。面对表叔与雇主之间缺乏正式劳动合同、无社保缴纳记录、工资支付途径非正规等复杂情况，我深知这无疑为案件带来了诸多不确定性与挑战。但在我心中，这些障碍绝非退缩的理由，反而激发了我迎难而上的决心。

我迅速行动起来，首先前往医院与交警部门，火速调取了与此次交通事故紧密相关的所有证据材料，力求还原事件的真实面貌。同时，我敏锐地意识到劳动关系确认的重要性，于是立即与社保局进行了深入沟通，并成功确认即便超过一般时效，针对劳动关系确认的仲裁申请仍可在特定条件下单独计算时效。这一发现，无疑为我们后续的诉讼策略铺设了一条更为坚实的道路。

终于，在时效的最后一天，成功将案件推入了正式的法律程序。

此时，我已经连续工作了八天，连日的奔波让我有点疲惫，有人说，长大的梦想是环游世界，坐拥名车豪宅，但是做律师以后，我每天最大的梦想其实是——睡觉。

女主角艰苦卓绝打怪升级，一举成名，立下不世伟业！那是小说，大部分现实故事都是平淡而艰难，进度缓慢的。

后来的结果其实也并不算是一个完美结局，因为表叔的工伤伤残等级已经达到了5级，相对应的工伤赔偿金额高达70万元，而对于连年亏损的老板来说，因为商业保险拒赔且没有工伤保险基金共同承担赔偿的情况下，这笔赔偿款几乎要将这个私人经营的小企业压到了破产边缘。谈判当天老板的头发也明显白了不少，他的白发和憔悴面容让表叔无法硬下心来。最终，在充分考虑双方的实际情况后，我们达成了一个分期支付的和解方案。

几年过去了，当初约定的赔偿款项一直按时进账，表叔的生活也逐渐回到了正轨。虽然身体状况不再允许他从事重体力劳动，但他的坚韧和乐观让我深受感动。每次逢年过节，他与老板之间始终保持着温馨而持续的联系。他们之间的社交关系并没有因为这场官司而破裂。这让我意识到，法律服务不仅仅是解决纠纷，更是旨在维护人际关系和社会和谐。

这个案件，是我职业生涯中的一个宝贵经历。它教会了我如何在法律的框架内寻求最佳的解决方案，如何在维护当事人权益的同时，兼顾社会的实际情况和人情世故。

作为一名律师，我将继续秉持专业精神，用法律知识去帮助那些有需要的人，用法律的力量去维护社会的公平与正义。

理性与坚强是女律师职业素养的重中之重

作为独立执业的律师，企业法律服务（To B）始终是工作的重点。企业法律领域所触及的议题广泛而深远，它们不仅是企业稳固收益的重要基石，也是全方位提升法律专业知识的平台。然而，在追求卓越法律素养的同时，常有一句箴言萦绕耳畔："形象塑造需先于专业深耕"，意在强调，在展现卓越专业能力之前，树立良好的企业形象与个人职业风貌同样至关重要。这不仅关乎外界对企业的第一印象，也是赢得信任、拓展合作机遇的关键所在。

其实，还有一句话也适用法律行业："性别是否走在了专业的前面？"

我曾接手过一件大型建筑工程案件，是由一位信任我专业能力的老客户推荐的。在与对方负责人几番沟通后，我们开始了合作。但随着时间推移，我逐渐感觉到了一些微妙的变化。起初是对方对我的称呼,如"小姑娘来了啊""小姑娘你多大啊",接着是在商务宴请中,当酒过三巡,所有人的目光都集中在我身上,似乎在等待我做些什么。最终,在尴尬的气氛中,我的介绍人只能说:"易律师给大家倒酒啊!"

那一刻,虽然很生气,但我没有让情绪占据上风。我深知,作为一名初出茅庐的独立律师,我将置身于诸多挑战与机遇并存的征途之上。

饭局结束后,我依然尽职地向他们指出合同中的潜在漏洞,但对方的老总却拍拍我的肩膀说:"小姑娘啊,我们愿意和你合作,但女生有时候确实不太方便,你回去找个男律师一起来跟我谈吧。"

这段经历让我深刻体会到,法律服务市场竞争激烈,女律师因社会中根深蒂固的刻板印象,面临着更多的挑战。我们必须更加专业、更加全面,用专业硬实力打破刻板印象,才能在职场中站稳脚跟。

秉承坚强与理性是女律师翻盘制胜的机会

执业过程中,B端企业有时候会将年纪、外貌及性别与专业挂钩,对于一位年轻的女性律师而言,在初次合作之际,需要前期花费大量的精力建立信任壁垒。如今律师行业竞争激烈,女律师在职业生涯的起步阶段,往往因社会长久以来的刻板印象而面临额外挑战,这些无形的桎梏使得她们走的每一步都显得更为艰难,所以需要更努力,更专业。

我现在是上海一家知名国企园区的常驻法律顾问,这段不解之缘其实源自一次巧妙化解复杂纠纷的经历。

故事始于一个偶然却紧迫的求助——来自一位老乡的焦急咨询。他描述了一桩看似离奇的事件：自己精心购置的爱车，竟在毫无预兆之下"不翼而飞"。初闻此讯，不免让人联想到常见的车辆盗窃案件，但随后的调查却揭示了一个截然不同的真相——拖走车辆的并非不法之徒，而是行驶证上赫然标注的公司所为。这一转折，不禁让人心生疑惑：是一场误会的"乌龙"事件，还是背后隐藏着更为复杂的利益纠葛？

那家公司的声明，着实令人啼笑皆非，原来车辆竟是被公司内部高管私自变卖，这一突如其来的变故，瞬间将原本的"车辆失窃"谜团转化为了一场错综复杂的经济纠纷。面对这一突如其来的转折，当事人顿时陷入了迷茫与无助之中，他未曾料到，自己从二手车商处精心挑选并支付不菲租金租用车牌以求继续使用原车牌的爱车，竟会卷入如此复杂的法律漩涡，且尚未完成过户手续。

当事人的背景并不复杂，他没有高学历，也没有特殊技能，仅凭在工地上运货时学会的驾驶技能，以及吃苦耐劳的精神，为自己谋得了一份不错的生计。他用几年时间，一点一滴地积攒了几万元，购买了这辆二手车作为运货和代步的生产资料。当事人在发现车辆被非法变卖后，多次尝试与二手车商沟通，希望能通过协商方式获得退款，但遗憾的是，对方始终采取模糊其词、拖延时间的策略，数月间，承诺如同石沉大海，杳无音信。面对二手车商的逃避与不作为，当事人深感无奈与绝望，最终决定采取法律手段来维护自己的合法权益，毅然委托了律师，正式向法院提起了诉讼。

一开始接到案子，根据当事人的证据材料和陈述判断，我认为这个案件的法律关系并不复杂，关键在于能否通过后续的努力，真正帮助当事人解决问题，实现资金的回笼。基于这一考虑，我提出了陪同当事人与二手车商进行现场谈判。尽管当事人最初的反应是拒绝，因为他对于二手车商的拖延战术感到愤怒，认为既然找律师就是不留任何情面一定要让对方吃官司，让对方意识到我们的决心。但我还是耐心地向他解释了调解的可能性和优势。如果能够通过调解解决问题，不仅可以大幅度缩短案件的处理时间，还能尽快帮助他回笼资金，重新购置合适的车辆，恢复正常的工作运转。经过我耐心细致地沟通与分析，当事人最终理解并认同了我提出的应对策略并采纳了建议方案。

在实地探访并且摸排后，当事人跟我在公司门外成功围堵到了二手车商，此时我终于了解到了这个案件上游的情况。原来是一场汽车"三角债"。

二手车商反馈说，他也是从上家那里拿的货，再继续追根溯源其实他的上家是个4S店，而车辆行驶证上所登记的公司在4S店开设了一个租车和二手车出售的点，经常跟该公司高管打交道的4S店老板以为凭借交情拿下了一批二手车，但4S店老板其实也是被高管所欺骗，后者利用伪造的公章，获取了上百辆车。此时，高管因为涉嫌诈骗和侵占公司财产，已经被有关部门采取了强制措施。事发后，这起事件的影响远远超出了他个人的承受能力，整个交易链上的所有人都受到了波及。

因为没有了高管的消息，所以4S店拒不退还二手车商货款，而二手车商因为上游没有退款所以就不退买家货款，而交易链底端的老实人攒了几年钱买的二手车被车主公司拖走，自己的工作也无法正常运行，几乎完全停摆。

面对这样一环扣一环的上下游交易，我从法律层面上看到了不同的法律关系，虽然继续坚持诉讼可以很快得到判决，但是在解决当事人实际生活困难方面有可能是"远水解不了近渴"，一家子人还都等着他开车赚钱来维持生活。所以我决定还是尝试调解，以期找到更快速、更和谐的解决方案。在我追着跟二手车商分析不同的追索途径的利弊后，终于得到了二手车商的松口，他愿意全额退款，但是要求我跟着他继续处理上游退款。这也是"全案"法律案件了。随后我跟着二手车老板不畏艰难，历经多次往返奔波，坚持不懈地多次造访涉事4S店。通过深入剖析错综复杂的买卖法律关系，以及商业活动中潜在的风险成本与信任成本，我们终于与4S店达成了一致，4S店与二手车商各自承担一半的损失。后续的律师工作则聚焦于高管的诈骗案，协助原车主公司追款。这个案件最终以全流程调解的方式圆满解决，我也借此机会与4S店所在的国企园区建立了长期合作关系。

诚然，在案件中，每次试图向上调解都受到了各种各样的拒绝，但理性告诉我，调解是更快速处理案件纠纷的方式，并且能够保留各方合作的信任基础，实现合作共赢。在每次拒绝的背后，我都坚持不懈地寻找新的合作和平衡点。因为女性是柔弱的这一刻板印象，女律师在前期给当事人以信赖支撑感这一情形下有先天劣势，但有时候也是介入调解化解双方剑拔弩张气氛的切入点。所以，秉承着坚强与理性的职业态度与行事方法,这反而是女律师翻盘制胜的机会。

欢迎进入现实世界:自己跟自己比,输赢都是自己

案源问题始终是律师行业的核心议题。律师行业究竟是劳动密集型产业还是资本资源型产业?或许,律师行业更像是一种心理疏导的劳动密集型产业,同时也是一个收入虹吸效应显著的资本资源型产业。在律师行业中,传统的二八定律已经不足以形容,大型律所或知名律师往往占据了市场的主导地位,如同墨西哥的墨西哥城在众多城市中独领风骚,其他城市显得相对黯淡,缺乏显著的知名度与存在感,"首都"吞噬着绝大多数的资源。面对这样的现实,普通律师尤其是没有背景的年轻女律师似乎陷入了困境:案源从何而来?如何在激烈的市场竞争中生存下来?

作为一名非本地毕业、无资源背景的年轻女律师,我在上海的执业之路并非一帆风顺。我的建议是,每一位律师都应该学会独立思考和解决问题。虽然带教律师能在大方向上给予指导,但具体的案件处理和客户接待等实际操作,需要我们向周围的同事甚至客户学习,并通过各种渠道和网络资源不断自我提升、自我感悟。

有一回,我跟一位长期服务于传媒行业的法律顾问客户同乘电梯,刚一进去,就听到:

"找工作,我要跟老板谈。"

"伯爵旅拍,想去哪拍就去哪拍。"

广告不断在重复播放,聒噪而让人无法回避。客户见我略显烦躁便开始说起他们广告行业的修炼秘籍:"觉得这个广告烦人?那就对了,因为你记住了,它占领了你的注意力,这就达到了我们的目的。"

对于这位客户,我亲眼见证了他从一个文艺青年,华丽蜕变为众多地产界老板的座上宾,站在奥格威和李奥贝纳的对立面,摇旗霍霍,他有一句话令我印象深刻:"想成功,就一定要放弃没有实际生产力的精神焦虑,做一个行动上的笨人。"

写到这,忽然想起有人也问过我,做法律怎么才能"触类旁通"呢?道理一样,用法律占据你所有的注意力。

比如说,你将一件事情放在心里,它占据了你的注意力,你总想着,一直想,吃饭的时候想、洗澡时想和闺蜜逛街的时候也在想,把这件事一直搁在脑子里,直到有一日突然"触类旁通",之后便有了潇洒随意、临危不乱、信手拈来的底气了。

"像海绵一样地学习",这是我对自己也是对同行的忠告。用心观察和领悟资深律师如何处理问题、接待客户、梳理案件思路,并在实践中不断反思和沉淀,是每一位年轻律师成长的必经之路。

在执业的前三年,我建议不要限定自己的业务方向,而应该尽可能广泛地涉猎各种类型的案件,包括保险纠纷、劳动纠纷、离婚纠纷、商事争议等。这三年可以视为一个"通识教育"的阶段,是案源、经验和人脉积累的关键时期。通过广泛实践,我们可以积累宝贵的经验,为未来的职业发展打下坚实的基础。

独立执业之初,案源问题无疑是最大的挑战。起初,我信心满满，计划通过线下拓展医院骨科的客户群体。医院里有许多需要法律援助的人，我希望能够通过自我介绍和名片分发，吸引潜在客户。然而，我很快意识到，这种直接的方式并不适合我，我无法像一些经验丰富的司法黄牛那样在医院里自如地招揽客户，因为办案养成的严谨措辞与促进成案的夸大承诺天然不兼容。

随后，我迅速调整策略，转向企业客户，希望能够通过提供专业的法律服务来吸引公司客户。但很快我发现，没有强大的关系网络，单凭一腔热血很难在企业法律服务市场中脱颖而出。

面对一次又一次的失败，我没有气馁。我开始反思自己的表达和谈判能力，并在网络平台上学习各种表达技巧和经验分享。然而，随着时间的推移，我发现自己虽然看似积极地学习，但实际的创收效果并不理想。

我开始意识到，律师的成长并非一蹴而就，而是一个不断摸索和自我提升的过程。我们需要找到自己适合的成长路径，明确自己的发展方向。通过寻找身边的榜样，了解他们的成长经历，拆解他们的成长路径，然后与自己进行对比和调整，日积跬步，我们就可以逐步找到适合自己的发展道路。

只有当我们对未来有一个明确的规划，才能知道自己应该在哪些方面加强能力。因为知识是学不完的，尤其是法律学科的广博要求从业者对知识体系有宏观的把握与微观的精研。以民事法律领域为例，基础性法律如《中华人民共和国民法典》构筑了民事权利义务关系的总体框架，而其中的"物权编"等法律针对特定领域提供了详细规定，这些构成了法律实务操作的基石。然而,法律实践的复杂性要求我们不仅要掌握这些基本法,还要深入理解其衍生的各类行政法规、部门规章、司法解释等,这些构成了法律体系的血肉。

为了在法律实务中游刃有余,我们必须在宏观的法律框架下不断调整和完善自己的知识结构,重点攻克对个人职业发展最为关键的领域。这种有的放矢的学习策略,将帮助我们在一个大的框架体系内进行调整,解决当前对自己成长最为重要的问题。这样,我们就能逐步建立起自己的知识库、经验库和思维库,而后行为做法自然自成一派,一切水到渠成,案源也是!

在独立执业的第二个年头,我迎来了第一个收入小高峰。一个月内,同事向我推荐了两个家事案件,学姐介绍了一个保险案件,而我自己孵化了一个刑事案件。这些案件的金额都相当可观,我的职业生涯中首个"100000+"收入就这样毫无预兆地出现了。

然而,那段时间,我内心却有一种不配感。我不禁自问:这个月的"我"和上个月的"我"在能力上有很大差别吗?并没有。那么,为什么收入会有如此大的差距?这些案件的来源大多依赖于他人的引荐,而非我个人直接孵化的客户,这一现象不禁让我反思,是否这些成就更多的是运气的馈赠,而非我个人能力的直接体现。我开始在内心深处质疑,这份看似光鲜的成果背后,是否隐藏着运气的巨大推手。

在律师这一行,我们的成长往往无法像游戏中的经验条那样直观量化。律师的成长体系更像是一种野蛮生长,没有明确的路径可循。为了摆脱独立律师常见的失序感和失控感，我开始定期自问几个关键问题：

——我的最终规划目标是什么？

——在当下，我应该如何安排学习、工作与生活？

我向大家推荐艾维利的"今日法则"来帮助规划和执行每天的任务。首先，将长期目标（如五年目标、一年目标）和短期目标（如月度目标）拆分出来。然后，用五分钟时间在纸上列出根据这些目标你明天要做的最重要的六件事，并按重要性进行排序。第二天开始，全力以赴地完成第一项任务，完成后再按顺序进行下一项，以此类推。

运用今日法则的关键在于确定哪些事情对我们既重要又紧急，因为这将决定我们的方向。正如古语所言，"慢即是快"（slow is fast）。当我真正理解赚钱不是目的，而是成长阶段的考核时，我便不再怀疑自己。只要我们坚定不移地沿着自己的规划蓝图前进，无论遇到什么困难，都能找到自己的坐标。配得感来源于不断努力的过程，是对个人持续付出、勇于挑战与不断超越自我的一种深刻认同与肯定。

至今，我已在刑事案件和建筑工程领域积累了丰富的项目经验，服务超过100家B端客户。我擅长为B端客户提供全程陪伴的法律产品，拥有大量的实战经验。我设定了与1000家企业共同成长的目标，并正在为之努力。

目前，我担任中国（上海）自由贸易试验区某大型国企的法律顾问，山西太原市某煤电集团的高级法律顾问，成都市招商银行VIP客户特邀法律顾问，以及宜宾市司法局特邀法律讲师。在未来的路上，我将继续学习，依靠各位老师、同行及客户的信任，在律师这条道路上继续前行。

轻舟已过万重山：杀不死你的，必将让你更加强大

律法是坚硬而公正的，律师亦如是，不分男女。五年的法律实践，虽历经艰难，却未能冷却我的热情。

我的法律启蒙来自美剧《傲骨贤妻》中 Diane 的形象，她用坚定的内核和过硬的法律素质，用法律与世界交手，帮助他人也帮助自己。然而，真正促使我决心成为律师的，是一部名为《秋菊打官司》的电影。

它让我思考，在基层，在公权力难以触及的地方，面对不公，除了强权和宗族，是否有另一种解决方式。当一个农民试图拿起法律武器维护自己的权益时，现代法治社会应当如何帮助她？

我出身于农民家庭，这部电影深深打动了我，促使我成为一名真正的律师。五年来，我深入基层，为农民工处理了大大小小的纠纷超过 100 件。同时，我也在上海深耕企业合规服务与理论研究，为企业处理刑事、商事案件超过 100 件。

法治之路，虽漫长且布满荆棘，但我坚信，有我、有她、有她们，我们的信念之火将永不熄灭，热情之潮将永远澎湃向前。

这世间的温情与力量，永远缺一个人，所以，不要后退

我曾经被一篇"小红书"的帖子深深打动。帖子讲述了一个失去父亲的孩子，父亲临终时留给她的一行字，一行难以辨认、仿佛被时光轻轻揉皱的字迹。这行字，对她而言，成了心中难以释怀的迷茫与执念。

随着故事在网络上的传播，网友们的关注与点赞汇聚成了一股不可小觑的力量。在这股力量的推动下，那行曾被误解为杂乱无章的笔迹，被温柔地解读开来："不要难过，我想你坚强。"

这个故事深深触动了我，因为它展示了陌生人之间交流的可能性，这种热切的善意不仅能提供情感上的支持，有时还能成为解决现实问题的钥匙。

律师，很多时候就是这样一把钥匙。

在我刚开始执业时，我设计并印刷了自己的名片。名片上印着太阳从黎明中升起的图案，以及"一切都会变好"的字样。对于那些陷入困境、失意或恐惧的人，我尽我所能去帮助他们。多年过去了，我希望自己能不忘初心。

第四章

前　途

披荆斩棘寻出路，
乘风破浪求答案

钱佳仪

娱乐圈的光怪陆离，既如同近在咫尺的镜像，映射着社会的多彩与喧嚣，又仿佛遥不可及，让人在世事纷扰之中渴望一片宁静的港湾。人们需要一部好的电影以寻找心灵上的安抚，需要一首好歌来映衬自己的心情动态，需要一个好的综艺来解决一人就餐时的孤独以及多人共餐时的尴尬。

娱乐行业，作为一个浩瀚无垠且活力四射的领域，自我踏入这方天地以来，见证了无数变迁。尽管时代更迭，传统媒体与新兴媒体之间的竞争格局与地位不断演变，但市场对于多样化娱乐项目的渴求始终如一，且伴随着科技的日新月异，这股需求更是如潮水般汹涌澎湃，展现出前所未有的生机与活力。

然而，娱乐圈始终以其璀璨夺目与不可抗拒的魅力，交织着光怪陆离与深邃神秘，吸引着无数目光。曾经，我亦站在这光鲜舞台的边缘，作为一位纯粹的旁观者，对这一切充满了好奇与向往。后来，我成为娱乐法律师，成为可以窥探其神奇的"中间"人。

我是如何成为一位娱乐法律师的呢？实则源自一系列不可思议的机缘与巧合。

十三年前，正值大四的我，已顺利跨越司法考试的门槛，站在了人生的一个重要十字路口，面对考研深造、海外留学以及成为实习律师的多元选择，深思熟虑后，毅然决然地选择了先成为一名实习律师。这一决定，虽看似简单纯粹，实则蕴含了我对未来职业规划的深思熟虑。我渴望通过最直接、最生动的方式——实践，去深入探索法律。我相信，唯有亲身体验法律工作的每一个环节，才能在实际操作中迅速积累宝贵经验，加深对法律条文的理解与运用，从而更加游刃有余地融入这个复杂多变的社会环境。这一选择，不仅是我对自我成长的迫切追求，也是对未来法律职业道路的一份坚定承诺。

怀揣着精心准备的简历，我踏上了寻觅实习岗位的征途。我广泛搜寻着各类实习信息，无论是线上平台，还是线下的投递，每一种可能我都乐此不疲地尝试着。尽管起初的方法显得略显散乱，缺乏明确的策略，但我坚信，每一份努力都不会白费。

然而，现实总是比预想的更为严峻。面对激烈的竞争，我遭遇了一系列意料之中的挫折——多数申请如石沉大海，杳无音信；偶尔得到的回应，也往往是冷冰冰的拒绝通知，甚至连一次面试的机会都未能争取到。更有甚者，在少数获得面试机会的情况下，我也发现岗位与自身期望或能力之间存在不小的落差。

记得最离谱的一次，是被黑中介叫去参加了一场所谓的面试，他们将我带到一个居民区中，一位四五十岁穿着居家服的男士称那个混乱的到处都是烟头、水槽里堆满脏碗、只有一张黏腻的餐桌的居民区住宅就是他的律师事务所，他说自己没有律师证，需要我的实习律师证帮助他立案，除此之外，他希望我可以照料他的一日三餐，帮他打理家中家务，给我的酬劳是人民币三千五百元一个月。我记得我当时强装镇定非常礼貌地说我考虑一下，之后再做答复，为了显示意向的真实性，我直言现在的月薪太少了，可能要再提高一些，那位男士或许从我的坚定态度中捕捉到了一丝转机，似乎也想形成某一种谈判上的拉锯，于是开门放我离开了。从那里走出来之后，我发现我全身都在颤抖，我后怕到无以复加，责怪自己太过轻信，又安慰自己应对得很好。为了不让父母担心，为我的寻职"自由行"增加不必要的阻碍，这件事情我始终没有对他们讲过。

我曾多次满怀期待地踏入数家律师事务所的大门，渴望获得一个面试机会，却屡遭拒绝，只因简历上未显示留学背景。面对这样的反馈，对方往往只是简单地摆手示意我离开。每一次，我都强颜欢笑，礼貌地道别，但内心深处却不禁泛起涟漪，质疑起自己的选择：是否我真的应该踏上出国深造的征途，为简历添上一抹"镀金"的光彩？

然而，内心深处总有一股力量在指引我，让我坚信这条法律之路终将属于我。我深知，只要持续不懈地尝试，答案自会在前方显现。面对无数次的拒绝，我从不轻言放弃，因为我相信，这一切不过是通往成功的必经之路。

终于有一天，我在东方律师网上看到一则招聘信息，一家位于上海长宁区的律所寻找实习生。凝视着电脑屏幕上那串醒目的电话号码，我鼓起勇气，轻轻按下了拨打键。不久，电话的另一头传来了律所行政部的周老师那温和而专业的声音，她亲切地通知我，第二天的下午将安排一场面试。那一刻，我不禁心跳加速，既紧张又充满期待。

次日，我准时抵达律所，心中默念着对这次机会的珍视。在工作人员的引领下，我步入了一间整洁明亮的会议室，静候着命运的安排。时间一分一秒地过去，空气中弥漫着一种微妙的紧张感。终于，会议室的门被轻轻推开，一位气质非凡、眼神中透露出睿智与严谨的人物步入室内。他正是我执业生涯中即将邂逅的重要导师，我的师傅姜海立律师。

姜律师向我介绍说自己正在一所司法学校当老师，他又询问我的语文水平怎么样，我们彼此交谈着，在谈话间，我恍惚之间觉得这个场景很早就发生过。整个谈话的氛围十分愉快，不久，姜律师便问我什么时候可以来上班，我回答道随时可以安排。便是从那天开始，姜律师成了我的姜老师。

时至今日，我内心深处依然满怀自豪，为那个曾勇敢穿梭于世事纷扰间，不懈寻觅机遇的自己。那是一个即便面对无数次拒绝与闭门羹，也未曾有过丝毫退缩之意；一个勇于跨越安逸界限，手持简易纸页简历，却怀揣着征服万难的壮志与信念的自己；一个在疲惫时，甘愿蹲下休憩，待体力恢复便轻拍尘土，毅然踏上新征程的坚韧身影；更是一个内心深处坚信，未来广阔天地，必有我一席之地的无畏追梦人。

在我后期的执业阶段，那段时光给予了我源源不断的精神鼓舞。我意识到，正是当初那份全身心投入事业的无畏勇气，一直支撑着我前行。

姜海立律师是最早一批的娱乐法执业律师，从业时间超过三十年，姜老师的业务涵盖了娱乐圈的诸多业态，服务对象有艺人经纪公司、制作公司（电影电视剧及综艺节目）、电视台、电台、报社、剧院、广告公司等。在姜老师眼里这只是他的日常业务，直到2015年左右，我国文娱相关的法律业务才兴起"娱乐法"的这个说法分类。有一次与姜老师谈起"娱乐法"这个概念，姜老师对此调侃过"我开始做娱乐法时，它还不叫娱乐法"。

入职后看的第一份合同是电视台的整合营销协议，在那之前，我完全不清楚什么是"整合营销"；我成为实习律师后第一个参与处理的诉讼，是报业的保底合作协议纠纷；后来我陆续接触了节目制作相关业务，参与了我国第一批的节目海外模式引进的谈判，积累了相当多的实务经验。在姜老师团队的引领下，我踏上了实践经验积累的快车道。每日的工作量颇为充实，这样的节奏让我以惊人的速度积累着宝贵的经验。同时，姜律师是位非常厉害的老师，在日常工作中总是会很耐心地对我提点、时常通过引导提问让我自己得出结论，而不是直接命令告知我完成结论，不到一年，我已经可以独立处理日常合同处理、独立应对日常客户沟通。

当然，我也并不是一位天才。刚刚入职的时候，一天要处理非常多的事情，我甚至会把合同抬头写错了，也犯了一些低级错误，比如将如履薄冰写成了如履"刨冰"，让姜老师十分头疼。

终于有一天，我又犯了一些匪夷所思的低级过错，姜老师语重心长地问了我一句话:"你觉得你适不适合做律师?"

我当下愣了,我没有想过这个问题。我感觉我站在那里,全身上下又黏又湿,风扇很吵而我的身体很重,我想要将自己沉陷到某个空间里,好让自己好好独自待一会儿,认真想清楚这个问题。

我可能是在原地杵了好几秒,才回过神来,姜老师看着我,可能觉得刚刚的话对我来说需要些时间来消化。"我知道工作很多,累的时候多看看窗外,情愿歇一下继续,也不要劈头盖脸地想着一次性去处理和面对。"

我知道姜老师当下一定是原谅我了,但我没有原谅自己。

回家之后,我静静地躺在床上,思绪万千,满脑子都是"你觉得你适不适合做律师"这句灵魂拷问。我沉浸于自我反思之中,细致梳理过往的失误与不足,同时深入挖掘并珍视自身的优势与潜能。经过一番深思熟虑,我终于得到答案,无论从理性的角度分析成为律师道路上的种种挑战与利弊,抑或审视当前能力尚存的细微不足,那份源自心底的热爱与执着一直存在。这份职业,赋予我沉甸甸的社会责任感,让我感受到了被信任与依赖的深刻价值。它不仅是一份职业,更是实现自我价值、贡献社会的舞台。因此,我坚信,即便此刻的我或许还未完全符合市场的期待,但那只是时间的问题,我必将通过不懈的努力与持续地成长,逐步成为那个市场需要且认可的律师。

四年后,我带着惴惴不安却又万分期待的心情,走上了独立律师的未知之路。在这条路上,我逐渐积累了很多信任,为多个海内外影视项目的投资、制作及艺人提供法律服务，也参与了加拿大不列颠哥伦比亚省政府商务办公室中国电影白皮书的草拟。随着互联网发展，我也开始为更多网络剧集、电影提供法律服务。近期我成立了名为"剧有法力"的法律服务团队，致力于为蓬勃爆发的网络短剧市场提供更为专业的法律服务。

律师角度对娱乐行业的窥探

从前，每逢暑假，我总能如数家珍般记住几大电视台的播出安排，从《还珠格格》的几时开播，到《快乐大本营》带来的欢声笑语，甚至那些穿插其间的精彩广告时段，都深深刻印在我的记忆中。然而，随着年岁的增长，这份对电视节目的熟悉感渐渐被一种探索欲所取代——我开始好奇，这些精彩纷呈的电视台究竟是如何运作与管理的？这份疑问，如同新大陆般吸引着我，渴望揭开电视台运营的神秘面纱。

那时的我也总担心电视台没有收益，因为他们从不直接出售任何产品，只是播放一些我们观众特别想看的内容。幼时的我特别好奇电视台的盈利模式究竟是如何实现的，我也好奇那些拍摄电视剧、电影内容的制作内容到底靠什么生存。

执业后，我发现生活中的一大部分消费都与这些疑问有关，电视台、网络播出平台运营及综艺节目的制作主要依靠的，其实就是"广告"两字，品牌需要通过某些渠道对着市场"广而告之"自己的产品，让消费者熟知并选择他们。例如，我们想到"羊羊羊"就会联想到"恒源祥"，想到"你值得拥有"就会想到"巴黎欧莱雅"，想到"怕上火"就想到"王老吉",广告使得消费者们在消费时可以想到自己的产品,从而促成消费、交易,而这些品牌的主要难点就是要找到合适的"大喇叭"让更多人以更有效的方式获悉他们的产品、了解他们的品牌理念,因此,广告商的目光自然而然地转向了文娱产业,这一领域因其独特的魅力,成为触达庞大消费群体的高效途径。在文娱产业的广阔舞台上,一次精准的广告投放便能直接触及数以亿计的观众,其影响力与覆盖面之广,难有匹敌。正是基于这样的认知,一条连接广告商与文娱产业的交易链应运而生,它不仅促进了双方的合作共赢,更推动了文化娱乐与商业宣传的深度融合。

举一个简单的例子:广告商精心策划的广告内容,精准地投放至电视台与各大网络播出平台,这些平台则巧妙地将这些广告融入其媒体生态中。作为回报,电视台与网络平台利用这些广告收益,积极投身于影视项目的采购与制作;并向导演、编剧、制片、演员、道具、服化、主题曲制作人、后期、发行人支付酬劳以及向影视项目投资方支付收益。

从以上的路径来看,涉及的法律协议就有广告赞助协议、电视台/网络平台影视项目播出协议、导演合作协议、编剧合作协议、联合投资协议、演员协议、服化道协议、影视后期协议、音乐作品授权协议、发行协议等,每一份协议都存在不同的法律问题。

对于我而言,娱乐法大部分时候可以理解为解决文娱项目各个交易环节问题所涉法律的综合体系。

为解决交易环节问题,娱乐法律师需要了解并熟练运用包括但不限于知识产权、公司、侵权责任、劳动、保险、合同等大量的法律知识,更需要对行业本身及行业政策有较为敏感的知觉，包括但不限于了解市场的逻辑、市场的心理、收集、分析市场数据，对于社会主要舆论观点也需要有一定的预判能力等。

常常会有人好奇，娱乐法律师的日常工作中是否充满"娱乐"，毕竟我们可以见到很多的艺人，有机会围观很多有趣的项目制作，但实际上，娱乐法本身并不娱乐，娱乐法这个细分领域要求律师能够高压、高速、高能量地解决问题，"危机公关"就是其中最典型的例子。

刑事案件中有一个黄金37天论，那危机公关就有黄金12小时论。舆论危机一旦产生，民众对于真相的耐心很难超过12个小时，这12个小时就是危机公关工作中的"生死时速"。在这段时间内，作为律师，我们要做的就是了解事实、协助经纪公司制定方案、以民众能够谅解的方式发声、收集不实信息来源的侵权证据并办理起诉或报案、与不实信息传播的平台充分沟通合理维权。让民众通过艺人的声明，在还原事实真相的同时，尽可能地避免艺人的澄清声明引发侵权内容的二次传播。在12个小时里，律师需要及时地响应客户、高效地完成法律流程，更要以充分尊重受众为基础继而慎重地处理舆论，并提出审慎且专业的建议。

一个专业且具有危机公关经验的律师在当下社会尤为重要，可以避免客户遭遇更大的舆论风波，早日恢复到正常状态。

由此可见，娱乐法律师需要掌握了解的知识与咨询只多不少，对于脑力及承受压力的要求也不低。而且，也是娱乐法让我逐渐成长为高级合伙人。

娱乐法至今仍是一个让我始终保有新鲜感的细分领域，

人们娱乐的方式随着科技的发展一直在"进化",且这场"进化"的速度之快,让我不敢松懈怠慢。

永无止境的创新与变革

新时代的亲历者:互联网发展对传统媒体法律业务的影响

2011年,是我从业的第一年。回首当时,文娱市场的主要交易主体仍然是电视台、报社、电台等传统媒体。我有幸旁观过一场电视台的广告商招投标活动,令人印象深刻。

每年,电视台都会通过招投标的方式来确定下一年度的广告代理企业。这些广告代理商为电视台带来大量的广告订单,这便是电视台广告收入的重要来源。另一方面,成为电视台的广告代理也能够给这些企业带来巨大的商机。

那天,招标现场是一间不大的会议室,但里面人头攒动、热火朝天,广告代理企业纷纷前来参加。场上的气氛紧张而热烈,每家企业都希望能在这场招标中脱颖而出,成为电视台本年度的广告代理商。为了此次招标活动,他们倾注了无数心血,进行了周密而细致的筹备工作。从策略规划到别出心裁的方案设计,每一个细节都凝聚着团队的智慧与汗水。

几千万、几个亿的标的在这个招标会上只是一个个平淡的数字,仿佛大家都已司空见惯。我亲眼见证了现场的盛况,并体会到了文娱市场所蕴含的巨大潜力与商机。

然而,随着互联网的崛起,文娱市场的格局发生了翻天覆地的变化。传统媒体的统治地位逐渐被网络媒体所挑战,广告业务的格局也在发生着微妙的变化。

文娱市场的交易主体范围随着互联网发展逐渐扩大，网络播放平台逐渐兴起，广告投放、结算逻辑也随之产生了变化。随着市场发展，网络播放平台的市场地位也逐渐从影视项目的采购方变成了平台自制与平台播出授权的结合，平台的采购逻辑也产生了变化，与传统电视台按部就班的采购模式不同，平台在不少项目上采用了分账结算的方式（即平台对具体影视项目进行分级，并设定不同分级下的结算标准，依据平台规则下的有效点击、播出数量与影视项目方进行结算），于是产生了PV（页面浏览量）/VV（视频浏览量）/UV（用户浏览量）等概念。平台的结算机制正灵活地顺应市场风向而不断演进，涵盖并超越了传统范畴，如对"有效点击"的精准界定及"完播率"的严苛要求等。尤为显著的是，对于长剧与网络大项目而言，网络播出平台正日益成为核心枢纽，这一趋势不仅势不可挡，而且预示着行业格局的深刻变革。

短视频平台的出现又给市场带来了新的变化，2015年开始短视频平台机遇逐步爆发，根据中国互联网络信息中心（CNNIC）出具的《第53次中国互联网发展状况统计报告》：

（1）截至2023年12月，我国网民规模达10.92亿人，较2022年12月增长2480万人；互联网普及率达77.5%，较2022年12月提升1.9个百分点。

（2）截至2023年12月，我国网络视频用户规模为10.67亿人，较2022年12月增长3613万人，占网民整体规模的97.7%。其中，短视频用户规模为10.53亿人，较2022年12月增长4145万人，占网民整体规模的96.4%。

（3）截至2023年12月，互联网络接入设备使用情况

99.9%为手机。

由此可见，我国互联网普及率持续稳步攀升，展现出强劲的发展势头。其中，以手机为载体的短视频平台尤为亮眼，其用户基数庞大且仍在持续扩张，预示着该领域蕴含着巨大的发展潜力与未竟的广阔空间。

短视频平台的用户规模增长，直接带动了相关产业，以"素人"为运营对象的多频道网络(MCN)公司应运而生，短视频网红经济拉开序幕。

短视频平台的普及也进一步促使了短剧的发展，2018年开始，短剧逐步走入大众视野，直至今日，短剧已经创造了多个小额投资且大额回报的市场神话，国家对于短剧的监管政策也正在逐步规范，短剧市场的厚积薄发又一次改变了市场逻辑，短剧的商业模式可以概括为两种，IAP（in-app purchase）及IAA（in-app advertisement）模式。IAP模式指应用内付费，客户通过充值、付费观看短剧；IAA模式即应用内广告，这是一种广告投放的新方式，即品牌方通过拍摄短剧来植入产品，有些品牌方会在短剧播出同时在页面挂上商品，让客户在观看同时可以直接下单。

IAP模式下的短剧宣传发布方式较一般的影视剧项目也有显著的不同，短剧通过切片等方式通过向平台投流购买流量即更多被用户看到的机会，短剧项目方同样成为广告主与平台发生流量交易。在这场交易中，短剧项目方的身份既是项目主又是广告主，既参与广告费支出又享受平台基于流量对其支付的流量收益，同时还可获得通过推流所获最终观众所支付的充值费用。

综上所述，我们发现，在短短数年中，文娱产业就随着互联网的发展产生了大量交易习惯、交易方式、交易对象的更新，就如上文中我对于娱乐法的定义"解决文娱项目各个交易环节问题所涉法律的综合体系"，娱乐法随着交易环节的变化也在变化，交易也将根据科技发展普及及政府监管政策更新形成新的节点。

作为娱乐法律师，我们更需要及时看见趋势、跟上脚步，与市场同步，找到细分蓝海，为客户提供符合需求且更成体系的法律服务。

科技奇点已到：AI人工智能对司法带来的新机遇与新挑战

展望未来，根据我国对于算力提升的大规划及人工智能的布局，结合目前国际上的科技发展近况，我们已知的未来发展趋势必定在AI人工智能领域。从Alpha Go、ChatGPT到Midjourney再到最近引发广泛讨论的OpenSORA，短短数年间的智能技术的迭代发展，AI人工智能已经逐渐改变了我们的生活。

从司法角度来看，2024年4月23日，我国首例"AI声音侵权案"将进行一审宣判，这一案件在我国法律史上具有里程碑式的意义。法院确立了AI不得"窃取创意"的审判导向，这一明确立场对于强化知识产权保护、稳固市场经济秩序的基石具有深远意义。它彰显了司法系统对技术创新与原创价值尊重的坚定态度，确保人工智能技术在合法合规的框架内发展，既促进了技术的健康进步，又维护了创作者的合法权益，为市场经济的公平竞争与可持续发展筑起了一道坚实的法律屏障。在本案中，被告方使用原告声音、开发案涉AI文本转语音产品，但未获得原告的合法授权。法院经审理认为，被告行为构成侵权，判决被告向原告书面赔礼道歉，并赔偿原告各项损失25万元。

我相信此案只会是AI相关司法案件的首例开端，未来将会有更多基于AI技术所产生的纠纷与矛盾，司法也将接受因新科技迭代所带来的新挑战。

在当前时代，各类算力应用不断涌现，它们都在致力于提升自身模型的训练效果。然而，在AI训练过程中，存在诸多耗时且耗费资源的问题，比如，如何明确合法行为与非法行为的界限，以及如何在实际应用中把握这些界限。在短期内，我们很难使技术的进步与司法的公正达到理想中的完美状态。人类与人工智能之间的磨合，需要我们投入时间与耐心，同时也迫切需要在法律层面上对于算力应用给出明确的指导规定，以确保在加强监管的同时，不会阻碍科技的发展步伐。

对我们律师行业而言，掌握基本的AI知识是必不可少的。可以预见，在不久的将来，理解并能够熟练运用人工智能技术的律师，将拥有显著的优势。确实，法律界亟须对新兴科技与司法实践之间的冲突进行深入的理论探讨，并积累实践经验。

直面不安，探索未知之路

身为律师，我的不安深植于日新月异的趋势与尖端技术所带来的知识鸿沟，但这种不安感也实则是我追求持续学习、紧跟时代步伐的驱动力。我时常说的一句话就是，律师需要保证自己的脑子始终是一颗崭新的大脑，我们的大脑必须跟得上时代的变化。我们的很多优秀的前辈都保持着阅读的习惯，律师应当经常阅读一些其所在的细分行业的报告，常与业界内的人士沟通交流，这样有助于我们更完整且全面地了解行业和获悉近期动态，对于信息要保持吸收的状态，对于不了解的交易形态及技术要不吝于请教提问，对于未知要抱有平常心。

对所在行业与产业的深刻洞察，结合扎实的法律知识、丰富的实践经验及对政策动态的精准把握，无疑是构筑律师执业幸福感与安全感的坚固基石。在当今这个信息汹涌的时代，如何在浩瀚的数据中筛选出正确且精炼的信息，成为一项既具挑战性又至关重要的技能。信息的冗余与嘈杂，要求我们具备卓越的筛选与甄别能力。

在毅然选择独立之路的那一刻起，我们便踏上了一条充满无限可能而非既定轨迹的执业生涯。未来，不再是预设的蓝图。在这条路上，没有什么是命中注定，唯有不断探索、勇于挑战，我们才能且仅能依靠自己书写自己的命运，并以此作为自身的良性燃料。对于独立律师而言，市场检验的是他/她的整体能力，实际操作经验、实际操作能力、沟通能力、产业熟悉度等都十分重要，将自己先定义为一名优秀且成熟的律师，并坚持以此要求自己，通过不断创造自己对于社会的价值积累更多的信任分，相信一定会在执业路上遇见更多有共鸣的人。

总的来说，作为一名独立律师，我们需要不断提升自己的能力，保持对行业的热爱与好奇心，学会享受不安全感所带来的动力，以此为自己的执业生涯添砖加瓦，不负信任。只有这样，我们才能在律师这条道路上，越走越远，越走越稳。

让我们但行前路，无问西东。

重新出发,从心出发

杨 颖

这座行走其中就仿佛能感受到盛唐繁华的城市，古城墙巍峨耸立，大雁塔高耸入云，钟鼓楼庄重肃穆，既有着历史的厚重，又充满了时代变革的痕迹——这就是西安。

在2009年的秋季，我带着复杂的心情回到了西安，这座充满历史遗迹的城市，开始了我的律师生涯。十五年过去了，城市的轮廓已发生了巨变，但一些根深蒂固的观念仍然难以摆脱。西安，作为一座新一线城市，其文化和思想观念相较于东南沿海的城市如上海，显得更为传统与保守。当北上广地区除了传统的法律顾问、财务顾问，已经涌现出了职业规划师、个人成长教练、组织进化及团队成长教练等新时代顾问的身影时，我所在的西安，甚至很多公司都没有常规法律顾问，其他新兴事物和资源也少之又少。

比如，我在上海出差，大家都倾向于通过工作坊的形式来提升个人认知，西安的老板们还在传统课堂上听商业理论讲座。当很多上海的朋友都在想公司如何平行化管理的时候，西安的老板们还在思考怎么对公司分级考核。

法律行业的传统性和保守性在我身上体现得淋漓尽致。与日新月异、技术驱动的互联网行业形成鲜明对比，法律界几乎是沉浸在其稳定的世界观中，不轻易追随变革的脚步。互联网行业的精英们，如同在马克·安德森的名言中所述，"软件正在吞噬世界"，他们奋力在技术的大潮中领航，而我们法律人却守护着一池静水，生怕泛起波澜。想象一下，如果法律也要像互联网软件那样频繁迭代，社会的基础将会动摇，如同一夜之间规定变更，早上借钱还能收利息，晚上却变成了禁止利息，这种不稳定性将引发无边的恐慌。

在日常的工作中，我主要负责企业方向的法律顾问服务以及处理诉讼案件。每天的工作大多在厚重的法律书籍和文件之间穿梭，与客户在严肃的会议室内讨论案情，或在法庭上严谨地辩护。这种稳定的职业生活似乎并不需要太多的变动。正如沃伦·巴菲特所说："只有在潮水退去时，你才会发现谁在裸泳。"稳定是我们法律行业的潮水，它赋予每一位法律工作者以无上的尊严与深沉的庄重感，彰显着法律职业的崇高与神圣。

如同西安这座城市所有拥有的特质一样，古朴而沉稳，我身处的工作环境，其氛围偏于保守，传统的价值观与行事风格在此占据主导。还记得那时我刚刚毕业，每个月的薪资微薄，但花费了大半年的收入，报了一个英语口语的学习班。可却迎来了周围同事的不解，他们认为我们几乎不可能接触涉外案件，真的有了这样的案子也可以请专业翻译，似乎并没有必要自己去做这样的尝试和学习。彼时，我们的业务模式构建在口碑传播的坚实基石之上。每当一个案件圆满解决，满意的当事人将我们的专业与诚信播撒至更广阔的天地，从而自然而然地吸引着新的案件与委托。从这种情况看来，只要专注于忙好自己现在的工作就好了，大可不必去求新求变，走一条难走且又不一定能带来效益的路。更何况受制于当时的工作方式，律师一般都只能处理自己所在城市的案件，所以周围人的评价和关系，相较于那些在网络与媒体上风起云涌的新兴市场潮流，追求稳健的策略更易于显现其成效，同时所需的成本投入与精力耗费也更为低廉。它以一种更为务实和可持续的方式，稳步推动着事业的前行。在这样一个稳定而充满潜力的职业环境中，我们的工作就像是在细雨中行走，既不希望这份宁静被打破，也珍惜前进的每一步所带来的沉稳，深知无须急于寻求突破。

唯有问心，方能求新

在2019年，我经历了一个职业生涯的转折点。我们律所签下了一家抖音平台的初创多频道网络（MCN）公司，当其法律顾问。那时，"抖音"尚未爆发成今天这样的社交网络平台巨头，而这家公司却已走在行业内的前列，签约了众多主播，并承接了大量外地博主的策划和拍摄业务。我面对这个全新的行业感到茫然，既不了解他们的盈利模式，也无从知晓潜在的法律风险。我不得不从零开始，逐渐理解这家公司的运作和业务核心。听他们每天讨论着博主广告的投资回报率（ROI），人设定位的统一性，如何在短视频里制造"钩子"好让用户能够留下来看完一条视频增加完播率，这一切对于我来说都是那么的新颖。

我印象最深的是，他们有一次讨论到一秒规则，说短视频这个形式第一秒决定了用户要不要继续留下来，所以就算你的思维再敏捷，口齿再伶俐，但第一秒映入眼帘给人的视觉感官不好，你都没有机会展示自己的才华。这让我很受震撼，因为它与我一直以来认为只要专业内核过硬，外形可以不必太过追求的理念完全不同。这个观点给我带来了冲击，也让我看到了自己目力不及之处，让我深刻意识到自身在诸多领域尚存广阔的学习与提升空间。

我常常看着他们团队成员奔波于全国各地，采风拍摄，将美丽的风景和精心策划的剧情转化为一条条流行的短视频。记得他们曾整个团队前往喀纳斯，进行连续十五天的拍摄，为的就是捕捉最自然的景色和最动人的故事。而随着其团队博主们粉丝数量的增加，其广告业务量也随之持续增长。我开始意识到，这样的业务模式需要仔细考虑主播与公司之间的利益博弈，尤其是当一个博主的个人品牌足够大，想要独立时，该如何处理好两者之间的关系。同时，广告业务也必须严格遵守广告法的相关规定。在这一过程中，我还是用传统的律师思维来处理问题，未能立刻意识到这些新兴业务模式可能给我个人带来的变革。

然而，随着与这家公司合作的日益深入，其内部洋溢的活跃思维与创新精神如同磁石般吸引着我，悄然间在我的心灵土壤中播撒下变革的种子。该公司的老板甚至建议我考虑成为一名内容创作者，认为我有合适的形象和口才，适合在抖音上进行法律知识的普及。

"杨律师亲身经历过那么多案例，如果由你给我们讲，大家都会觉得很有意思，所以应该分享出来！"

"杨律师要是把这些法律知识通俗地讲出来，我们平时生活会少走很多弯路！"

尽管我当时因为业务繁忙，无暇分身，拒绝了这个提议，但这次的交流悄然在我心中播下了一颗思考的种子——若能将法律知识以如此轻松愉快的方式传播开来，不仅能构筑起独具特色的个人品牌，更能在广阔的社会舞台上，为法律知识的普及与传递贡献一份绵薄之力。这让我开始重新思考，自媒体不一定非要依托于互联网变现，它更是一个放大个人特长和影响力的平台。从律师的角度出发，能够将复杂的法律条文简化讲解，让公众容易理解，这本身就是一种实现职业价值的机会。正如比尔·盖茨所说："如果我们把每个人的能力都发挥到极致，我们就可以改变世界。"这句话激发了我通过新兴渠道，如公众号来传播法律知识的决心。尽管初涉短视频制作领域时，我曾感到迷茫与不安，但那份对未知的探索欲和使命感驱使我勇往直前。我深知，这是一条充满挑战却极具价值的道路，值得我倾注心血去耕耘，让法律知识以更加生动、贴近人心的方式，触达每一个渴望了解它的角落。

我开始逐渐尝试制作内容，将法律知识与日常生活结合起来，用简洁明了的语言向公众解释和回答一些法律问题。这不仅提升了我的公众影响力，也让我意识到作为律师，我可以在传统职业轨迹之外，开辟一条新的职业道路。

重新定位，对心定位

在决定进军新媒体领域的初期，我遇到了一个出人意料的挑战。这个挑战源于一个常见但深刻的现象：人们总是被自己既有的认知框架所束缚。我的日常工作沉浸于对法律行业深奥的分析中，我关注的公众号都是些涉及复杂法律议题的专业平台。这些内容充满了专业术语和复杂的法律逻辑，适合于那些像我一样的法律专业人士，但对普通大众而言，却显得冗长而晦涩。

当我们以这种专业的态度来阐述"诉讼时效"这一法律概念时，我是这样表达的："诉讼时效通常为三年，一旦超过这个期限，即使最有力的证据也无法帮助你赢得官司。具体来说，假设某人在今年4月30日之前向你借款，从5月1日开始计算三年的诉讼时效。如果在这三年内你未曾向他索要这笔借款，那么到了2027年5月1日后，你突然想起要追讨，即使将对方告上法庭，对方也只需提出诉讼时效抗辩即可免责，而你将无法追回这笔钱。如果你在2026年5月1日曾提出要求，诉讼时效便会从你最后一次提出要求的第二天重新计算，也就是从2026年5月2日开始，持续到2029年5月1日。"

是否觉得这样的表述略显单调，仿佛是在翻阅一串串繁复冗长的法律条文？

是的，这个方式虽然能从专业的角度把法律阐述清楚，但少了些趣味。有读者打趣地给我留言说："拿了个计算器终于把这事儿算清楚了。"

在开始写公众号的时候，我将这种深入的分析搬到了文章中，使用典型的法律行业内的措辞和表达方式。我认为这些专业的表达可以展示我的法律素养，但这种做法未能吸引更广泛的读者群体。文章中充斥着如"诉讼时效的中止、中断和延长"的分析，以及"诉讼时效抗辩不能由法官主动援引"等专业术语，对于非专业人士而言，这无疑是撞见一片迷雾，云里雾里，不知所以。

当时有的朋友跟我反馈说："虽然觉得你说得都很有道理，但是看完后要真的能完全理解，并用到自己的生活里，就得对着你的文章拿着笔和纸再计算一次才行。"也有人用更直接的表达方式说："虽然你写得都对，但是我不爱看呀。那你写得再对，对我来说也还是没有用。"一位挚友知道这些问题后，不仅帮我指出方向，更慷慨地分享资源，如那些引领潮流的公众号推荐。这样的举动让我深刻体会到，即便坐拥广博的专业知识，若未能以大众喜闻乐见的形式呈现，这些宝贵财富便如同深埋地下的宝藏，难以绽放出应有的光芒。因此，我意识到，将专业知识转化为通俗易懂、引人入胜的内容，使之能够跨越知识的鸿沟，惠及更广泛的人群，方为知识传播的真谛所在。

这让我意识到一个重要的事实：不能用传统律师的思维来做自媒体，而应该采用自媒体的方式来传播和放大律师的专业知识。正如乔治·伯纳德·肖所言："唯一不变的是变化本身。"我需要学习如何在不牺牲专业性的同时，让文章更加亲民、更具吸引力。

于是，我开始尝试改变写作风格，使用更多生动的案例和日常语言来解释法律概念。就比如"诉讼时效"这个概念，我会直接说如果超过了三年，那你借出去的钱可就要不回来了。离婚的案件，我也不会用夫妻共同财产的认定和分割这样的法律术语，会直接举例说夫妻婚后共同买了一套房，但一部分钱是父母出的，那离婚的时候这部分钱是要先还给父母的，并不能说是夫妻共同的财产一人一半了。我开始注重将法律知识与日常生活实例结合起来，让读者通过具体的情境了解法律的适用，比如通过家庭故事、邻里纠纷等常见情境来说明法律条文的影响。此外，我也尽量用故事来包装法律信息，让法律不再是冰冷的条文，而是有温度的故事。

这种改变并非一帆风顺，但随着时间的推移，我的文章开始获得了越来越多的关注和好评。常常也会有很多阅读量破十万的文章。我意识到，作为律师，我们不仅需要在法庭上争取客户的权益，同样需要在公众领域内提高法律的可及性和理解度。这种双重角色的转变，虽然充满挑战，但也极具成就感，它不仅拓宽了我的职业道路，也让我对法律职业有了更深的认识和理解。

除了改变写作风格之外，在尝试进入新媒体领域传播法律知识的初期，我也深入思考了一个核心问题：读者真正想要什么样的内容？我发现，人们通常被故事、文采，以及那些能够触动心灵的金句所吸引。这一点给予我启示，尽管我的初衷是深耕法律专业知识的传播，但我亦深知需灵活调整传播策略，巧妙地将这些深邃的专业内容与引人入胜的元素相融合，使之既能保持知识的严谨性，又能激发公众的兴趣与共鸣。因此，我开始尝试用实际案例来解释法律概念，不再仅仅停留在抽象的法律条文上，而是尽量将这些内容与人们的日常生活联系起来，探讨它们在实际生活中的应用和影响。

这个过程看似简单，实则不易。我初次尝试时，便遇到了思维上的挑战。我曾经以为所有基础的法律概念，如"诉讼时效"，在我的文章中不需要进行过多的解释，因为我错误地假设每个人的理解程度都与我的同行相同。这个盲区让我意识到，这种假设需要改变。解决方法是，我开始邀请非专业人士预览文章，确保他们能理解每一个部分，任何他们觉得难以理解的内容，我都会进行详尽的解释。

更深层的挑战来自如何在保持专业性和通俗易懂之间找到平衡。作为一名专业的律师，我们通常需要通过展示专业知识来建立客户信任。然而，当涉及写作公众号文章时，过于深奥的内容往往不利于吸引和保持读者的兴趣。我必须学会放下法律专业人士的"高傲"，用更生活化、通俗化的语言来表达。这种转变初期并不容易，甚至遭到了一些同事的质疑。他们对我发布的浅显内容表示不满，认为这些内容无法体现出律师应有的专业水平。

尽管面临同事的批评和内心的矛盾，我依然决定坚持自己的方式。我将自己的困惑和思考写成了文章，分享在公众号上。出乎意料的是，这篇文章获得了广泛的共鸣和支持。读者们不仅理解了我的出发点，还对这种新的尝试表示赞赏，文章的阅读量迅速攀升，公众号的影响力也逐渐增强。这让我意识到，虽然法律专业知识的严谨是不可或缺的，但普法的目的是要让更多的人理解和接受法律，这就需要我们律师能够根据不同情境做出调整。

通过这段经历，我学到了一个宝贵的教训，正如奥斯卡·王尔德所说："我总是在寻找未知的东西，因为知道的越多，我就意识到知道的越少。"这句话鼓励我不断探索新的表达方式，尝试将专业性与大众的喜好相结合，以更有效地传播法律知识，同时也丰富了我作为律师的职业生涯。

出发之时，归零心态，方能行远致深

这段经历回想起来似乎很简单，但实际上当时充满了种种挑战和不被理解。很多同事不明白，我为什么要花费如此多的精力去做这些事情。作为一个合伙人，我的业务量本就不小，按理说我应该专注于维护客户关系，这样收益更高。团队中的其他合伙人也觉得我这样做有些"不务正业"，担心这会影响我的主要工作。

在这个阶段，我如何调整自己的心态呢？

记得曾经和一个朋友聊到过我的迷茫，我说："我不明白为什么做这件事会受到周围人的质疑。我只是做了一个新的尝试，却仿佛做了一件错误的事情，我很困惑自己的选择是不是对的？还要不要坚持。"他反问我："既然阻力这么大，你为什么还坚持做这件事情呢？"我思考了一下，意识到从小我就喜欢写作，小时候语文成绩也是最好的，多次获得写作奖项。我总觉得在时代和科技不断变革的浪潮中，如果我不跟上变化的步伐，就会被淘汰。就像我的右手中指上那个厚厚的老茧，就是小时候写字磨出来的。追溯年华，我们那个年代都是手算，甚至学过算盘，而现在的孩子们都在用计算器。我现在使用手机还习惯用九键输入法，而我们团队里的年轻人都喜欢用二十六键输入法。这些变化提醒我，科技的普及已经改变了我们日常的生活方式和习惯。

互联网已经成为我们生活中不可或缺的一部分，它不可能突然从我们的生活中消失，反而会越来越重要。在线工作是大势所趋，如果不提前适应这种趋势，等到它全面普及时，我们可能会更加茫然。但可能周围同事习惯的工作方式和我不同，所以他们不太支持我的做法。

我的朋友最后告诉我，做自媒体是你内心真正想做的事，但你周围充满了"应该做"的声音，这些是行业内和你的同事多年形成的工作习惯和思维模式。所以，你在潜意识里可能也认为这些是正确的，这让你的决心不够坚定。如果你真的相信自己的判断，愿意追求自己热爱的事业，那就勇敢地选择自己想走的路。

这番话让我深受启发，我决定坚定地走自己选择的路，那就是通过新媒体传播法律知识，让更多的人以更易懂的方式了解法律。虽然这条路不容易，但我相信，只要坚持自己的信念，最终能够找到合适的平衡点，既能满足专业性的需求，也能让普通大众受益。这样的努力，最终会让我在专业领域之外，找到一片新的天地。这次与朋友的深入交谈，给了我极大的鼓励与启示，让我下定决心，无论多辛苦也要坚持写下去。因为我的日常工作已经非常繁忙，我不得不牺牲休息时间，晚上加班撰写文章。我为自己设定了相当高的目标：每周至少要完成三篇原创文章。

记得有一次，那天工作特别多，加班到晚上八点多才回家。第二天的文章还没有准备好，我感到了前所未有的压力。为了缓解压力，我想到吃冰淇淋可能会让自己好受一点，但时间紧迫，我只能一边吃冰淇淋一边继续写稿。结果，那晚的我越写越委屈，最后竟是一边吃、一边哭、一边写。现在回想起来,这种情形既感人又有些可笑。

然而,坚持总会有回报。随着我的努力逐渐显现成效,公众号的粉丝数量开始增长,人们对我的专业能力给予了肯定的认可。不久,我的公众号开始收到许多粉丝的咨询,他们阅读了我关于各种案例的分析后,愿意付费获得我的专业建议。随着咨询请求的增多,当时每个月大概有50到100人通过线上的方式向我咨询案件,我荣幸地接到了多起案件的代理邀请,这些案件不仅限于本地,还有来自外地的。我个人已难以应对,于是我与律所的合伙人商议,组织律所的年轻律师团队,专门负责处理这些在线咨询问题。这不仅解决了读者的需求,也为律所的年轻律师提供了宝贵的实践机会。

这种做法逐渐得到了同事们的理解和支持。许多年轻律师表示愿意加入我的团队,甚至有些律师也开始尝试撰写文章。随着稿件来源的增加,我之前所承受的写作压力也大为减轻,一切似乎都进入了一个良性循环。

同时,线上咨询也逐渐增多,我们也开始接触更多外地的案件和法律顾问业务。我一直坚信,必须跟上科技的步伐,线上业务正逐渐取代传统的线下服务。因此,我们开始尝试使用各种自媒体行业的工具,比如石墨文档这样的协作编辑工具,以及腾讯会议等线上视频会议工具。我们也努力培养客户使用这些现代工具的习惯。经过一段时间的磨合,我们的工作效率显著提高,能够突破地域限制,更加灵活地处理案件。

而伴随着法院推广线上立案、线上开庭等措施,我们的工作方式也在逐步转变。这些新的工作模式不仅为我们带来了更多外地的业务机会,也极大地提高了整体工作效率。在这个科技快速发展的时代,能够灵活适应并利用新技术,已经成为每一个法律专业人士的必备能力。

再次出发,行走在心路上

随着科技的飞速发展,短视频成为新的信息传播趋势。初期,当大多数人还在使用功能相对简单的手机时,文字成为主要的信息载体,公众号因此成为理想的传播平台。然而,智能手机的普及和网络技术的提升,短视频以其直观、便捷的特点迅速崛起,并逐渐改变了人们的内容消费习惯。这不仅仅是从公众号到抖音的简单转换,而是从文字到视频,媒介方式的根本变革。

面对这样的变化,我意识到必须重新出发,接受新的挑战,开始创作短视频内容。这次转变几乎是一次彻底的自我革新。我必须放下过去的成就和经验,坦承自己在短视频领域的新手身份,从头开始学习。短视频与文章有很大的不同,首先就是剪辑技术的挑战,我选择支付费用请专业人士进行剪辑。此外,短视频以其独特的传播形式,展现出了相较于传统文章更为密集的信息量,需要我调整以往的创作方向,制作更加简洁、直接、有趣的内容,这就要求我能够精炼语言,提炼出触动人心的金句。

同时,口播表达的能力也是一大考验。刚开始制作短视频时,几乎无人问津,这对我是一大打击。无论我对自己的作品多么满意,都必须面对观看量几乎为零的现实。这时,我必须调整自己的心态,坚持不懈地发布内容,并不断地调整和反思。

与文章写作不同的是，文章可以详述一个案例，在其中穿插法律知识。但是短视频更短、信息密度更大，就不能详述一个完整的案例，只能是快节奏地讲述清楚一个法律知识点，同时需要有金句穿插好有直击人心的力量。另外短视频有对镜头展现力的考验，那么从穿着、拍摄场景都有要求。

在摄影的初涉阶段，我怀揣着朴素的热情，不拘泥于特定的场景，随意择其一地便开启了我的拍摄之旅。那时的我，深信只要将心中的故事与情感清晰地传达给观者，便已完成了作为创作者的使命。但很多粉丝给我留言，都提到了妆造的问题，还有灯光效果、背景等。这让我意识到短视频的拍摄要求相对于文章更加的综合。可能这些在我看来不重要的事情，在观众眼里很重要。在一一克服这些问题之后，我也还是收获了很多粉丝，大部分是职场女性。现在大家的留言也会夸说"杨律师越来越美了，颜值和才华并存"。还常常在后台留言跟我讨论很多问题。

那时，我已经需要处理律师业务、撰写公众号文章，同时还要开拓新的短视频领域，时间和精力的分配成了一个巨大的挑战。幸运的是，由于公众号的初步成功，周围的负面声音逐渐减少，取而代之的是越来越多的鼓励和支持。我的团队成员，看到了与时俱进的必要性，开始帮助我进行拍摄、出题。

这期间，一个案例的成功让我们团队的方向得到了更坚定地确认。我们处理了一起标的额高达 1500 万元的大案件，与其他四家律所竞争，最终成功拿下。案件当事人后来与我们分享了一个秘密：尽管我们的报价是最高的，几乎是最低报价的一倍，但他选择了我们。他解释说，他是我的粉丝，通过阅读我的文章和观看我的视频，对我的专业能力和团队的工作方式有了深刻的了解和信任。这让我深刻认识到，自媒体不仅是传播知识的平台，更是建立信任和专业形象的有效途径。

这位客户的坦诚反馈，让我深感自己的努力是值得的，也坚信了长期坚持是成功的关键。他不是因为一篇文章或一个视频就信任我，而是通过长时间的积累，对我建立了深厚的信任。我们不仅成功处理了这个案件，而且收获了团队更加深厚的信任与坚定的支持，成为我职业生涯中一个温馨而有力的转折点。随着直播的兴起，我们迅速适应并参与其中，整个团队积极参与直播间的建设，共同策划内容，许多律师也愿意来分享他们的法律知识。律所的态度也发生了改变，不仅西安的同事支持我，全国各地的办公室也表示欢迎我们去拍摄。此外，因为粉丝基数的增长，其他律师事务所也开始向我发出邀约。

最让我振奋不已的是，竟有粉丝通过私信分享了他们通过司法考试的喜讯，并表达了希望加入我们团队实习的强烈愿望。这一份份来自远方的肯定，照亮了我们前行的道路。如今，从多元化的招聘渠道汇聚英才，到同行间无私的支持与协作，再到客户们广泛而深刻地认可，我们已构建起一座坚实的桥梁，连接着过去与未来，畅通无阻。

面对未知的未来，我深知挑战与机遇并存。但正是这份"随时归零"的心态，让我能够拥抱变化，保持谦逊与好奇，勇于在每一次尝试中超越自我。我坚信，只要心怀梦想，脚踏实地，不断前行，那么无论前路如何曲折，我们都将无所畏惧，共创辉煌。

事实上，自媒体这一概念早已超越了新兴事物的范畴，它已深深融入我们的日常生活，成为信息传播与个性化表达不可或缺的一部分。例如，罗翔老师等都是通过自媒体让大家认识的。现在做自媒体的律师也越来越多了，有人以专业知识来进行普法宣传，有人用视频博客（Vlog）的形式来给大家展示律师的生活，他们都更加多面地向社会展示着律师的风采。我身边也越来越多人通过他们了解了律师这个职业，有人跟我说："以前都是在电视剧港片里看律师，现在才知道了真实的律师是什么样的？"

实际上，我不仅在自媒体平台上吸引了一大批渴望深入了解法律知识的粉丝，还意外地赢得了众多同行的关注与青睐。他们同样怀揣着通过自媒体展现自我、分享专业见解的热情，纷纷与我交流心得，共同探讨如何在这个多元化、快速迭代的媒体环境中脱颖而出。

其实时代从来不会因为我们停下发展的脚步，而我也从来不是第一个追随时代变革的律师。很多法律博主早已在这个赛道有了自己独特的标签，他们也会受人诟病，但也会获得很多的支持者，更重要的是他们会把自己的专业能力和价值观传达给大众。也让我们看到了一个职业和一个博主的多样性，以及社会对这些多样性的接纳能力和讨论度。

跟随时代的脚步，不被时代抛弃，这就是我的目标。正如美国著名作家威廉·吉布森所说："未来已来，只是尚未普及。"我愿意成为那个把握住未来的人。

站在巨人肩上，渐变前行

邹茜雯

二十年前的一个夏天，知了在窗外悠长地鸣叫，电风扇懒懒散散地转动着，生活在赣东北部某个小城的我，像往常一样醒来后对着白色的天花板发呆，自己追视自己的视线，一遍遍幻想着：三十岁的我该是什么样子？年薪百万的职场翘楚？忙于家庭琐事的贤内助？还是事业有成的女强人？或者三尺讲台传道授业的人民教师？未来有种种的可能性，我充满期待。

问君何能尔，心远地自偏

2014年，受校外导师的鼓舞——我选择了前往美国威斯康星大学麦迪逊分校，攻读我的第二个法律硕士学位。

我所在的麦迪逊市又被留学生称为"麦屯"，当地有一千多个湖泊，而麦迪逊大学紧邻门多塔湖（Lake Mendota）和门诺纳湖（Lake Menona），当地的人们在闲暇之余，常常会选择到湖边野营。他们在这里搭建帐篷，享受大自然带来的宁静与美好。在繁重的课业间隙，我时常寻觅片刻宁静，步入校园跑道，围绕着湖边奔跑，体验着与国内众多学府截然不同的自然风光与独特的人文氛围，深刻感受到异域校园独有的魅力与宁静。沿途，低矮错落有致的住宅，每一栋都有它们自己的特色，平整的草坪如绿毯般铺展，精致的花园，都显示出主人们的精心呵护与用心修护。道路两旁，郁郁葱葱的树丛和灌木丛自然生长，未经人工雕琢，却散发着一种杂乱而又不失美感的气息。这段在校园中奔跑的时光，已然成为我学习与生活中不可或缺的一部分。

透过宽敞的落地窗，一只松鼠轻盈地跳跃着，从树梢间穿梭至翠绿的草坪，又顽皮地跃上学生们的书包，继而消失在熙熙攘攘的街道边。街道上，学子们步履匆匆，怀中紧抱着沉甸甸的英文教材，头也不回地进入图书馆。我缓缓起身，仰望窗外片刻的宁静后，舒展四肢，仿佛在为接下来的时光积蓄力量。我与其他同学一样，会在图书馆彻夜学习，偶尔也会遇见麦迪逊凌晨五点的太阳，它如同勤勉的见证者，默默陪伴着每一个追梦人的不眠之夜。

现在回想，麦迪逊这段学习经历对我而言，其深远意义远不止于知识的积累，更在于那段时光里，由老师们与同学们共同编织的记忆。系主任玛格丽特（Margaret，今已荣升校长之位），以其独有的温暖与关怀，诚邀我们这群远离家乡的华人学生参加她的家庭聚会。此外，法学院内众多教授亦以开放包容之心，对我们也非常的友好，常邀请我们到家里做客聊天，不仅分享学术见解，更在美食与欢笑中，与我们建立了跨越种族与国界的深厚情谊。这些珍贵的经历，成为我心中最宝贵的财富。

同时，我还有意识地每两周约一位法学院的美国同学喝一次下午茶，倾听他们讲述各自的成长轨迹、家庭背景，理解他们为何选择负债攻读法学博士（JD），以及他们对未来的规划与憧憬。这些独特的经历不仅极大地锻炼了我的英语表达能力，更让我跨越了文化的界限，对不同的人生哲学和社会形态有了更为深刻的认识。

虽然初到美国的时候我就计划好毕业后回国工作，但我的留学生活并未因此而有丝毫懈怠。我全力以赴地学习，尽情地享受每一刻的欢乐，同时也热衷于探索当地的风土人情，力求让自己的留学之旅丰富多彩。然而，最终让我获益匪浅的，并非这些外在的奋斗与体验，而是在异国他乡独立生活的时光里，我拥有了更多与自己对话的机会，学会了倾听内心深处的声音。那段时间时尚潮流、社会热点、追名逐利离我很远，我尝试着站在更高的人生和社会发展角度看问题，精神更加旷达和开阔，这种潜移默化的心态变化，对于日后回国选择律师行业并选择当下的职业领域以及与客户交往的方式也有长期和深远的影响。

"傲慢与专业"，对法律的坚持与热爱？

小郭是我的助理，她是传统的"五院四系"学生，刚从海外读完法律硕士回国，虽然在西北老家的家境优渥，但她还是毅然选择来到上海独自打拼，希望成为一名优秀律师。

入职初期，小郭常带着诸多疑问向我求教，我始终耐心倾听并细致解答。谈及与客户交往的商务礼仪，我强调在律师与客户的日常交流中，应保持双方地位的平等与尊重。作为乙方，我们赢得尊重的基石是专业能力，而非形式上的过分谦卑。良好的商务礼仪足以展现我们的职业素养，无须过分放低姿态。

对于助理在法律文书准备上的不足，我则反复提醒，律师职业，字字千钧，每一份文本都是个人专业形象的直接体现，尤其在家事案件中，更是客户信任的重托。你们皆是精英教育的佼佼者，加入时我已见证了你们的能力潜力。若基础文书尚显粗疏，那或许是态度上的自我审视时刻。请铭记，专业与敬业并重，方能不负客户，不负己心。

除小郭之外，我还有其他几位助理，每位助理的性格、成长教育环境不同，各自工作表现也都不一样，虽然成长过程中都有不足之处，但只要愿意沉下心，经过三到五年的历练都可以在执业技能上有很大进步。当下经济环境没有了往日的增长势头，年轻人的就业压力变大和工作机会却少了很多。每当看着她们年轻且略显稚气的脸庞和抱着卷宗材料忙碌的身影，我也会想到数年前的我也曾是如此。

"人生要有远见"

在上海徐汇区中心 CBD 的一栋巍峨高层写字楼内，我身着简约而不失庄重的白衬衫搭配经典牛仔裤，略显拘谨却满怀期待地坐在 A 先生那宽敞明亮的办公室中。我们两人之间，一张宽大的办公桌悄然划分了空间，却未能阻隔住交流的热忱。

"小邹，欢迎你加入我们团队。"

那是我们第一次见面的场景，直到现在我还记得当时紧张的感觉，时间仿佛逆转，现在的我已然坐在了 A 先生的位置，说着同样的话语，看着如同我当年一样的年轻人。

我从华东政法大学研究生毕业来到了 A 先生所在的律所，成了其团队中的一名律师助理，这是我人生中的第一份正式工作。A 先生 45 岁左右，常年的衣服都是标准的中年男性的羊毛、毛呢西装外套，色调以深灰、蓝色为主，谈不上时髦，但中规中矩不出错。有意思的是，A 先生的西装外套上常年会别上一枚律师徽章，徽章的外形与内形为一大一小两个同心圆，内圆上部均匀排列五颗五角星，排列方式和国旗上五角星不太一样，内圆下方由三组正反相背的"L"组成。"L"是汉语拼音 LÜSHI 及英文 LAWYER 的第一个字母，代表律师。每当 A 先生投身于工作之中，那枚徽章便陪伴着他，静静地诉说着他对律师职业的深深敬畏与坚定信念。昔日的我，对此或许未能全然领悟，但如今，同样身披律师袍的我，却深刻体会到了这枚徽章背后所承载的重量——它不仅是身份的象征，更是 A 先生对法律信仰、职业操守及专业精神不懈追求的见证。

A 先生也常跟我们说，"每天出门前照照镜子，看看自己是否穿得像一名成功优秀律师"。这个道理之后从这句英文中有了更加醍醐灌顶的理解——fake it till you make it。A 先生还有很多有意思的特点，开车时从来不让助理坐在副驾上，只能坐后排，这一点可能呼应了 A 先生与团队同事相处的原则，"生活是生活，工作是工作，大家只是工作中的伙伴，生活问题互不过问",副驾既体现了与助理一定的距离感,也体现了 A 先生对师母的尊重。A 先生的团队主要业务领域是刑事案件、外企本土化政府关系协调、常年法律顾问,而我的工作主要是协助第二部分,为几家头部的外资企业在本土化过程中所遇到的问题,洞察及撰写中英文政府关系报告。

入职的第一天,A 先生告诉我为什么在众多面试的求职者中选择了我,理由是我比其他人多做了一件事——主动发送了一封自荐信,信的内容非决定性因素,重要的是写信的动作展现出的主动性及情商。回想当时,我从律所官网找到了 A 先生邮箱地址,给 A 先生简短发送了一封邮件,大致表达三层意思:我注意到求职者有很多比我有经验,比我优秀,我也认识到和承认自己的不足;但我的优势是善于学习,并且效率高;希望 A 先生发 offer 时可以多考虑,给我一个机会。

在求职的激烈竞争中,A 先生的反馈无疑为我的职业生涯开启了一扇独特的窗。通过一封自荐信,我不仅仅是在众多才华横溢的候选人中投下了一枚石子,更是以行动诠释了何为"主动出击"与"自我推销"的艺术。这封信,虽简短却饱含诚意与策略,它不仅仅是一纸文字,更是个人态度与能力的微缩景观。

"律师的成功不是来自学历和天赋,而是技能。作为律师助理,站在金字塔的塔底,每上一个新台阶,都要靠技能抬起你的腿。不能仅仅满足于完成任务,不能仅仅因为超越了要求的底线而沾沾自喜。凡是优秀律师已经做到的,你都应当做到。"

——A 先生

《远见》是初见 A 先生时，他赠与我的，这是一本绝版书，A 先生特意花了四倍的价格从旧书市场购来，他对往日的其他助理也是如此。我翻开书，扉页写上了 A 先生亲手书写的一句话："人生要有远见"。在那之后的一段时间里，这本书陪伴我度过了上下班的地铁时光，也帮助我无形中形成了对律师助理工作的一些宝贵认知和习惯。

工作中的 A 先生是谨慎且睿智的代表，他总是以非常谨慎的态度来对待律师这份工作。A 先生常说，人这一生一定要走好每一步，一朝走错，万劫不复。当时听闻这句话，只觉震惊，现在想来是 A 先生承办了很多的刑事案件，面对这些失去自由和生命的当事人和案件，更易觉得人生短暂，世事无常，所以要认真对待当下。这一点体现在 A 先生对待律师工作上也很明显，A 先生对当事人和案件的挑选是严格的，所以拒绝过很多当事人的委托请求，要知道律师行业的特点决定了"多劳多得"的报酬机制，拒绝接案其实就是将财神爷拒之门外。A 先生拒绝的理由是——事出反常必有妖，会伤害律师"羽毛"的案件尽量不要碰，否则可能保不住律师证。A 先生的睿智在生活和工作上都充分展现，生活上，面对上海房价的两次翻倍，A 先生经过对市场的洞察都稳稳地在两次上涨前入市，通过投资实现了财富扩张。在工作中，A 先生常常劝诫我们要不断思考向成功的律师典范学习，分析成功的不同路径，有没有可复制的"武功心法"。A 先生的这些细节，既展现了其谋定而后动、知止而有得的智慧，也反映了其善良和正直的品行，这些无形中雕刻了我对于律师工作的懵懂认知，以至于在日后的很多工作细节中，都会时常回想 A 先生的很多教诲，说是律师实务的启蒙老师完全贴合。近日我还得知A先生荣升了律所主任，我想依据A先生的能力与人品，也是实至名归的。

B先生的出现是一次偶然，经过一名法官的推荐，我了解到上海本土最大的律师事务所——上海市锦天城律师事务所B先生团队有一个工作的机会，B先生也给我发出了工作邀约。当时的我，在A先生团队的工作已经进入一个比较熟练的阶段，与同事们相处也非常愉快，还收获了一帮关系很好的小伙伴，未曾想过要离开去往其他平台。

那是在一个周六的下午，原闸北区的一个不算安静的茶室里，B先生招呼服务生上了两杯茶水。

"小邹，我观察到你现在做的外企政府关系业务，似乎对你过去这么多年学到的法律专业用得很少。"

"确实，虽然我们现在服务很多的外国知名大企业，但更多考察的是外语能力和非诉讼的背景调查能力。"

"我曾经是一家律所主任，做律师也30多年了，服务过的大客户，央企国企数不胜数，最近带团队加入锦天城，正好需要增加一名律师助理，我们服务过的客户质量和层次都很高，对于你律师起步会有很好的帮助，薪资待遇上也会较以往增加不少，你考虑考虑。"

基于对那位资深法官的信任，锦天城律所的光环以及在前期与B先生初步接触的过程中，B先生展现的"游说"技能及其所带领的团队服务的客户质量，加上涨幅不小的薪资，于是我心动了。思考再三，我给A先生认认真真写了满满两页纸的离职信，郑重交到了A先生手里，多年的律师执业经验，使得A先生在面对各种波澜时都表现得淡定从容，我从A先生脸上没有察觉到什么不舍，A先生也未做挽留。但事后，我从人事主管、律所其他高级合伙人、律师、团队同事处就听到了一些反馈。人事主管告诉我："我做人事这么多年很少见到律师助理离职时言辞如此恳切地写这么长的离职信，A律师平时可没少向我表扬你，说你海归留学回来就是不一样，工作表现特别好，你要走A律师很舍不得。"律所其他同事也向我表达过，"A律师平时在背后经常表扬你，你要离开太可惜了"。要知道，我在担任A先生助理的这段时间里从来没有听过他对我当面的表扬，这些反馈对我来说是一种肯定，也是对A先生人品最好的展现。

初出茅庐的年轻人往往都禁不住"世界那么大，我想去看看"的诱惑，我也不例外。时至今日，国内的律师事务所从管理模式上可以分为两类：合伙制、公司制。合伙制律所主要体现为律所由一个个合伙人构成，每位合伙人自己带领一个团队，独自开展业务，自负盈亏，并"借用"律所这个平台对外开展业务，同时获取同事之间相互合作的机会。公司制律所内部有更精密的成本核算体系，更细致的组织分工流程，整个律所就像一家公司整体核算各项收入与成本开支。从律所人员规模上大体可以分为三类：大型所、中型所及精品小型所。大型所一般是超过150人的律所，中型所是100人左右的律所，精品小型所一般在50人以下。我即将加入的锦天城律所就是一家单总部上海就拥有1300名以上执业律师的超大型合伙制律师事务所，可谓律师行业的"航空母舰"。这艘"航母"里可谓是藏龙卧虎、人才济济，加上律所内有许多华东政法大学的师兄和师姐，天时地利人和在当时显得特别合适，于是我迫不及待想要加入学习。

B先生是锦天城的一名高级合伙人，我加入B先生团队时，B先生的前一名助理刚拿到律师执业证开始独立执业。于是我成了B先生唯一的律师助理，与另一位行政老师一起为B先生做好辅助工作。B先生当时的年龄近55岁，是我们华东政法大学毕业的老学长，曾经是一家精品律所的主任，后关停律所并带领小部分同事加入锦天城组成一个律师团队，B先生自己的团队主要负责的业务领域为大标的疑难商事诉讼的二审及再审。有了前一段工作的铺垫，我形成了相对体系性的律师工作习惯和能力，在B先生交办的部分工作中，可以独立完成一些文书的起草和写作。但令人感到无奈的是，B先生的业务特性决定了每个案件服务的周期都很长，很多案件往往持续几年，以至于工作一年后，我都没有完整地跟下来一个案件。但在B先生这里，我得到许多非常宝贵的多维度学习的机会。B先生的性格爱憎分明，对于欣赏和喜欢的晚辈，会不吝精力地为其寻找合适的展示自我的机会，在了解到我丰富的校园主持经历后，我荣幸地获得了在锦天城律所及大型团队年会上连续三载担任主持人的宝贵机会。这一平台不仅让我得以频繁亮相，更成为我与众多业界前辈深入学习与交流的桥梁。尤为难忘的是，在2018年3月，锦天城律所在伦敦开设首个海外分所。在B先生的慷慨提携下，我有幸作为年轻律师助理，与律所的高级合伙人及各地分所主任律师一同踏上了前往伦敦的旅程。

在那次非凡的旅途中，我不仅亲眼见证了国际法律界的盛况，还亲身参访了伦敦顶尖律师事务所、英国司法部、剑桥大学及大英博物馆等文化学术重镇。更令我受益匪浅的是，能够近距离聆听律所元老级前辈们在中英文双语环境下自如切换，进行深刻而精彩的演讲与交流。这一周的时间虽短，却如同开启了一扇窗，极大地拓宽了我的视野，深化了我对专业领域的理解，同时在待人接物、思维格局等方面给予了我深刻的启迪与影响，成为我职业生涯中不可多得的宝贵财富。

在担任 B 先生助理期间，最令我铭记于心的并非他在谈判桌上以超凡的沟通技巧在巨额交易中为委托人赢得利益巅峰的瞬间，也非那些为达成共识而灯火通明的深夜拉锯战。真正触动我的是，在完成烦琐的法律文档工作之余，B 先生总爱与我们分享律师界的微妙生态与幕后故事，以及他对客户与世事的独到见解。

他口中的那些传奇，如某资深合伙人凭借何等手段稳固了与超重量级客户的长期合作，又如那位古稀之年仍掌舵百亿钢铁帝国的老将背后的坚韧与智慧，无不让我窥见行业深邃的一面。这些谈资，虽初时令我应接不暇，却也悄然在我心中种下了深刻理解行业的种子——我逐渐领悟到，在律师界，对人性深刻的理解与精妙的驾驭，特别是对客户心理的精准把握，同样是专业能力的极致展现。

如果说 A 先生是师徒带教式的"谆谆嘱、切切意"，那么 B 先生则是以一种忘年交式的同事情谊跟我们分享律师行业里现实的一面。他的分享，引领我站在一个更加高远的视角去审视和思考这个行业的本质。

在两位导师的共同启迪与熏陶之下，我深刻体会到律师这一职业所承载的，不仅是沉甸甸的工作压力，更是推动自我超越的不竭动力。我时刻告诫自己，唯有成为"有真才实学、值得信赖、经得起考验"的律师，方能在当今这个竞争激烈的行业中稳扎稳打，赢得一席之地。

同时，A先生的身影如同灯塔，他胸前那枚闪耀的律师徽章，不仅是专业与荣耀的象征，更在我心中激起了对法律无尽的信仰与敬畏。这份信仰，如同夜空中最亮的星，指引着我前行，让我在追求正义的道路上坚定不移，勇于担当，不负韶华。

"令人心动的offer"之我与助理们的双向奔赴

2019年腾讯视频热播了一档律政职场观察类真人秀——"令人心动的offer"，上海市锦天城律师事务所作为第一季出镜律所，一时间在全行业声名大振。在此之前，锦天城在业内虽颇有声誉，但从未"出圈"，节目播出后不久，锦天城就被许多国内外求职者和在校生评为"令人心动的律所"，甚至许多客户都以自己的律师是锦天城的律师而有更多的优越感。

2020年之后，持续三年的疫情，让国家经济进入一种"大病初愈"的恢复期，加上地缘政治等方面的影响，各行各业反映经济形势不乐观，公司退租、缩减预算、裁员、减薪，这一系列的情况也陆续反映到我们的律师业务上，资本市场等以非诉讼业务为主的团队业绩下滑比较明显。劳动力市场的需求下降，但供给端的"产出"稳定，导致了许多刚毕业的学生们求职难。许多毕业生为了逃避就业难的现状，选择继续深造、考研、考博或者留学，进而呈现出"内卷"年轻化趋势。

幸运的是，我本人带领的婚姻家事与私人财富管理团队在大环境不容乐观的背景下，团队的专业化程度、业内影响力及每年度承办案件的数量和质量依旧在逐年稳步上升，可以说是逆势上扬的态势。如此成绩，离不开团队每一位成员的付出和贡献。当然，我的个人成长也离不开我的 A 先生和 B 先生在我执业初期给予的帮助和指导。我也默默且无形地在师傅们的影响下，取长补短并将所得运用到了团队建设中。

常常会有人问我，邹律师，你们团队招人有什么标准吗？每次被问及此类问题，我的第一反应是比较自豪的，毕竟从结果上看，我团队中的每一位成员都是"精兵强将"，工作表现及工作效能均高出同年级其他律师或律师助理。而探究我们招人及用人的标准，大体可以分为简历筛选、面试、入职后三个阶段。

第一，在筛选简历环节，除去对基本的专业功底的衡量挑选外，我会比较倾向于以下几点：（1）法学本科毕业的研究生，一方面，"法本"学生的法律功底比较扎实，法律思维经过四年专业学术的熏陶和训练，其基础会比较成熟，在撰写法律意见书或做法律研究检索时的"上下限"都要高于"非法本"的学生。另一方面，在婚姻家事法律领域，尤为强调律师在处理复杂人际关系和情感纠葛时的人情练达与细腻感知能力。相较于本科毕业生，研究生阶段的学习与生活经历为其增添了更为丰富的阅历与成长。这些额外的升学挑战及生活历练，使得研究生在入职后能够更快地适应环境，展现出更高的上手速度与处理复杂家庭案件的敏感度。他们往往能够更深入地理解当事人的情感需求与利益关切，从而提供更加贴心、有效的法律服务。

（2）经过推荐的候选人，美国的顶尖律所有一个默认的传统——喜欢招 Top14 法学院毕业的学生，不是因为这些学生专业水平一定多高，更因为这些学生和彼此所在的"圈子"比较同质和接近。同样的道理，有人推荐，等于有人为候选人"背书"，背书人愿意进行推荐，说明初步判断过其人品为人及教育背景，被背书人的简历可以被我们看到，也说明其所在的圈层质量不差。退一万步，如果工作过程中，发现任何问题，至少有背书人可以愿意帮忙进行沟通。

（3）有优秀实习或社会实践经历，这里的实习经历专指律师事务所，法院、公司法务、检察院的实习经历往往从工作认识、工作节奏和工作内容上都与律师事务所区别较大。如果在"红圈所"实习过，当然是绝对的加分项，"红圈"这个概念与英国律师界的"魔术圈"（Magic Circle）类似，业内普遍认可的"红圈所"主要为八家律所：金杜、君合、方达、竞天、通商、环球、海问、中伦。虽然这些年红圈所的吸引力有所降低，但红圈律所对实习生和律师助理的培养有自己的一套相对比较规范和系统的模式，对于塑造律师的工作习惯和认知水平有正向的帮助。

第二，面试环节尤为重要，真正的面试其实从见面之前就开始了，优秀的求职者在发送求职邮件时，已经与旁人拉开了差距，她们往往会在邮件正文从称呼到落款，从招聘团队和带教律师的背景调查到"投其所好"式地进行自我推销，每一个点都在展现一个求职者的用心程度及情商。面试的第一眼，看外表及着装，考虑到部分求职者的经济状况，不要求做到亮眼，但至少要干净整洁，千万不要穿牛仔裤和运动鞋。作为律师应从着装上对每一位客户都应持有尊重的态度，我作为带教律师每天都是穿着整套执业装束，对于团队助理的要求也是如此。其次，开场对话及谈吐前五分钟就决定了基本面。所以也建议每一位求职者面试前准备一段中英文的自我介绍，涵盖教育背景、专业能力、社会实践及实习等情况。当然，并不一定能用得上，但在准备自我介绍的过程中，求职者就是在挖掘自身优势并能顺势找到合适的自我推销和自我暗示的过程。最后，笔试及面试结束后，如有可能性，不论是否录用，都建议和带教律师交换联系方式并保持日后的沟通，毕竟向上社交需要平时"量"上的积累。

第三，真正的考查是求职者入职后的各方面表现，以我们团队工作的强度，充分考查一位助理的时间是一个月。第一个月，基本上可以从专业功底、工作态度、文字功底和沟通理解能力、工作效率和时间管理能力等方面对助理有一个比较全面的了解。一个引人深思的现象是，来自较发达城市的助理在进入职场环境后，比较能精准把握带教律师的工作指令，以及高效沟通处理案件突发情况等方面。与他们深入交流后，我发现他们在基础教育阶段就已经开始接触到了法律。以浙江省为例，许多高中已前瞻性地引入了法律教育课程，为学生搭建起早期接触法律知识的桥梁。更为关键的是，教育体制内文理分科与技能课程的设置上，赋予了学生更大的自主选择权，鼓励多元化发展。学校的评价体系也因此变得更加全面，不再单一聚焦于传统学科成绩，而是综合考量学生的多方面能力与素质。这种多元化的教育环境，无疑为来自浙江等城市的助理们奠定了坚实的综合素质基础，使得他们在职场上能够迅速适应并脱颖而出。

常常也有同事好奇，邹律师，你平时是如何管理团队的呢？

（1）严进宽出，自主培养。从前面如何挑选助理，其实就展现了我团队从选任助理时的高标准和"挑剔"，通过严格筛选优秀的毕业生，到按照团队的执业标准从零开始培养助理，到最终可以留下的都是对团队文化有认同感且有深厚情感的优秀"伙伴"。

（2）发自内心欣赏每一位助理的优点。每一位助理不同的性格特点和表现其实都是一个硬币的两面，团队管理的丰富意义在于，要善于挖掘每位助理的性格特点，帮助其延长长板，实现团队人尽其才。比如，外向且喜欢主动与人交流的助理比较适合在外调查取证，内向且心思细腻的助理在撰写法律检索报告时比较全面细致。当然，人才的长期培养是一个动态的过程，须怀着充沛的爱心和耐心观察每一个助理并安排合适的工作。

（3）培养"养成系"团队文化。律师行业的特性决定了每一位从事律师工作的个体需要不断学习和成长。我们团队的日常是花60%以内的时间办案件，花30%的时间系统性研究专业，还会花10%的时间向外学习。比如，团队尽量每半个月组织一次"午餐组会"，学习近期的行业动态及优秀前辈录制过的课程，定期复盘和总结。

（4）教学相长，双向奔赴。带教律师和助理的师徒关系的形成确实是一段双向奔赴的旅程，好的师徒关系既可以帮助徒弟在律师技能及各方面快速成长并养成优秀的职业品格，同时也能在专业等各方面补足师傅及团队的不足。举个例子，律师工作强度极为显著，这不仅局限于他们手头的案件处理，还广泛涵盖参与社会活动及进行深入的专业研究等多方面，他们时常会面临需要同时处理多个任务的情形，因此锻炼和打磨高效时间管理能力和工作方式就显得很有必要。

Z助理作为我非常欣赏的助理之一，自入职首月便展现出非凡的法律素养与高效执行力。面对错综复杂的继承案件，她不仅能够迅速抽丝剥茧，理清纷繁的人物脉络与法律关系，更展现出卓越的专业检索能力，从一些高院的司法解释及记者问答中，精准捕捉到对我们案件争议焦点有利的法律论述，其时间管理与专业深度并重。

而Y助理，是另一种性格和工作风格的助理，在团队中独树一帜。她聪颖过人，对工作任务的理解力超乎寻常，仿佛拥有洞悉本质的慧眼，用我们行业内常用的话来描述叫工作能力的"天花板"很高。在接手首个复杂的买卖合同纠纷案时，面对涉及高精度芯片交易、多方利益纠葛的复杂案情，Y助理不仅迅速把握案件精髓与客户需求，更在极短时间内，将冗长的聊天记录化繁为简，通过精心编排，不仅提升了电子文档的可读性，还巧妙地为法官标注了关键信息，极大地方便了庭审中的事实陈述与争议聚焦。这一细微却高效的举动，不仅彰显了Y助理在法律逻辑、事实梳理上的深厚功底，还透露出她超乎寻常的文本审美与法庭策略意识，是位非常值得培养和极具成长性的助理。

律师作为掌握法律技能、为客户解决问题的专业人士，无论是对上级律师还是客户，"又好又快"地进行工作反馈是非常重要的。初入律师行业的年轻法律人们，在应对同时处理多项任务的工作时，除了灵活运用时间管理工具，最重要的是经过长期的训练，把对工作任务进行"紧急"和"重要"的价值进行排序的能力内化为条件反射，同时不断提高自我要求，用长期主义的价值观指导自己扎实走好律师执业每一步。

律师行业的"魅"与"祛魅"

1979年，中国律师制度恢复的元年，司法部恢复重建并发布《关于律师工作的通知》，至今四十余年的时间中国律师发展经历了恢复、重建、开拓、整合的艰难与辉煌。据统计，2019年底中国律师人数才47.3万名，然而截至2023年底全国已有近70万名执业律师，在未来这个数字很快会增长到100万，会有越来越多的年轻人加入律师群体。律师行业未来的趋势，一定是行业高度细分以及专业的极致比拼。对律师个体而言，高度专业化与基础能力全面化的要求也会越来越高。

法律素养的提升绝非一朝一夕之功，正如霍姆斯大法官所言，法律的内在生命力在于经验。律师行业长期受人尊重的原因是"专业"，正因为专业积累的难与苦，法律技能需点滴积累，这让旁人望而却步，却钦佩有加。但与此同时，客户的认可或一份胜诉判决书所带来的满足感和荣誉感，是无法言说的。无论是备战高考的学子，面临就业的大学生，还是希望转换赛道从事律师行业的朋友，都需要对律师行业的本质有清晰的认知，如果选择律师行业是希望收入短时间内有大幅提升，那么请选择创业等其他出路或领域。但如果能坚持至少五年的扎实专业积累和耕耘，则"私利"自会慢慢"回报君子"。

为什么有些律师能那么优秀？精准的语言表达能力、严密的法律思维能力、高效的沟通能力、稳定的心理素质、博览群书的知识积累、超强的资源整合能力、优秀的团队管理能力、正确敏捷且持久的记忆力，没有一种能力是与生俱来的，每一项能力的积累都有其方法论，当然也需要不断打磨和试错，不断迭代升级、刻意练习，最终才能向外界呈现一种有着"负责任的精英感"的好律师。

一位优秀的律师需要具备三大功力：外功——语言、内功——思维、中功——职业道德，过于注重语言外功的律师无法理解法律的精髓，过于沉醉思考的律师恐无法将案件情况向法庭全面呈现。只有内外功可以成就会办案的律师，而唯有三功合一、存乎于心才能成就卓越的律师。一味迎合当事人、为所谓当事人利益蒙蔽自己的专业判断、在法庭上与对方当事人恶语（颜）相向都是错误表现，需要反思。律师的职业道德体现在：社会责任感、诚实、敬业、礼貌等方面，但最重要的是为当事人保守秘密，为追究合法公正的结果竭尽全力，如此方能长久。

一个人读过的书，可以改变气质，沉淀智慧。一个人走过的路，可以开阔眼界，放大心胸。一个人遇见的人，让我们懂得感恩和珍惜。大多数律师职业生涯中可能只有一位师傅，但却可以有很多徒弟。所以，我常常感恩律师执业初期可以遇到 A 和 B 两位师傅，是他们奠定了我的执业基本技能和认知，带给了我不同的格局和视角，让我有更多的体悟和启发。也感恩带领团队服务客户的过程中可以遇到这么多优秀的助理和伙伴，是你们帮助我从 10 到 100，从而实现更高更大的突破。每个律师的人生际遇不同，能否遇见以及遇见何种导师，皆是不可预知的变数。我见到过许多前辈都是靠自己摸爬滚打走到今天，成为受尊敬的律师，师傅领进门，修行靠个人，"师傅"是个实词也是虚词，可能存在也可能不存在，但我希望成为律师的你要有法律信仰，充分意识到自己是法律人群像中的一部分，意识到自己在构建国家与社会生活诸多方面的责任和作用。

第五章

新的征程

"衡"与"恒"

叶盈盈

2010年的春末，校园里弥漫着花草盛开的草木香味，学校的围墙隔绝了都市的喧嚣，虫鸣鸟叫成了围墙内最动听的背景音。"毕业"，是一个自带哀伤属性的名词，毕业生们都希望抓住时间的尾巴，留住学校的记忆，他们手捧鲜花，熙熙攘攘的，或合影，或拥抱，或告别。

在这种情绪的渲染之下，从不伤春悲秋的我，总觉得这个春末格外的烟雨蒙蒙，不自禁地惆怅了起来。不仅是挥别学生时代，更有对今后人生路的迷茫。

准确选圈的前提是对自我的准确认知

就业"四联单"安静地躺在我的书桌上，辅导员通知我4月底之前必须提交，否则就会影响学院应届生就业率的考核。时间就像漏斗里残留的少许沙粒，给我犹豫的时间不多了。

迟迟未交"四联单"并非缘于我未能寻觅到合适的就业单位。实际上，我已在一家声誉卓著的律所实习了一年有余，其间我的表现亦获得了律所的认可，留用之事已毫无悬念。然而，我总觉得，若是不再深思熟虑一番，似乎是对自己职业生涯的一种轻慢。

上课的路途中，同学通知我们学院一年一度的传统社交活动又要开始了，学院会组织研三毕业生与研一新生结对子活动，旨在增进交流、分享就业经验，丰富来自不同背景的年轻研究生们的互动内容。

本届研三毕业生共有十人，毕业生们所关注的焦点已超越单纯的校园生活，更多地聚焦于就业方向、职业规划与人生抉择。在那个特殊的时刻，大多数同学正翘首以待公务员考试的佳音，而我，选择了相对小众的律师赛道。学弟学妹们或许因听闻太多关于考公考编的主流声音，对于我这样的"非主流"选择充满好奇，也纷纷询问诸多关于律师行业的疑问。

其中一个身穿粉色外套和白色长裤的女生轻声地对我说："学姐，我也想当律师，之前在一家大型律所待过，但是实习了几个月之后，因为没有留用的岗位，我就出来了。……我还是很想当律师，但是家里人建议我考公务员或者当老师。……听说律师一开始压力都很大，如果没案源的话收入不稳定……学姐，你是上海人，经济压力不大吧……能当律师真的很不错，但是女生的话听说很难开展业务……"

看着学妹些许迷茫的神态，我沉思了片刻，轻声问道：

"你喜欢过什么样的人生?"

学妹显然对这个问题有点茫然:"我还是喜欢当律师的,但是总有很多的担心……公务员似乎更稳妥。"

"其实都一样,主要看你自己的意愿。"我望向她,看着她的眼睛,微笑回应道。

学妹回看我,眨了几下眼睛,愣了几秒,开始思考,若有所思。

我们后续没有再继续讨论这个话题,我不知道学妹最后的决定如何,因为手拿"四联单"的我和学妹当时所陷入的漩涡是一样的,也被各种职业选择、人生规划、圈层设定等"问题"轰炸着。

学妹提及的所有困惑的问题,不断在我脑中盘旋,进行过无数遍推演,似乎无解。

"听说考公很难,千军万马过独木桥,考上后又'一眼万年'……"

"听说留学生都很苦,孤身在外,学业压力又大,回来变'海待'……"

"读博留校也很多人选,不过教育岗位要写课题和教案,行政岗位有很多琐碎事务……"

当你发现无论如何选择的时候,"问题"都会重复出现,那可能面对的"问题"本身就不是问题的症结,而是你看待这些"问题"的视角发生了"问题"。

大家在面对人生重大选择的时候总感觉如履薄冰,总担心一旦选择错误,就会承受不可逆的失败,其实这种艰难大多是因为对未来的不可知。但实际上这是一个伪命题,因为未来永远不可知,试图选择一个既定未来的想法才是产生

"问题"的原因。

与其把问题寄予不可控的未来，不如聚焦当下的自己。尝试问问自己，你到底喜欢什么样的工作？你向往何种人生？能否接受另一种选择下的人生？通过与学妹的对话，我也和自己完成了对话。在明确自己的人生价值追求以及容错底线后，你会发现其实有很多所谓的"选择"只是一种障眼法。不为"问题"所惑，只为目标所奋进。

与其盲目地追逐"他"圈，不如深耕"己"圈

有一句话对我有很大的启发：一个人今天的生活状态，是他五年前做的选择所决定的。但是，我认为这句话只说了一半，再往前追溯，还需要去探究为何每个人在当下做出的选择不一样。

选择无关对错好坏，是个人根据自己信念所外化的体现。价值观决定人生目标，理念决定行为模式，每个人的想法不一样，所以每个人选择的方向不一样，付出的努力也不一样。正是因为内核的不同，才会铸就不一样的人生，多样的个体才会让整个社会更丰富多彩。因此我们在做出选择的时候，都要认真地问一下自己追求的是什么。

小燕是我的大学室友，她有着健康的肤色，总是踏着坚定的步伐伴随着爽朗的笑声出现在宿舍中。小燕从小生活在上海崇明，高考前从未离开过崇明岛，她经常和我分享在乡间成长的经历。她说她从小就会用稻草和柴火烧灶，家中长辈会酿米酒，她有时会和爸爸对酌几杯，所以练出一点小酒量。农忙的时候学校会停课去收庄稼，小时候闲来无事会下

河里抓小螃蟹……我经常听得津津有味，导致她一直笑话我，说原本自己读大学是想出岛来开眼界、见世面的，但是没想到最后她倒是成了我的世面。

小燕非常清楚自己的性格特点和职业偏好。当初互联网行业盛行，求职简历充斥在整个校园，给的薪资待遇也高于同行业，似乎只要选择了这个行业，起步是比较快速且轻松的。但是小燕在面对互联网行业的拒绝的态度异常坚定，对此她有一套自己的理论。小燕认为"手里有地心里不慌"，互联网确实很火，但是对她来说这一行业是脱离于实体经济的服务型行业，虚无缥缈，不论这风吹得有多热，都会让她没有安全感，万一哪天这股风不吹了，连个傍身的实物都没有，她认为只有投身实体行业才能让她安心。

她的想法在当时有点不顾潮流的古板和传统，但是却对我有很大的触动。这让我想到在做人生抉择时，表面上我们似乎都是独立做出的决定，但是似乎很难避免被外界因素所裹挟，走向大众所聚集之处。大家都喜欢追逐风口，似乎只有站在风口才能真正抓住时代的红利。但是所有的风口都只是外在的土壤，还得看个体种子是否可以在土壤中生根发芽。若盲目跟随风向，只会寸草不生。我们的人生不应当是随风而散的种子，被大风吹迷了眼睛，最终只知道加速奔跑，却不知道自己到底奔向何方。

学着小燕，通过持续不断的自我反省与审视，我努力剥离外界纷繁的干扰，以期达到更深刻、更纯粹的自我认知。在学术研究上我并没有很高的天赋，但我更擅长在实践中提炼和感悟。我喜欢与人沟通，但又享受独处；我喜欢尝试挑战，但又不崇尚冒险；我习惯身处熟悉的环境中，却又不喜欢太过拘泥的生活节奏；我追求工作给我带来的满足感，但也不愿让工作占据我的所有生活重心。

在摸爬滚打的过程中，我关注了律师行业。这个行业门槛较高，通过"第一大考"司法考试是前提。工作起步较慢，前期收入微薄仅能糊口，职业发展规划讲究缘分，不可控的风险较高，但是我依然被这个职业所深深地吸引。

律师这个行业是直接和人沟通的工作，通过每个不同的个案，我可以和各种不特定的人群交流，并在一定时期内与之产生了较为紧密的联系。我为他们提供有价值的建议，陪伴他们走了一小段人生路，体会不一样的人生百态，我们相逢于江湖，相忘于江湖，并有着各自的圆满。

律师这个行业又不仅仅是与人简单的交流，它还具有一定的专业性和稀缺性，让我不断更新知识、磨炼技能，在不断获取能量的同时，丰富我对世界的感悟。此外，律师对办公地点和时间并没有太严格的限制，工作自主选择余地更大，这点对于追求自由的我来说也同样具有吸引力。

回归最初的问题，有时候我们做选择时，考虑到的是太多的场外因素，比如追求更为热门的行业，或者选择后会带来更大、更知名、更广阔的天地及更精彩的人生道路，这些可能会给我们带来更多的机会，更多的挑战，让我认识更多的人，或许能够给我更高的声誉以及收入。但这些如果和你当初所追求的人生目标不一致，那么总觉得是一颗种子种在了不适合的土壤，总有种违和感，并随着时间的流逝而愈加明显，最终结出面目全非的果实。尊重自己的本心，选择适合自己的土壤，开出那命定的花朵，可能才是不扭捏的人生开始。最终，小燕选择入职一家机械制造业的世界500强公司，而我也选择从事律师行业，直至今日我俩在工作中一直跌跌撞撞、磕磕绊绊，但仍未换过赛道，依然在最初选择的道路中风尘仆仆。

让大家想到你、习惯你、需要你，是入圈的关键

我实习的律所位于上海外滩地区的一栋历史悠久的商务大楼，我加入的是以主任为核心的总部团队，整个团队有主任的三个徒弟和一个徒孙，外加一个和主任同辈的师爷，事务所的其他辅助岗位还有财务、出纳、行政和前台各一位，加上我这个待定徒孙，刚好能凑上一桌。

因为内推入职的关系，团队是碍于介绍人情面才给了一个实习生的岗位，实际上并没有一堆工作等着我去做。因此在实习最初的几天内，我处于"吃空饷"的状态，看着忙碌的同事，我每天如坐针毡，度日如年。我意识到必须改变这种状态，积极寻找在团队中的定位，努力成为理想中的角色，以在新环境中立足。

作为职场新人，我主动与事务所每位老师打招呼，尽快熟悉环境。事务所的前台是一位漂亮小姐姐。我时常帮她打打下手，我俩混熟了之后，我亲切地称呼她"谢姐"。别看姐比我大不了几岁，但是却已经是事务所的元老级人物了，对律所的人、事、物都了如指掌，姐可以说是我在事务所的第一位贵人。

一开始，谢姐对于一个我为何选择律师这个行业一直颇有微词，在她眼中律师这个行业是依靠消耗自己时间和精力来换取金钱的行业，她看到这个行业的压力和竞争，也看到很多的努力也枉然的无奈，总想着劝我转行，但我油盐不进、执迷不悟。谢姐也渐渐地转而开始为我的律师职业生涯出谋划策，并且极力向事务所的前辈们推荐我。

有一次，事务所的一位老师因为冲档，无法准时与客户见面，情急之下他打电话给谢姐，让谢姐看看事务所哪位同事有空先帮忙接待一下。谢姐立马推荐了我。电话里，老师简单和我交代了案件背景信息，这是一个关于公租房变更承租人的案件，老师希望我可以简单地和客户沟通，了解基本情况，等他来了再给建议。挂完电话，眼看略有踌躇的我，谢姐笑着鼓励说："别紧张，你就少说话，多问问题，让他多说，拖足一个小时，别让人在会议室傻等就成。实在不成就尬聊，去吧！"

我鼓起勇气进入会议室时，客户礼貌地和我打招呼，并称呼我为"叶律师"。这是我第一次被尊称为"律师"，内心非常激动。努力收敛情绪后，迅速进入状态。随着我的询问，客户也开始讲述这个案件的基本情况。时间不知不觉过去，等到老师到达会议室时我已经不知不觉地和客户聊了一个半小时了。

老师到办公室后，我立即把记录下的客户家庭关系图、相关人的意见和观点以及客户的需求简要总结，老师一边听我的口述一边参照着我的笔记快速地了解事情的起末，随即迅速地和客户沟通起了案件细节。

事后，老师虽没有对我这次接待客户的表现做出任何的评价，但后续接待客户的时候经常会要求我一同参与，我想他对我的这次的任务是表示认可的。

陪同接待客户是我进入律所之后工作内容转变的分水

岭。在直接和客户的沟通中,我对律师这一工作真正地从书本具象化到实践。如何谈案、如何快速地应对客户的询问、如何从繁杂的社会事实中提炼法律事实,这都是在一个个案件直面客户的过程中要努力学习的技能。我至今都感谢姐的推荐,把我从后台推到了台前。

随着时间的推移,我在事务所中崭露头角,开始接触专业事务。我珍惜每次学习的机会,无论项目大小,都力求完美。每次完成工作后,我都会坚持向老师请教并复盘。几个月后,我成功融入团队,找到了自己的职场定位,赢得了大家的认可。我为团队带来了活力和价值,不再是初来乍到的实习生。

在没有努力到圈层"舒适"位置之前,别总想着破圈

边工边读的实习日子有条不紊地进行着,我也逐渐从茫然无措中趋于忙忙碌碌。虽然还没有毕业,但是也已经在团队中发挥着自己的作用,手头的工作难度也开始从快速提升阶段进入缓慢爬升阶段。当时,因为事务所接手了一个房地产收购的项目,标的较大,负责律师是我们主任的关门弟子L老师,我也协助L老师团队一并完成这个任务。

虽然L老师辈分比我高,但也搭上了80后的首班车,可以算是同龄人。因此我和他之间的相处会更加随意一点。我经常会在工作间隙与他闲聊,会问他关于年轻律师如何选择平台、选择专业领域的问题。

L老师也总是语重心长地告诉我,其实律所都差不多,别看有些律所很大,其实也都是一群合伙人组团搭伙在一

起。大家理念一致，就合作多一点。大家谈不拢的，小门一关可能都互相不认识。"在新人阶段，更需要全方位铺垫知识点，尽可能地参与实践操作，将来做任何案子才会有大局观，这样以后即使细分专长你也不会有业务上的盲区。""现在大家讨论选择平台，选择领域之类的问题，其实在想这个问题之前，你不如先想想律所和律师之间的关系是什么？"

确实，我们总是过多地在意平台、圈层、单位等这些外部因素，并把这些外部因素作为现阶段缓慢发展的原因。总觉得是外部的环境制约了个人的发展的进程，似乎只要换个环境，新的圈层一定能给予前所未有的赋能，个人将会突破桎梏，一飞冲天。

这种思维模式和我们从小学习的唯物主义辩证法是矛盾的。唯物主义辩证法认为事物的内部矛盾是事物自身运动的源泉和动力，是事物发展的根本原因。外部矛盾是事物发展、变化的第二位的原因。与其致力于换个平台，不如把有效的时间专注在提升自我能力。在还没有达到在现有"圈层"的舒适位置，谈"破圈"这个话题就太不合时宜了。当你感觉"破圈"是痛苦的抉择，则说明你还不具备"破圈"的能力，因为真正的"破圈"不应当是反复纠结、忍痛难舍的举步维艰，而应当是顺势而为、水到渠成的自然跃进。

生活中的"守恒"与"平衡"

女演员马伊琍接受记者采访时，曾有过这样一段表述："我绝对不相信，谁可以如此光鲜亮丽地把职业成功女性和一个优秀的合格的妈妈，这两者身份兼有。平衡的结果就是你要自我牺牲。"

若非要对每一行业进行一个性别底色的划分,大众普遍认为"护士""小学老师""保姆"是"女性"的,而"工程师""司机""保安"是"男性"的,而"法律"这一领域的底色无疑也是"男性"的。

毋庸置疑,最近数十年女性在职业领域的发展和占比都有显著提高,但是对于这一现象只是改善而并未有本质改变。仅从法律行业来看,无论从新中国成立以来历任司法部部长、公安部部长、最高人民法院院长和担任全国律师协会的会长人选,女性的比例都明显低于男性。我无意讨论职业性别隔离的问题,也无意挑起性别对立的话题,仅讨论上述不可避免、无法忽略的社会现象之下的个体反应。

古今中外、古往今来,追求"家庭"与"工作"平衡的似乎都是女性。这一命题如同达摩克利斯之剑般悬在每个女性头上,凝视着一代代的女性。作为时代洪流中微不足道的我而言,自然也不例外。"平衡"这个问题从我踏入职场的那一刻直至今日,一直在被反复提及。

依稀记得当这个问题第一次劈头盖脸地向我袭来时的手足无措。当时,我只有二十出头,事务所有一位上海老爷叔,我们尊称W老师,私底下称呼他为W伯伯。W伯伯身材修长,戴着一副金丝边眼镜,惯常穿一套老派西服,脚蹬尖头皮鞋,款式绝对称不上新潮,但隐约透露着一股上海老克勒的味道。虽已年过花甲,但是每回见他,头势一定是清爽的。

"灵魂拷问"总是毫无预兆地突然降临,发生在一次寻常的午餐闲聊之际:"小叶,你真的想好当律师了吗?"

面对律所资深前辈的问话,我当然需要立马表忠心:"我是想当律师的呀。"

"当律师好是真的挺好的,但是忙也是真的忙。你现在还小,体会不了,等你以后成家了、当妈了之后,会没有时间照顾家里的。你看我们律师这一行真的都很忙,客户一叫,不管多晚都要到的,但是几乎照顾不了家。你看小L他老婆生了小孩以后不也把工作稍微放一放?没办法,孩子总归要管的,家里面总要有一个人要顾的呀。"

我抬眼望了满满一桌子的人,突然意识到原来我是总部唯一的女律师,且还算不上是一位正式律师,充其量只能是后备律师。霎时,一种孤立无援且缺少榜样的孤寂感迅速裹挟了我。鼓足勇气,我以玩笑话的方式应对这个问题:"那我将来就争取找个兼顾家庭的另一半吧!"玩笑有点冷,场面有点尴尬,但是成功地结束了这个我不想继续的话题。

确实,L老师和他的太太是同班同学,毕业就结婚,L太太在外资银行工作,经过多年的努力成功晋升至高管,薪资比L老师还高。两人婚后多年,近期喜得贵子,大家都为他们高兴。但双方老人都年岁稍大,难以接下带娃的重任,找寻合适的方式带娃是他们夫妻迫在眉睫的问题,他们两人近期一直在讨论如何带娃,对此大家也都在群策群力。听说L太太之前就以怀孕及孩子年幼为理由接连推了几次出差的任务,现已决定和公司提出调离原来的工作岗位,要求换一个清闲的职位。虽然无奈,但是孩子太小需要人照顾,这几年先把重心放在家庭,等孩子长大后再找合适的工作机会也未尝不可。

包括我在内,大家都对L太太的这一决定表示理解并支持，觉得这是对他们家庭最好的安排。但当我自己直面"工作"和"家庭"的平衡问题时，我又觉得之前的理所当然、合情合理都变得"不可理喻"且"面目可憎"。为何做出牺牲和退让的都是女性？这些都一度让我不甚理解。好似女性是名为"家庭"和"工作"天平上的砝码，因要维持平衡的完美而被迫放置在天平的任意两端，似乎只有女性随时切换的立场才能让事情都完美无缺。

后续随着忙碌的工作，这一严肃的问题似乎也淡出我的人生，但是依然时不时地出来在我面前晃悠一圈以彰显它的客观存在性，我也依然采取刻意地回避以及选择性地遗忘这个并不受我待见的问题，似乎这样就可以岁月静好，安然相处。

后来因一个案件的合作，我结识了周律师。她是一位优雅的成熟女性，恰到好处的温和与智慧交织在她的气质之中，总让人感觉如沐春风。周律师曾经是上海的第一代红马甲，称得上是金融行业的精英，但又追求更符合她期待的生活，经过深思熟虑后毅然转行成为一名律师，继续将自己的才华与智慧投入法律行业中。更令人惊讶的是，周律师不仅是一位出色的律师，她还有三个可爱的孩子。

事务所年会的时候，她总是会带着先生和三个儿子一并出席，她的家庭生活充满了温馨与欢乐。她一直和我说孩子们是她生命中最珍贵的礼物。在繁忙的工作之余，她经常会抽出时间陪伴孩子们成长，给他们讲述人生的智慧，引导他们成为有道德、有责任感的人。

随着我和周律师合作的紧密度增加，我俩经常在工作之余讨论"工作"与"家庭"等人生问题，当然是我询问得多,而她总是嘴角挂着笑,态度温和但旗帜鲜明地回应我。

面对"工作"和"家庭"的世纪难题,周律师有自己的看法,她永远毫不犹豫地把"家庭"放在唯一首选位置。她不理解为何大家总是把工作和家庭作为对立的概念予以讨论,工作是提供家庭稳定和谐的经济基础,家庭是目的,而工作是手段。她也不认同为何有些舆论至今一直鼓吹"为工作付出一切"的奉献论调。工作连和家庭平起平坐的资格都没有,又何谈需要因为工作而去"平衡"甚至"牺牲"家庭呢?

女性确实会比男性更容易面对"工作"和"生活"的选择困境,但是女性也相对会比男性更多地感受"生活"的馈赠,相比而言,女性更会懂得享受生活,热爱生活。她从不会因为生孩子而不得不耽搁工作而懊悔,反而感谢孩子们的出生和陪伴让其生命更加绽放出别样的花朵。

甚至面对"律师"行业的性别底色,她也总能独辟蹊径,微笑地说:"既然女性在律师这个行业是少数,所以才会是稀缺资源,我们反而要善于发挥女性的优势,这是女律师的长处。"

每次和周律师聊完,我总感觉自己对这个问题考虑得更深入了。随着年岁的增长,如今我也成了两位孩子的母亲,在成为一名母亲之前,"生活"的概念似乎还是比较简单且抽象的,似乎是围绕着"父母""悠闲的生活""兴趣爱好""朋友"等,但是当真的成为一名母亲后,才发现"生活"的内涵如此丰富多彩,令人欣喜。经历过多次面对"生活"和"工作"的选择,早已没有多年前的那种初次交锋时对它的"不可理喻"且"面目可憎"之感,更多的是对生命的珍惜与感恩。

我开始理解我们一直在追求的平衡之外实际上还蕴含着"质量守恒"的定律,这一"守恒"有两个层面,其中一个层面是独立个体之间的守恒。每个人在做人生选择的时候实际上是对价值观排序的结果。每次决策都是其价值观的具象表现,其中不乏对生活的无奈,但是绝非之前所想的是被动任人摆布的砝码。而每一个选择后也一定会有相应的结果产生,即每个人会基于价值选择得到相应的价值回馈。即当一位上班族觉得能够准时吃上一顿丰盛的晚餐比在单位加班要更值得时,她必然会选择准时下班,反之亦然。

这一层面的"守恒"较为简单,和前文所讨论的自我清醒的认知、自我逻辑的自洽有关。但事实是,当我们特别是女性作出"工作"与"生活"平衡选择的时候,却总没有那么岁月静好,总萦绕着一股"不得不为"的无奈和悲凉。这就不得不提到"质量守恒"的另一层面,即超越个体的"家庭"甚至"社会"的"质量守恒"。

2023年获得诺贝尔经济学奖的哈佛大学经济学教授克劳迪娅·戈尔丁在其所写的《事业还是家庭?女性追求平等的百年旅程》一书中提到"贪婪的工作"以及"性别收入差距"这两个令人深思的观点。

克劳迪娅·戈尔丁认为:"随着人们对事业和家庭的渴望与日俱增,无数职业的一个重要部分渐渐变得清晰可见、举足轻重:对许多走上职业轨道的人而言,工作是贪婪的。""专业人士和管理人员的工作一直都很贪婪。比如,律师总是熬夜加班;人们总是根据智力产出评判学者,甚而期待他们晚上也不要停止思考;大多数医生和兽医都曾24小时待命。"

在很多具有高度"贪婪"属性的工作中，当你在工作中投入的时间越多，那么你在这一工作中的收益也会越高。毫无疑问，律师这个行业明显符合"贪婪工作"的所有特征。当一个律师投入更多的时间与客户沟通、花更多的时间投入案件中，必然有可能取得更高的回报。

若仅仅思考到这一层，依然可以看出这本质上是一种等价交换。时间是投入交换的成本，工作或者生活是投入交换的项目。当你在生活中投入越多时间，则会获得更多亲子和家庭的满足感；当你在工作中投入更多时间，则会获得工作的成就感和社会认同感。当投入与收益是同比例增减的，那么我们会倾向于认为这是一种等价交换，那么这种"生活"和"工作"的平衡依然没有被打破。但是如果引入一些打破平衡的"性别收入差距"这一变量之后，就可以对女性为何一直自我感觉"牺牲""退让"表示理解了。克劳迪娅·戈尔丁在书中仔细阐释了"性别收入差距"这一现象产生的原因，她发现男女收入之间的差距并非一个固定的比例或者数字，而是从某个时间节点开始随着年龄增长逐渐拉大的。通过数据的对比她阐释了女性，特别是从事贪婪工种中的收入差距并非简单比对"少劳少得"的原则，还应当考虑到该类工作报酬的报价机制。比如，律师行业这种高度依赖于经验积累和人脉堆积的行业，当一位女性中断自己的职业或者只是减少对职业的投入，面临的不仅仅是短期的工作收入的减少，更多的是会减少她经验积累的机会和可能性，这种差距可能面临的是呈几何级数的鸿沟。

如果把女性长期处于收入不平等的现状加入到交换体系

中，就会发现我们一直追求的平衡被彻底打破了。对于男性而言，若一个女性即使只是暂时选择"生活"而搁置"工作"，都可能代表着她在将来的"职业生涯"中就需要付出更多的时间来追平之前的几何级数鸿沟，而且可能穷尽一生也不一定能够回到"平等"的工作状态。

平衡本质上是一种自认为是"公平"的等价交换，"牺牲"则代表着付出远远超过获得，而这种不平等是主体所被迫接受，无法对抗的。包括马伊琍女士在内的所有女性在面对"工作"和"生活"时，为何会把"平衡"认为是一种"牺牲"，正是因为女性面对整个社会因为性别而产生的不平等的分配方式而产生的情绪反馈。

因此，当女性作为独立个体的时候，女性需要平衡的"生活"范围仅限其个人生活，他在分配"工作"和"生活"的时间投入失衡并不明显。而一旦女性进入家庭角色中，因她需要平衡的"生活"范围扩大而投入的时间成本也更大。因此，无论做何种选择，女性天生便面临着一种不平等的处境。而男性作为收入不平等的既得利益方，在以家庭为单位的小环境中尽量地偏向女方可以修正这种不平等而产生的不平衡感。谈到这里，似乎我之前的"那我将来就找个兼顾家庭的另一半吧"确实是破局的一种方法，女性值得获得更多的"偏爱"补偿。但这只是把"价值补偿"体现在家庭单位中，依然流于表面，治标不治本，整个社会运行制度并未将女性"价值补偿"的体系加入其中。

正如克劳迪娅·戈尔丁所说的："为了在不确定的未来实现理想的平衡，需要改变的不仅仅是女性和家庭。我们必须反思国家的工作与护理制度，以便重新铺砌前行的道路。

一切只是时间问题。"作为一名婚姻家事领域的专业律师，在接触的诸多离婚案件中，若女性选择"生活"而放弃"工作"的，无论这种选择是主动作出还是被动接受，结果大多导致其对这段婚姻的付出高于男性。因此，无论是法律制定还是个案推进上，都不应当回避或者忽视女性这种不平等的付出，从而获得更为公平的"价值补偿"。

　　作为个体，我们追求精神的自由，人格的独立。但是作为社会人格，每个人在主动或者被动地释放自身能量辐射周围时，也需要汲取周身的能量来补充完善自我，但都应当遵循质量守恒的原则。所谓的"工作"与"生活"的平衡，终究是我们通过自身，连接周围世界方法上的"衡"与"恒"。

命运给予我们的
不是失望之酒，而是机会之杯

何　丛

1869年，迈拉·布拉德韦尔成为美国历史上第一位敲开律师职业大门的女律师；1897年，通过律师职业资格考试的邵娥环获准加入律师职业，成为法国第一位女律师；1905年，澳大利亚第一位女律师获准执业；1923年，温妮丝·贝布成为英国历史上第一位女律师。1924年，郑毓秀取得巴黎大学法学博士学位，成为我国近代史上第一位女性博士，第一位女律师，第一位省级女性政务官，第一位参与起草《中华民国民法典草案》的女性。

律师制度从公元前6世纪萌芽，发展到现在已经有2500年的历史，回望律师制度的历史长河，在岁月流转中，律师行业的面貌不断重塑，尤为引人注目的是，从古希腊雅典时代至今，尽管女律师的出现相对较晚，但她们的发展势头却异常迅猛，从最初的寥寥无几，到如今已然占据律师行业的"半边天",这一转变仅用了短短的一百多年时间。

甩开安全感,拥抱不确定性

有很多人,毕生都在追求安全感,不能容忍对未来的不确定性,但这个世界是复杂的,我们只有接受了这种不确定的环境,接纳人生的灰度,才会作出合适的选择。

2007年的新年,苏梅岛的拉迈沙滩上,人头攒动,到处都是来跨年的游客,穿过人群眺望海面,那天的海似乎特别蓝,天也特别远,海天在远处交汇,让人生出一种与自然相形见绌的渺小感。

QQ上收到了国内朋友L的新年祝福,她问我接下来的打算,是不是回国发展。L是我大学的室友,毕业以后去了北京工作,逐渐在职场站稳了脚跟。同寝室的其他同学,一半考研、考公,另一半都像L一样通过三方协议,找到了合适的工作,我是唯一一个参加了"汉语桥"志愿活动,外派到异国就业的。

随着时光的流转,身边的朋友们都已步入生活的正轨,而我,却仍徘徊在归途与留下的十字路口,内心充满了不确定。

志愿期都是以整年计算时间的,如果选择留下也就是至少还要再待一整年。再待一年,似乎自己和国内热火朝天的生活更远了。跨年的烟火中映照着一张张欢乐的笑脸,我也在那年的烟火中告诉自己,是时候,该回去了。

回国后,我选择去旅行社做一名领队,本是期许一场说走就走的旅行,未曾想,这份职责竟如此繁重且充满挑战。

它需要我化身为团队的润滑剂，精心协调每位旅伴的需求与期望；同时，我又需扮演起严谨的规划师角色，周密策划行程的每一个细节，力求完美无瑕。然而，旅途中的未知与挑战更是接踵而至，从突如其来的健康小插曲到意想不到的冲突摩擦，再到预定环节的种种变数，每一项都考验着我的应变能力与耐心极限。

由于和自己预期相差太远，没过多久，我就更换了工作，进入一家外企，担任渠道相关工作。然而，随着时间的推移，一个不容忽视的现象逐渐浮现：在企业的核心与关键岗位上，大多由来自企业本国的同事占据，这无形中构筑起了一道隐形的职业晋升壁垒。在这样的环境下，我意识到个人职业发展的天花板似乎触手可及。

于是我又换了一份工作，进入一家国企做了总裁助理，毕业后的第一个五年，不断变化的是职业，不变的是依然没有找到属于自己的方向和位置。

转折在第二个五年出现。

做过的所有工作，我都谈不上喜欢和成就感，否则也不会频繁地更换职业，人在迷茫的时候，确实需要有一些人，一些事，去改变你当时的状态，引领你从迷雾中走出来。

那是一个夏天，和一个部门的领导拜访完客户，回程路很堵，走走停停。

"你有没有畅想过自己 30 岁的时候在做什么？"

"我其实还没想好。"

"我觉得你很适合做律师，你之前修改过的一个项目协议我看过，这是一个新的业务形态，公司的专业律师对这个新业态还不太了解，但你对协议里业务架构的描述却非常清楚。"

"你很适合做律师。"这句话，就像一个小小的开关，"啪"的一下，像有一束光照进我的内心，又像小小的一团火苗，借风以后越烧越旺，再也无法熄灭。因为自己是非法学专业，所以还缺乏对这个职业的了解，在论坛中搜索许久，找寻了很多资料，其中大部分是告诉你律师从业需要通过司法考试，很少有讲到这个职业的就业情况，只有少数帖子提到了"二八定律"，就是这个行业只有20%的人，掌握着行业80%的优质资源。

之后，我迅速买了司法考试需要的复习资料"三大本"。那时候考试还不像现在主客观分开来考，当年成绩可以累积到第二年。那时候，考试需要当年一锤定音，失败了就要从头再来。

当我把这个决定告诉部门领导的时候，他并没有感到很惊讶。

"我听说这个考试蛮有难度的，要投入很多时间，你有信心今年能通过吗？"

"我一直觉得自己的考试运还不错。"我给自己打气。

他拿过那本厚厚的复习资料翻开，在扉页上写了个赌约，大意是如果我当年顺利通过司法考试，他就给我5万元钱，他边写边说："听说你办停薪留职了，那我就物质刺激一下。"

人如果做到了孤注一掷，是能激发出巨大潜力的。为了通过司法考试，我脱产复习，在一所大学里租了一间教职工宿舍，每天和考研的学生一起在自习室学习，时间长了也结识了一些备考的伙伴，在学习间隙互相倾诉鼓励，一起度过了一段难忘的时光。

司法考试所有科目的教材、音频、真题全部刷了三遍，考过了。

考过了，但没拿到打赌的5万块。

因为在多年以后，并未兑现赌约的人成了我的队友。

假如你从来不曾害怕、受窘、受伤害，那你就从未冒险

如果以年龄为分界线划分人生阶段，那么30岁算是我的一个分水岭。在这一年，我转换了赛道，成为一名律师。因为自己是非法学专业，所掌握的法学知识都是短时期内暴力填充而来，再加上年龄偏大，内心是缺乏自信的，所以选择了一家小型律所开始了自己的职业生涯。

律师是非常讲究"传、帮、带"的行业，所以才会有执业的程序上的实习律师，需要跟着老律师也就是"师傅"带教来熟悉办案流程、谈案过程，需要从最基础的杂事开始做起。在实习期间我所做的都是一些非诉讼类的工作，并没有积累到实质的办案经验。

但是，戏剧性的事情来了。在我入职的第一天，就来了一个天降霹雳！这家律所的诉讼部门集体跳槽，带教的"师傅"带着整个部门转去了他们自己成立的新律所，诉讼部只剩我一个刚刚入职并没有任何办案经验的"红本"律师，而我也就没有了带教师傅，一个人承担起一个部门，也就是所谓的"菜鸟拯救世界吧"！

这时候，所里的一个负责人告诉我，接下来就有个劳动仲裁案件需要开庭，目前的情况，也只能由我去，他简单交代过后，就把相关材料交接给我，这是我律师生涯的第一个开庭，它是那么的仓促。

我细心地查看案卷资料，发现案卷材料里缺了一份客户的委托手续，我把委托文件做好，传给客户，交代对方将文件盖章，第二天早上在仲裁机构门口见面给我。接下来，看卷、整理证据、梳理办案思路、写代理词，一直工作到凌晨一点钟，早上六点钟又出发去开庭。但在交庭审手续的时候发现，客户的委托手续盖的是人力资源部门章，仲裁员当场裁定为缺席，我和客户两个人在被申请人席上默默无言地坐了一个多小时。

我也曾经想过离开这个所，但投简历时的残酷现实还历历在目，非法学专业，年龄偏大，只有现在的所给了我面试的机会，其他的则石沉大海，没有惊起任何的波澜。我也明白，30岁，已经是可以做带教师傅的年龄了，应该没有哪个律师还愿意接受一个没有法学背景的大龄徒弟。

新的诉讼部很快又组建起来了，新来了一位同事M律师，二十多岁的年龄，健谈又有主见，她跟我说，在这儿最多做一年授薪律师，就准备独立执业。说实话，我作为这个赛道的菜鸟，还没有想过独立执业的问题。我看着这位律师，被她身上洋溢着的活力和自信所吸引，跟她也结为了好友。她对我说独立执业也只是下个阶段的小目标，她最终是要开一家属于自己的律所。后来的事实证明，M实现自己长远目标的时间比她预想的要快得多。

我所在的第一家律所，是以做劳动争议为主要业务，所以每个案件标的并不大，但是案件量惊人，开庭量密集到令人咋舌，经过一年时间的打磨，我快速成长为了一名业务

"熟手"。当熟悉了这种节奏，我就逐渐地走进了舒适区，对我而言，本业务领域的知识版图与业务流程，已在我心中有了清晰的轮廓，只要我坚守在这片熟悉的疆域之内，便能自如地驾驭各种挑战，游刃有余地穿梭于业务的每一个角落，展现出我的专业深度。

这时候，所里的另外一位女合伙人想邀请我加入她的团队，她负责另一个部门——法律顾问部，这个部门主要是为各类企业提供常年法律服务，面对客户的时间和机会都非常多，还要定期到客户公司坐班，接洽业务，我觉得这是个接触新领域的机会，就调入了这位女合伙人的部门。这和原来的部门工作模式有很大差异，之前主要工作内容是开庭，但在法律顾问部，更多的是服务，每天都面临客户的各种需求。法律事务部的企业客户都已经按数量分派给各个律师，每人服务5—8个客户。我调过去的时候，现有的客户都已经分配完毕，我只能等待新客户。

终于，期盼已久的新客户终于来了。我特意早早换上了挺括有型的西服套装，内心虽略带紧张却也满怀期待地前去迎接。然而，出乎意料的是，我还未及开口自我介绍，客户便直接而明确地向我提出了问题。

"能不能请一位男律师对接我们的工作？"那一刻，空气仿佛凝固，紧张感瞬间升级。

客户十分坚持自己的想法，女合伙人只能找了另外一位男律师接待新来的客户。

事后，女合伙人安慰我说："总会有客户的，别着急。"

我问："您也是女律师，为什么之前在咱们法律顾问部都是男律师呢？"

女合伙人说，她是从独立律师一步一个脚印走过来的，男助理、女助理都用过，她说这项工作对女性来说太辛苦了，因为休息日不能安心休息，要及时回复客户信息，工作日也经常加班，有时候一大早要穿越大半个城市去郊区开庭，开庭要拎的资料也很重，男孩子体力好，女孩子做这些容易焦虑变老。

十多年后，偶然在自媒体上看到有位女律师在平台发布招聘助理的广告，明确提出只招男助理，给出的理由和女合伙人可以说是一模一样。我想这些理由的背后一定有亲历的"教训"告诉她们，女律师相对男律师更娇气，承受工作压力的阈值更低。

这位女合伙人之所以向我发出工作邀约，是因为在诉讼部门工作的时候，她曾经找我合作过一起商标复审的行政案件。那个案件需要大量证明某商标的商标权利人正在使用该商标的证据，为了取证，我在好几个城市的小商品批发市场跑了好几天，申请调查令，调查到了第三方机构抽检的样品和出具的检测报告，又将网络平台的销售记录整理做了公证。

这个争议商标是国际一线的时尚品牌委托国内的一家律所申请的商标撤销，我汲取了过往团队复审中准备不充分的前车之鉴，对于此次庭审的证据筹备工作进行了极为周密与详尽的安排。开庭当日，我带了精心搜集自市场的实物证据，在庄严的法庭上，条理清晰地逐一展示了公证证据、实物证据以及广泛搜集的其他书证，通过层次分明、逻辑严密的论证，有力地支撑了我的主张。此番努力不仅赢得了庭审现场的良好反响，更最终促使知识产权法院采纳了我的观点。

这次庭审不仅让这位女合伙人对我非常满意，对方提起撤销的品牌方委托的律师也对我印象深刻，庭后主动跟我交换了联系方式。

如果大家关注过"杰赛普"（JESSUP）国际模拟法庭中国赛区[①]的比赛就知道，每年获得一等奖的团队成员和最佳辩手，八成以上是各大高校法学院的女同学，这说明女性在法律行业当中，其逻辑思辨能力、临场反应能力、语言组织能力都比男性更高。所以，很多时候客户没有选择女律师，不要怀疑自己，大部分那不是来自对女律师能力的不认可，和普通职场一样，这往往是对女律师能分配给工作的时间的不确信，对女律师工作意愿的不确定。他们不想在召开紧急会议或者需要出差的时候收到律师"孩子病了，今天去不了"，"要接送孩子上下学"这种理由。

在一档很热门的求职综艺节目中，有这样一个场景，某律所的面试：

"你要怎么平衡事业和家庭？"一个法学院毕业的女生，刚坐到面试官面前，就被问到这个问题。这个问题，如同一块试金石，瞬间将焦点引向了现代职场女性面临的普遍挑战。

而与此形成鲜明对比的是，在她之前接受面试的男性同学，则被询问了关于"您的英语口语能力如何？能否分享一

---

① 杰赛普国际法模拟法庭辩论赛（Philip C. Jessup International Law Moot Court Competition），是由"美国国际法学生联合会"（International Law Students Association，ILSA）主办的专业性法律辩论赛，被誉为国际法学界的奥林匹克竞赛。

下您之前的实习经历及所学所得?"这样的问题,显然更加聚焦于专业技能与工作经验的探讨。这样的对比,不仅触动了观众对于职场性别平等话题的深思,也引发了社会各界对于如何在面试中构建更加公正、无偏见的提问环境的广泛讨论。

这场面试,不仅是对候选人个人能力的考量,更像是一面镜子,映照出社会对于不同性别角色期待与偏见的微妙差异。它提醒我们,在追求职业发展的道路上,每个人都应被平等地赋予展现自我、证明能力的机会,而不应因性别而预设任何限制或偏见。

所以,很多女律师,包括后来的自己,都在一些极限的边缘,一再地"证明"着女律师也是把工作放在第一位的。那位女合伙人曾经开玩笑地和我说,她在生老大的时候,在待产室,还在拿着手机审阅客户发过来的合同,当时我还觉得很夸张,等到自己怀孕生娃的时候才体会到,我也是在生完第二天,插着止痛泵,躺在床上就在回复客户的工作信息。客户们甚至都不知道我们什么时间生的娃,因为再见面的时候又是一个活蹦乱跳的职场人了。

等我后来慢慢打开视野观察这个行业的时候,发现尽管在法律行业,男女数量比例已经接近平衡了,但女律师的行业天花板,从来没有被打破过,我们看一组各律所管理层的数据:

• 方达在全国有 136 名合伙人,其中女性有 54 人,占比达到 39%;金杜(北京)的女合伙人占比更是达到 46%。

• 国浩(北京)和泰和泰(成都)这样的大型律所,女性合伙人占比也分别达到 36% 与 33%。

从上面的数据可以看出女合伙人的比例是比较高的，整体接近四成，合伙人是律所创收的主力，那么除了冲锋在前的合伙人，主任以及管委会这样的位置上，又有多少女性呢？

各地律协的领导层，是各所主任必争之地。北上广深四个一线城市中，副会长中的男女比例，分别是7∶3、7∶1、5∶1和7∶1，至于会长的性别，当然无一例外，都是男性。（澎湃号·拜客）。

女律师，离行业决策圈还很远。

世上的事难是常态，"有所激有所逼而成者居半"

假如有律师从业记录的大数据，我相信绝大多数律师成熟后的业务方向都和自己初入行业接触的业务领域有关。

转入企业法律顾问部门后，我积极发掘自身多元化背景的优势：我有横跨不同类型企业（私企、外企、国企）的职场经历，以及作为教师的授课经验，使我不仅对企业内部管理的症结有深刻洞察，还擅长于讲台上的表达与交流。特别是凭借在劳动争议案件中的实战经验，我对劳动法体系、司法解释及司法实践趋势了如指掌。

鉴于此，我决定以劳动法合规管理为切入点，利用后端案件处理的深厚功底，逆向审视前端管理流程，深入分析劳动争议的根源及管理中存在的薄弱环节。通过这一系列实战导向的反思，我精心设计出了一套针对企业劳动人事合规管理的培训课程体系，旨在帮助企业从源头预防法律风险，提升管理效能。

这一创新举措恰好填补了律所在增强企业客户黏性产品上的空白。随着在不同企业中的广泛实践，我不断优化课程内容，融入企业实际需求，逐渐形成了独具个人魅力的授课风格，深受企业客户的青睐与好评。这不仅为我个人赢得了声誉，更为律所的企业法律顾问服务开辟了新的增长点。

如果没有后面的变故，我可能做授薪律师的时间会更长一些，因为总觉得，经验、知识积累得还不够，还没有成为独立律师独当一面的自雇资本。

当时，所内有一个融投资部，因为一个出具尽职调查报告的法律意见书，卷进了一起诈骗案当中，律所负责人以及出具意见书的律师锒铛入狱，涉事部分律师被予以中止会员权利处罚，律所也被协会勒令停业整顿，一夜之间，大厦倾倒。

局面混乱中，M律师却异常清醒，她四处筹措资金，一把买下了律所的客户资源，快速成立了自己的律所，她用自己的律所吃下这些资源后，客户愿意退费的直接退费，愿意接受新所继续服务的，改签合同。梁宁在她的增长思维课程里讲过，草莽创业非常重要的事情是破局，获得以前没有的外部资源，拿定资源锁定资源要够坚决。拿破仑说，机会对于普通人来说是像天书一样的东西，而M律师对机会来临的敏锐洞察能力和抓住机遇的魄力和手腕，让我一直觉得她即使不做律师，在商海中也是一位超群的创业者，她之前跟我说的远期目标是成立自己的律所，她做到了。

律所原来的团队，一部分被M律师收编，一部分转型去做了法务，还有一小部分像我一样的，并没有想好下一步该怎么走。转型做法务的X，是一位高大帅气的男律师，他对待工作非常认真细致，很多律师在实习期的实习工作报告以及协会每年的工作总结，都是套用往年的官话，敷衍了事，但是 X 律师是真的在认真总结一年的工作，写得非常详尽，他还有一个很好的习惯，所做的每一个案件的判决书、调解书、裁决在整理归档前都单独复印一份，整理成册装订好，就像一本自制书，他拿着自己的自制书去一家不错的外企面试法务，很快就得到了录用。

闲散在家的我，收到了 W 女士的电话，她是 T 公司的老板，公司有一起员工违反竞业限制以及保密协议的仲裁案件已经临近开庭时间，我和 W 女士因为企业培训有过接触，双方印象不错，她打电话找到我，希望我能代理她公司的这起案件。

案件在一审阶段最终以调解结案，W 女士对这个案件处理结果很满意，既顾及了企业的难处，又考虑到了离职员工的实际情况，算是一个较为圆满的处理。案件结束之后，W 女士提出聘请我作为公司的法律顾问，我也经由这个案件在进入行业的第三年下决心走向独立。T 公司便成为我独立生涯的第一个法律顾问客户，自此一起共同成长，走过了十多年的时间。

2024 年春节前，我有幸前往 T 公司参与了一场法律培训活动，期间，W 女士的话语中满含深情与感慨，她提及我见证了 T 公司从初创时的小团队，逐步壮大为具有一定规模的大家庭，而她也见证了我从一名青涩稚嫩、初出茅庐的授薪律师，成长为如今成熟稳重、独当一面的合伙人。

在这个多元并存的时代，W 女士的感慨引发了我们对女性力量的深刻共鸣。我们坚信，女性应当携手并肩，勇于跨越性别的界限，共同在各个领域书写属于自己的辉煌篇章。在社会的广阔舞台上，女性正以她们独有的坚韧与智慧，绽放出耀眼的光芒，照亮了前行的道路。

对于青年律师，什么时候独立，需要准备到什么程度才能独立，这确实是一个难以简单量化的议题。实际上，比起过分纠结于外在的量化标准，我们更应倾听内心的声音，审视自己是否已在心理上为独立做好了充分的准备。

你做好独立执业的准备了吗？你能接受从领工资到自己给自己发薪的"断奶"吗？你能承受独立开疆辟土的孤独吗？你能独自承担执业成本的经济压力吗？如果能，那么恭喜你进入独立世界，这也是自雇行业让人着迷的地方，没有打卡，没有考勤，不需要处理职场上下级关系，不需要太多考虑普通职场的晋升问题，自己可以控制接业务的节奏，更灵活地处理时间，你的收入完全取决于自己的业务状况，而不取决于职位高低。

认知地图，就是作战战场

通过司法考试→实习律师→独立律师（授薪律师）→合伙人→高级合伙人（律所主任），这是一条律师行业的生态链。在独立律师（授薪律师）这个环节往后，是两条不同的发育路径，很多红圈所的团队律师，按年级调薪，可以慢慢从授薪律师熬到合伙人；另一条发育路径就是需要独立以后，通过业绩的增长晋升合伙人。

每个独立律师都会有案源焦虑，做完这个案子，不知道下个案子在哪，接完这个月的案子，不知道下个月的案子在哪，还有与之伴随的独行的孤独感。如果你也是刚刚独立，也面临同样的困境。我想说说我的经历，希望能带给你一些启发。因为是非法学专业转行，我在这个行业有一块很大的空白无法填补，就是没有同门的同学圈和校友圈，非常缺少能够交流的对象。

为了缓解心理和现实巨大的压力，我和所内一位志同道合的伙伴Z律师进行了组队，我和Z律师都刚独立不久，而且业务方向正好互补，劳动法领域是我的强项，她则非常擅长商事合同以及商事诉讼仲裁。我们一拍即合，她也很认同我所提倡的业务模式，做诉讼，案源有非常大的偶然性，要想创收平稳，必须有平衡这种偶然性的基本盘业务，这个业务模式我当时的设想就是：法律顾问＋诉讼的模式，认认真真地开发法律顾问客户，法律顾问客户通常是按年收费或按工时每月结算，只要服务不出问题，法律顾问客户都较为稳定，这也是我在上一家律所工作的心得，在这个基本盘上再做诉讼业务，而且优先做与企业相关的诉讼业务，这样诉讼业务过程当中吸收的经验教训，又能反哺到给客户当法律顾问的服务当中，形成正向的循环。

大公司、大企业甚至是政府机关这些优质的法律顾问市场资源已被早入场的更有实力的同行占据坑位，难以再撼动，所以我们锁定的法律顾问市场，就是小企业，甚至是微型企业。

当目标确定下来，那么所有行动就都有了出发点，我们一起琢磨小企业的特点，打磨为小企业服务的产品，我主攻劳动人事管理，她主要负责合同审查，再一起研究差异化的报价机制。我们向每个有可能成为客户的企业，一遍遍推广我们的服务理念、服务产品，慢慢地市场给了反馈。当大部分律师都在闷头研究诉讼实务和技巧的时候，客户对这种服务的反应都很不错，原来法律顾问服务不是大企业的专有服务，中小企业、微型企业也能享受到灵活的、专业的、有标准服务流程的法律服务。

这段经历尤为深刻，我们曾服务一家仅有三人的影视后期制作小微团队，他们怀揣梦想，却在初创的征途中面临诸多法律挑战。在我们的专业指导下，这个小团队成功转型为一家规范的公司，不仅完善了内部治理结构，还重新梳理并规范了各类制作合同，为业务的稳健发展奠定了坚实的基础。

尤为关键的是，我们敏锐地识别并解决了一项潜在的重大法律风险——境外著作权制作软件的侵权纠纷。通过我们的不懈努力与精准施策，有效化解了这场危机，保护了客户免受法律制裁，更为其赢得了宝贵的声誉与信任。这一胜利，无疑为这家小微企业的健康成长注入了强大的动力。

随着时间的推移，这个小团队凭借其专业能力和良好的市场口碑，逐渐崭露头角，最终吸引了大型影视公司的青睐，并顺利被其收编。这一转变，不仅见证了客户自身的飞跃式发展，也深刻体现了我们作为法律服务提供者，在助力企业成长、促进市场健康有序发展方面的积极作用。

我们的二人组，逐渐变成了三个人的微型小团队，小团队迅速地积累了第一批小微企业客户，平时为这些企业提供法律服务，也承接这些顾问单位的诉讼案件，团队内的成员在整个过程中，从服务产品打造、服务流程优化，到解决疑难商事纠纷，再到获得客户成交续签等各方面都获得不少的经验。随着模式的成熟，业务体量逐步上升，在从业的第六年，我接到了晋升合伙人的通知，随后，在2020年，我承载着新的使命与责任，被北京总部委以重任，外派至广东一家分所担任主任一职。

每个人对合伙人的认知都是不一样的，有人认为这是对过往工作能力的一种肯定，一个头衔，一种名义上的身份，但我认为这是愿意长久共同发展的一种邀约，只有合伙人更多地投入律所管理，团队协调，提升平台价值这些工作当中时，才是真正践行合伙理念，实现各方共同的发展。所以，也希望所有晋升合伙人的女律师，除了冲在一线创收，还要积极投身参与所内管理工作，多承担管理者的角色，才能够离决策圈更近，展现"她"力量。

女儿的降生，带给了我很多不一样的人生体验，虽然减少了很多工作量，但内心依然对工作充满热情，30岁时的我选择跨专业转换赛道，在克服困难的过程中，加深了对这个行业的理解，在拓展自己能力边界的时候，获得了自信和向上的勇气，此时的我，也内心笃定，律师是和我相伴一生的职业。

疫情的两年时间，为了配合疫情防控，开始线上办公，也让我有了更多的时间去梳理过去执业过程当中的经验教训，我将法律顾问服务板块当中的劳动人事合规管理的实战服务经验，进行了系统的总结，与志同道合的小伙伴梁律师一起，先是在互联网开设了专门的课程，课程推出以后获得了法制出版社的约稿，又共同出版了《人力资源合规管理全流程手册》。

有一些社会经济学名词，宗教学家叫它"马太效应"，经济学家叫它"赢家通吃",金融学家叫它"复利效应",互联网语言叫它"指数型增长",意思就是你越有知识,积累知识的能力就越强;你越有信用,别人就越愿意跟你合作,信用越积累越多,找你合作的人也越来越多(刘润)。这样的逻辑也同样适用律师的业务活动,风起于青蘋之末,浪成于微澜之间,不断积累自己的专业知识、服务经验,不断地积累自己的信用,就会获得这种正向的增强、增长。

人生是一场消除模糊的比赛,需要清晰的认知和行动

年老失明的俄狄浦斯问斯芬克斯:"为什么我没有认出我的母亲?"斯芬克斯的回答是,因为俄狄浦斯没有正确回答她的问题,"你回答说人(man),你根本没有提到女人(woman)"。可见,将人类默认为男性,是人类社会结构的古老习惯。(卡罗琳·克里亚多·佩雷斯)

虽然女性进入律师职业已经规模化,在国内一些一线城市男女律师数量比例已经趋近平衡,但是横亘在女律师头上的行业玻璃天花板,还需要更多的人去打破。女性的思维特征与法律的理性特点相违背的社会性别刻板印象、女性背负生育事业的生理因素,以及女性难以获得社会资源等社会因素都是女律师执业中的现实问题,(梁达然)使得女性在律师职业的发展上,要走的路还很长,需要克服的困难还很多。

作为一名在法律行业深耕多年的女律师,深知女性所面临的职业压力、行业内卷、年龄焦虑、婚嫁生育压力、家庭与工作的难以平衡,以及基于性别的自我设限,在这里有一些心得想跟大家分享。

第一，争做一个超级表达者。话语即权力，这个世界是由会表达的人主导的，会说话、会表达的人才会在人群中闪闪发光、才会有个人魅力和影响力，要进行刻意的训练，抓住在公众、团队面前表达的机会，勇敢地阐述自己的想法。

第二，要有向上的愿力。尽管在如今的时代，女性的社会参与度已经逐渐升高，但是历史和社会赋予女性更多的是"母亲""妻子"这些家庭角色，这些历史原因还深深地影响着很多女性的思维，禁锢着她们的行动。去掉"我不行"，变成"我可以"，女性要有向上的愿力，要更加在意从社会活动中获得一个角色，增加个人影响力。

第三，时间、健康、财富在人生的不同阶段有着不同的价值排序。年轻时，有大把时间和好身体，缺的是财富，人到中年，时间会从工作当中分配出更多来给家庭、健康。各阶段都有人生侧重，不要因为人生该有的经历，去焦虑，但也不要因为爱和母性就停下前进的步伐，甚至退出自己辛苦争取来的社会舞台。

每个人的生命质量和密度，都由自己来决定，正视自己经历的困难和自身的弱点，努力去探寻人生的深度与广度，将自己的所学、所感、所悟付诸实践，提高自己的行动力，在反思中自我成长，努力做到知行合一，笃行致远。

律师制度从萌芽到发展有2500年的历史，但女性登上这个舞台仅仅百年。随着平权运动的发展，平等意识的觉醒，这短短百年让女性迅速崛起地成了法律行业的"半边天"。但社会性别差异目前依然存在，如果哪一天，大家不再津津乐道"女律师""女法官""女检察官""女合伙人"，职业前缀不再冠以性别，女性也可以像男性一样"普通"，那么女性在社会上的发展，就不会再被着重研究某种现象背后隐藏的深刻而复杂的原因，在这天到来之前，我们还有很长的路要走。

图书在版编目(CIP)数据

成为忒弥斯：女律师的征程 / 尚真编. -- 上海：上海社会科学院出版社，2025. -- ISBN 978-7-5520-4560-4

Ⅰ.I25

中国国家版本馆 CIP 数据核字第 2024KB6603 号

成为忒弥斯——女律师的征程

编　　者：尚　真
责任编辑：李玥萱　叶　子
封面设计：杨晨安
出版发行：上海社会科学院出版社
　　　　　上海顺昌路 622 号　邮编 200025
　　　　　电话总机 021 - 63315947　销售热线 021 - 53063735
　　　　　https://cbs.sass.org.cn　E-mail: sassp@sassp.cn
照　　排：南京理工出版信息技术有限公司
印　　刷：上海盛通时代印刷有限公司
开　　本：787 毫米×1092 毫米　1/32
印　　张：9
插　　页：1
字　　数：197 千
版　　次：2025 年 1 月第 1 版　2025 年 1 月第 1 次印刷

ISBN 978 - 7 - 5520 - 4560 - 4/I·556　　　　定价：65.00 元

版权所有　翻印必究